阮劇團台語劇本集 I

熱天酣眠
愛錢恰恰

作者 阮劇團

作者簡介

阮劇團是一個致力於為喜愛台灣文化的人們打造獨特體驗的劇團。

2003 年，一群不到二十歲的年輕人回到故鄉嘉義創立了「阮劇團」，成為當地首個現代劇團。以「阮」為名，象徵著台語中的「我們」，意指人與人之間的支持與關懷。阮劇團勇敢地跨界融合了傳統文化和當代精神，並進行實驗性創新，創作出具有獨特觀點和風格的台灣文化作品，為觀眾帶來獨特的體驗。

此外，阮劇團關注「地方創生」，積極透過藝術行動影響社會各個角落，相信戲劇不僅能啟發人心，也能改變生活。希望將這樣的信念傳播出去，為社會帶來更多元的可能性。

除了在地文化的培育外，阮劇團也積極與國際合作，拓展視野，展現台灣文化的風采。同時，劇團致力於建立產業培育平台，從人才培養到作品孵育、議題倡議，再到產業共融，為社會注入活力，創造永續的文化風景。

阮劇團的理念是「阮的故事，咱來交陪」，代表人們互動、共享、共創、共好的願景。阮期盼與更多人共同創造新的故事，不僅追求卓越、開創更多可能性，也履行「永續」的社會責任，成為台灣文化內容的代表品牌。

官網	ourtheatre.net
FB	www.facebook.com/ourtheatre
IG	阮劇團 (@our_theatre)
Podcast《這聲好啊！》	open.firstory.me/user/ourtheatre

劇本改編者

吳明倫

嘉義市人，台大戲劇所畢業。現為阮劇團副藝術總監、駐團編劇。曾任國家兩廳院「藝術基地計畫」駐館藝術家（2019-2020 年）。創作形式以劇場劇本為主，偶有小說作品。著迷於生死鬼神與民間信仰、在地文化，期望說出屬於台灣的故事。近年劇場作品有阮劇團《十殿》、《我是天王星》等。著有短篇小說集《湊陣》（九歌出版）。

MC JJ

嘉義民雄人，阮劇團副團長，《金水飼某》、《熱天酣眠》、《ㄞ國party》、《馬克白 Paint it Black!》、《愛錢 A 恰恰》、《嫁妝一牛車》、《台灣有個好萊塢》、《泥巴》、《十殿》、《熱帶天使》、《天中殺》等劇台語翻譯。

目　次

熱天酣眠

* 凡例：本書內容以台文本為主，部分字詞隨文附有台羅拼音。台文本優先呈現於單數頁，翻頁後的偶數頁則為內容相同之華文本，以供參照。

目　　次

愛錢Ａ恰恰

台語本

熱天酣眠

劇本

原作：William Shakespeare

改編：吳明倫、MC JJ

台語創作、翻譯：MC JJ

＊劇名《熱天酣眠》正字應該是《熱天陷眠》，當時因台文猶無普及，考慮著觀眾可能看無，選擇用「酣」這个字來表達。

＊大部分的演員會當扮演兩個角色，特別是「海神」佮「奶奶」上好是全一个人演。

＊咱劇團段落（S7、S9、S12）：2013 年版由導演乇領（tshuá-niá）全體演員即興發展，後來每一個版本隨演出人員的無全嘛略有差別，在此以 2023 年《熱天酣眠》十週年演出的版本爲準。

台文聽打、修訂：戴綺芸

台文校對：戴綺芸、吳明倫、陳晉村

華文校對：余品潔、戴綺芸、吳明倫、許惠淋

劇本凡例	＊加底線表示用華語，會當自由斟酌調整。 ＊日文字直接用日文表示，如：ちゃん（chan）。 ＊外來語以台羅標記。				
人物表	廟公	水水	零星仔	洋哥	童乩廖
	山神	Helen	陳金水	台弟	
	海神	阿美	余媽媽	盈盈	
	好爺	茶米	奶奶	霖霖	

熱天酣眠　華語本

原作：William Shakespeare

改編：吳明倫、MC JJ

台語創作、翻譯：MC JJ

＊劇名《熱天酣眠》正字應為《熱天陷眠》，當時因為台文尚不普及，考慮到觀眾可能看不懂，選擇用「酣」這個字來表達。

＊大部分的演員可扮演兩個角色，特別是「海神」和「奶奶」最好是同一個人演。

＊咱劇團段落（S7、S9、S12）：2013 年版由導演帶領全體演員即興發展，後來每一個版本隨演出人員的不同亦略有差別，在此以 2023 年《熱天酣眠》十週年演出的版本為準。

台文聽打、修訂：戴綺芸

台文校對：戴綺芸、吳明倫、陳晉村

華文校對：余品潔、戴綺芸、吳明倫、許惠淋

劇本凡例

＊部分常用台語如「墓仔埔」保留，不另譯為華語。

＊日語的ちゃん在華語版直接用台灣習慣用的「醬」。其他日文字直接用日文表示。

人物表

廟公	水水	零星仔	洋哥	童乩廖
山神	Helen	陳金水	台弟	
海神	阿美	余媽媽	盈盈	
好爺	茶米	奶奶	霖霖	

序場

◆ 燈光。
◆ 全部的演員攏佇台頂落眠（lȯh-bîn），查埔若山，查某若水，個沓沓仔（tȧuh-tȧuh-á）醒過來。
◆ 燈暗。

S1

◆ 海山廟廟口。廟公倒佇椅條頂，手內的劇本落落去塗跤（thôo-kha）。廟公反（píng）身，欲抾（khioh）劇本。

	廟公	本戲結束。感謝恁的觀賞，若準阮有啥物所在，得失著恁，請恁就莫見怪，不如就按呢想，阮只是夢中影……

◆ 好爺和水水出現佇廟門邊，真緊就來到椅條邊仔，廟公敢若看袂著個。

	廟公	恁，只是，熱天陷眠（hām-bîn）。熱天陷眠、熱天陷眠、熱……

◆ 好爺和水水學廟公的動作，學甲笑咍咍（tshiò-hai-hai），水水磕（khȧp）著廟公，廟公糾筋（kiù-kin/kun）。

	水水	喂！廟公！
	廟公	你是誰（siáng）？
	好爺	是我啊！
	廟公	喔！是恁喔！按怎？
	水水	「熱天陷眠」？無你是著猴？抑是咧起童啊？

序場

S1

◆海山廟廟口。廟公躺在長椅上，手中的劇本掉到了地面上。廟公嘗試著翻滾起身，拿起劇本。

廟公： 本戲結束。感謝你們的觀賞，若是我們有哪裡得罪你們，請你們別見怪，不如就這樣想，我們只是夢中影⋯⋯

◆好爺及水水出現在廟門口，迅速至長椅旁，廟公似乎看不到他們。

廟公： 你們，只是，夏天發夢。夏天發夢、夏天發夢、夏⋯⋯

◆好爺及水水模仿廟公的動作樂不可支，水水碰了廟公一把，廟公痙攣。

水水： 喂！廟公！

廟公： 你是誰？

好爺： 是我啊！

廟公： 喔！是你們喔！怎樣？

水水： 「夏天發夢」？你是中邪了？還是在起乩？

◎	廟公	恁是捌啥！我是聽講彼个「阮劇團」，今年欲搬彼種莎士比亞的彼个《仲夏夜之夢》，毋才會叫人去提劇本來予我試看覓。嘿，其實這齣戲嘛真簡單，我看乎（honnh），毋是莎士比亞傷淺，就是我太厲害。
●	水水	你廟公遮厲害，我哪會攏看袂出來。
◎	廟公	我是烏矸仔貯豆油（oo kan-á té tāu-iû），恁這款外行仔，看袂出來啦！人我嘛有組劇團呢，而且阮的實力閣比彼个啥物「阮劇團」閣較在（tsāi）。
●	水水	你廟公佮人咧組劇團？
◎	廟公	對啊。
●	水水	叫啥物名？
◎	廟公	咱。
●	水水	爛？
◎	廟公	咱。
●	好爺	爛？稀巴爛的爛喔？
◎	水水	哈哈哈，你廟公組一个「爛劇團」哦？
●	廟公	哭枵啊，是台灣話的「咱」，咱攏是台灣人的「咱」，啥物「稀巴爛」，一句講都袂曉話，台語講「咱」，華語號作「咱」，ㄗㄨㄢˊ，咱劇團，台語毋才叫咱（予好爺控制，比大頭拇〔tuā-thâu-bú〕向下的動作），咱（比動作）劇團（愈解釋愈害的感覺）……橫直（huâinn/huînn-tit）「咱」著是比「阮」閣較厲害就著矣啦。
◎	水水	你是講，恁的「咱」有比個的「阮」閣較厲害？

廟公：	你們懂什麼！我是聽說那個「阮劇團」今年要演莎士比亞的那個什麼《仲夏夜之夢》，才會叫人去拿劇本來給我試看看。嘿，跟你們說，這齣戲也是很簡單，我看，不是莎士比亞太淺，就是我太屬害。
水水：	廟公，你有這麼屬害，我怎麼看不出來。
廟公：	人不可貌相，你們這些外行人，看不出來啦！我也有組劇團呢，實力比阮劇團還強。
好爺：	你廟公跟人組劇團？
廟公：	對啊。
水水：	叫什麼？
廟公：	Lán。
水水：	爛？
廟公：	Lán。
好爺：	爛？稀巴爛的爛喔？
水水：	廟公你組一個爛劇團喔？
廟公：	哭餓啊，是台語的「咱」，咱們都是台灣人的「咱」，什麼稀巴爛，會不會講話啊。 台語叫做「Lán」，華語叫做「咱」，ㄗㄨㄢˊ，咱劇團！台語才會叫做 Lán（被好爺控制，比大拇指向下的動作），咱（比動作）劇團（越解釋越糟的感覺）……反正「咱」就是比「阮」更屬害就對了啦。
水水：	你是說，你們的「咱」有比他們的「阮」更屬害嗎？

●	**廟公**	當然矣。
◎	**水水**	無你就緊表演看覓啊。
●	**廟公**	你斟酌（tsim-tsiok）看，表演欲開始矣： 「這是一个脆弱、荒誕的主題，毋是戲弄，只是一場夢。 各位觀眾，請恁莫見怪。若是有佮意，我一定好好報答。 小弟我的名叫帕、帕、帕、帕、克（好爺予廟公跳針），為人實在上可靠。」
◎	**水水**	一直啪啪啪，是咧拍啥物暗號？
●	**廟公**	（感覺怪怪）「若是我好狗運，無得著恁的批評（好爺予廟公走音），恁的慈悲佮恩情（好爺予廟公走音），我會記佇心肝頂。問題是，帕克予人叫騙子（好爺予廟公走音）。」
◆ 好爺做出調廣播電台的模樣。		
◎	**廟公**	「若是予我面子，請恁好心拍一个噗仔（phók-á），從今以後，帕克一定改過自新。」
◆ 百百款的暗安曲、電台的聲。		
●	**好爺**	（手向頂懸作法）煞（suah）。
◎	**水水**	我看真正是著猴兼起童！
●	**好爺**	水水你莫吵，按呢我袂當專心。這个廟公真無慧根，你就恬恬（tiām-tiām）看我來大展神威。
◎	**水水**	你抑毋是阮頭家，誰欲插（tshap）你。而且逐擺攏是你咧亂，這馬閣叫人莫吵。
●	**好爺**	水水……

廟公：	那當然。
水水：	那你趕快表演來看看。
廟公：	你們仔細看，我要開始表演了： 「這是一個脆弱、荒誕的主題，不是戲弄，只是一場夢。各位觀眾，請你們別見怪。若是喜歡，我一定會好好報答。小弟我的名字叫做帕、帕、帕、帕克（好爺讓廟公的聲音跳針）為人實在、最可靠。」
水水：	你一直啪啪啪，是在打什麼暗號？
廟公：	（覺得怪）若是我好狗運，沒有得到你們的批評（好爺讓廟公走音）。你們的慈悲與恩情（好爺讓廟公走音），我一定會記在心上。問題是，帕克被人叫騙子（好爺讓廟公走音）。」

◆ 好爺做出調廣播電台的模樣。

廟公：	「若是賣我面子，請你們好心給點掌聲，從今以後，帕克一定改過自新。」

◆ 各種晚安曲、電台的聲音。

好爺：	（手向上作法）停。
水水：	我看，真的是中邪兼起乩。
好爺：	水水你不要吵，這樣我不能專心。這個廟公很沒慧根，你在旁邊安靜，看我大展神威。
水水：	你又不是我老闆，誰理你。而且每次都是你在亂，現在又叫別人不要吵。
好爺：	水水……

◎	水水	按呢毋較差不多。
	◆ 水水去邊仔，好爺予廟公停格。	
●	好爺	廟公你聽予斟酌，我是好爺（hó-iâ）。
◎	廟公	你真好額（hó-giàh）。
●	好爺	毋是好額，是好爺，有一好沒兩好的「好」，山海宮小王爺的「爺」。山海宮的主神叫我來共你講，今年做醮（tsò/tsuè-tsiò），愛看戲慶祝，阮頭家有特別交代，講欲請戲班，毋通閣揣（tshuē/tshē）脫衣舞，知無？
◎	廟公	知。
●	好爺	千萬愛會記得、千萬愛會記得。來，隨我念一擺。「千萬愛會記得……」
◎	廟公	（暗噁〔ìnn-ònn〕）千萬愛會記得，脫衣舞。
●	好爺	無愛脫衣舞啦！
◎	廟公	（暗噁）千萬愛會記得……我愛脫衣舞……
●	好爺	（拍斷）毋是「我愛」！是「無愛」！無愛脫衣舞，知無，神明欲看戲、看戲、看戲！
◎	廟公	（暗噁）是欲看啥物戲？歌仔戲、布袋戲，抑是放電影？
●	好爺	啊攏會使啦！
◎	廟公	袂用得，你一定愛講一項啦。
●	好爺	啊無，你毋是有佮厝邊隔壁創一个啥物稀巴爛，怎家己去演就好矣，按呢上有誠意啦！重點是現場愛有熱情、有氣氛，大人囡仔攏總來，按呢知無！

水水：	這還差不多。

◆水水去旁邊，好爺讓廟公停格。

好爺：	廟公，你仔細聽，我是好爺。
廟公：	你很有錢。
好爺：	不是有錢，是好爺，有一好沒兩好的「好」，山海宮小王爺的「爺」。山海宮的主神，叫我來跟你說，今年做醮要看戲慶祝，我老闆有特別交代，說要請戲班，千萬別再找脫衣舞了，知不知道？
廟公：	知道。
好爺：	千萬要記得、千萬要記得。來，跟我念一次。「千萬要記得……」
廟公：	（含糊）千萬要記得，脫衣舞。
好爺：	不要脫衣舞啦！
廟公：	（含糊）千萬要記得……我愛脫衣舞……
好爺：	（打斷）不是「我愛」！是「不要」！不要脫衣舞，懂嗎？神明要看戲、看戲、看戲！
廟公：	（含糊）是要看什麼戲？歌仔戲、布袋戲，還是放電影？
好爺：	都可以啦！
廟公：	不行，你一定要講一個啦！
好爺：	要不然，你不是跟街坊鄰居組了一個什麼稀巴爛，你們自己上台演好了，這樣最有誠意啦！重點是現場要有熱情、有氣氛，大人小孩都要來，這樣懂了嗎？

◆好爺雄雄抓廟公的手，廟公隨（suî）清醒。好爺留佇原地，確定廟公有得著正確的消息。廟公醒來了後，就看袂著好爺矣。

◎	**廟公**	（醒矣，閣咧陷眠）我知！我知！（清醒了後，看手股頭）哎唷，閣真正共恁爸抓呢。等咧！山海宮……小王爺……看啥物……（回想真久，突然間想起來）脫衣舞！毋是脫衣舞啦，神明講欲看咱咱劇團搬戲，等咧，神明專工託夢愛看阮咱劇團演戲！阮咱劇團頭一擺演戲愛演予神明看，這一定愛好好準備才會使！（那念那落台）等一下？好爺，貓，1（it）、3（sam）。哈哈！這期閣欲中矣啦！
●	**好爺**	欸！我是虎，03（khòng-sam）毋才著！

◆燈光轉換。

◆好爺猛抓廟公的手一把，廟公即刻驚醒。好爺留在原處，確認廟公有正確接收訊息，廟公醒來以後，就看不到好爺了。

廟公：	（醒了但還在迷茫）懂了！懂了！（清醒，看上臂）哎唷，還真的抓你老子！等一下！山海宮……小王爺……說要看什麼……（回想很久，突然想起）脫衣舞！不是脫衣舞啦，神明說要看我們咱劇團演戲，等一下，神明特地托夢說要看我們咱劇團演戲！咱劇團第一次演戲要演給神明看，這大事一定要好好準備才行！（邊說邊下台）等一下？好爺，貓1、3。哈哈，這期又要中了！

好爺：	欸！我是虎，03 才對！

◆燈光轉換。

S2

◆廟裡。山神、海神佇各人的高台頂，靜止、面對面，觀眾一開
始干焦（kan-na）看得個的坦邊（thán-pinn）。

●	好爺	（對水水）彼个廟公實在有夠兩光，體質有夠穤（bái）！我託夢欲共伊講話，險險仔（hiám-hiám-á）予伊忝（thiám）死。
◎	海神	（反身上場）阿好！你是按怎共伊講？
●	好爺	啊我就講咱山海宮——
◎	海神	哈（hannh）！？
●	好爺	海山廟——
◎	山神	哈？！

◆山神反身上場。

●	好爺	山神伯！我是講咱山海宮——
◎	海神	哈？
●	好爺	（想想咧講）海山廟……
●	山神	哈？
◎	海神	人好爺咧講話，你是咧哈啥物哈！迒（hānn）袂過就用跳的。
●	山神	這是我山海宮，我是按怎袂當哈？
◎	海神	這馬我來矣，遮就是海山廟。
●	山神	好笑好笑真好笑，這明明就是山海宮。

◆好爺提兩个尪仔出來耍。

◎	好爺	（右手）就是講啊！

S2

◆ 廟裡。山神、海神在各自的高台上，靜止、面對面，觀眾一開始只看得到他們的側面。

好爺： （對水水）這個廟公實在有夠兩光，體質有夠差！我托個夢，差點被他累死。

海神： （轉身上場）阿好！你是怎麼跟他說的？

好爺： 我就說咱們山海宮——

海神： 蛤？

好爺： 海山廟——

山神： 蛤？

◆ 山神轉身上場。

好爺： 山神伯！我是說咱們山海宮——

海神： 蛤？

好爺： 海山廟

山神： 蛤？

海神： 人家好爺在說話，你是在蛤什麼蛤，跨不過，就用跳的。

山神： 這是我的山海宮，我為什麼不可以蛤？

海神： 現在我來了，這裡就是海山廟。

山神： 好笑好笑真好笑，這裡明明就是山海宮。

◆ 好爺拿兩個玩偶出來玩。

好爺： （右手）就是說啊！

●	海神	海山！
◎	好爺	（左手）嘛有道理！
●	山神	山海！我看是咱香火旺，伊才熏甲頭殼楞楞（gông）袂變通！逐家有目睭的攏有看，這間廟現現就起佇塗跤頂，毋是起佇伊海面上！默海媽，你聽我苦勸，咱做神明愛有度量。
◎	好爺	（右手）有度量，有度量。
●	海神	度量毋是用喙講。你敢毋知影，地球表面超過四分之三攏是海，本宮現此時的管區，就足足超過你三倍以上，而且一年比一年闊較闊。顛倒（tian-tò）是你啦，張福地，少年人共你拜，有錢嘛買無厝；老大人共你拜，有地煞趁無錢，連好爺想欲食雞卵，攏予生意人提去耍。
◎	山神	你！好啦，就算你管區遐大，腹腸嘛是遐狹啦！
●	海神	你敢講我腹腸狹（pak-tn̂g e̍h/ue̍h）！張福地！
◎	山神	按怎？默海媽，啥？
●	海神	你……
	◆ 好爺提的兩个尪仔，正手做山神，倒手做海神。	
◎	好爺	（正手，學山神的聲）我是看你可憐，才好心共你收留。 （倒手，學海神的聲）莫生氣嘛！ （正手）若無你共我唚（tsim）一个我就原諒你！ （倒手）諕（hooh），人會歹勢啦。 （正手）無愛佮你好矣喔！ （倒手）好啦，唚就唚！ （正手尪仔唚倒手尪仔）山，海，唚（唚）！

海神：	海山！
好爺：	（左手）也有道理！
山神：	山海！我看是咱們香火太旺，祂才被燻到頭暈不懂變通！大家明眼人都看得出來，這間廟明明就蓋在土地上，而不是在海上！默海媽，你聽我的勸，咱們做神明的要有肚量。
好爺：	（右手）有肚量，有肚量。
海神：	肚量不是用嘴說說。你難道不知道，地球表面超過四分之三都是海，本宮此時的管區，就足足超過你三倍以上，而且一年比一年更大。反而是你啦，張福地，年輕人拜你，就算有錢也買不到房子；老年人拜你，就算有地也賺不到錢；連好爺想要吃雞蛋，也被生意人拿去炒作了。
山神：	你，好啦，就算你的管區那麼大，心胸也是那麼狹小啦！
海神：	你敢說我心胸狹小！張福地！
山神：	怎樣？默海媽，蛤？
海神：	你……

◆好爺拿的兩個玩偶，右手演山神，左手演海神。

| 好爺： | （右手，學山神的聲音）我是看你可憐，才好心收留你。
（左手，學海神的聲音）不要生氣嘛！
（右手）不然，你親我一下，我就原諒你！
（左手）人家會不好意思啦。
（右手）那我不跟你好了！
（左手）好啦好啦，親就親！
（右手偶親左手偶）山、海、親（親）！ |

●	水水	（ㄞ）欸！
◎	山神	（偷笑）好爺，你毋通閣要矣啦。
●	好爺	啊？（乖）喔。
◎	海神	倖豬夯灶（sīng-ti-giâ-tsàu），伊就是欠教示（kà-sī）。你毋教，我來教！
◆ 海神處罰好爺、好爺哀哀叫。		
●	山神	你莫烏白來，你欲共罰，就針對我來。
◎	海神	哪按呢我就共罰雙倍！無站無節（bô-tsām-bô-tsat）。
●	山神	拍虎嘛愛看主人，有我佇咧，你免想欲共欺負。
◎	海神	伊攏騎起來我的頭殼頂啊，這毋是欺負，這是教示！
●	山神	愛的教育，你是無聽過諾（hioh）。伊只是愛耍嘛，咱做神明愛有度量啊，有腹腸啊。
◎	海神	有腹腸，好，這是你講的，橫直這間海山廟，早晚是我做主，我就莫佮你計較。（予好爺起來，欲離開）
●	山神	啥物你做主！
◎	海神	我老實共你講，昨日我已經派水水託夢去予信徒，訂一支新的看板（khǎng-páng），叫做「海山廟」。明仔載做醮就會安好。告辭。
◆ 海神得意來離開，好爺吐一口氣。		
●	好爺	山神伯這馬欲按怎？
◎	山神	你緊去共廟公託夢，講袂當換看板。

水水：	（兇）欸！
山神：	（偷笑）好爺，你不要再調皮了。
好爺：	啊？（乖）喔。
海神：	寵豬舉灶，他就是欠教訓。你不教，我來教！

◆ 海神處罰好爺、好爺哀哀叫。

山神：	你別亂來，你要罰他，就針對我來。
海神：	這樣我就罰他雙倍！一點分寸也沒有。
山神：	打虎也要看主人，有我在，你別想欺負他。
海神：	他都騎到我頭上了。我這不是欺負他，是在給他一個教訓。
山神：	你聽過愛的教育嗎？祂只是愛玩嘛，咱們做神明要寬大啊，要有肚量啊。
海神：	有肚量，好，你說的，橫豎這間海山廟早晚會是我做主，我就不跟你計較。（放開好爺，欲下）
山神：	什麼你做主！
海神：	老實跟你說，前天我已經派水水托夢給信徒，訂做一支新的廟牌，就叫做「海山廟」，明天做醮的時候就會安好囉。告辭。

◆ 海神得意下，好爺鬆了一口氣。

好爺：	山神伯，現在要怎麼辦？
山神：	你快去跟廟公托夢，說不能換廟牌。

●	好爺	處理我 OK！（落台）
◎	山神	這个林默海，實在是食人夠夠，我一定欲想一个辦法來共創治（tshòng-tī），侮辱（bú-jiòk/liòk）一下，予伊知影誰才是老大！
◆ 山神那行那思考欲按怎創治。廟公焦陳金水入來。		
●	廟公	來，對遮來。
◎	陳金水	奇怪？哪有這款，山神佮海神做伙拜。
●	廟公	咱這，就是包山包海的意思。
◎	陳金水	山神加海神，一定是靈上加靈，莫怪，起佇這荒郊野外閣遮大間。
●	廟公	無啦，你請你請。（落台）
◎	陳金水	山神伯、海神媽，弟子叫做陳金水，英語名叫作 Mr. Golden W Chen，蹛（tuà）佇嘉義山跤的中興里。老實講，我按呢四界拜，已經共附近的廟寺攏拜完矣，這一切攏是為著我的查某囝阿美仔，伊佮我冤家了後，唱（tshiàng）一句「離家出走」，就雄雄越（uàt）頭做伊去，我四界揣攏揣無伊。唉，阮阿美仔交朋友，其實背景攏佮伊差不多：攏傷好命矣！食米毋知影米價，就是人咧講的彼種「文藝青年」——文青啦！
◆ 愛人仔照序出場。		
●	阿美	張愛玲講：「有一條路，每一个人攏非行不可，彼就是少年時，彎彎曲曲的愛情路。」
◎	陳金水	阮阿美仔進前的男朋友，叫做茶米，緣投（iân-tâu）閣勢（gâu）趁錢（thàn-tsînn），我看著嘛是真佮意。

好爺：	處理我OK！（下）
山神：	這個林默海，實在欺人太甚，我一定要想個辦法來捉弄她、侮辱她一下，讓她知道誰才是老大！

◆山神邊走邊思考該怎麼惡作劇。廟公帶陳金水進來。

廟公：	來，從這裡。
陳金水：	奇怪？還有這種廟？山神跟海神一起拜。
廟公：	我們這就是包山包海的意思。
陳金水：	山神加海神，一定是靈上加靈，難怪，蓋在這荒郊野外還這麼大間。
廟公：	沒有啦，你請。（下）
陳金水：	山神伯、海神媽，弟子叫做陳金水，英語名叫作 Mr. Golden W Chen，住在嘉義山腳的中興里。老實說，我這樣到處拜，已經把附近的寺廟都拜完了。這一切都是為了我的女兒阿美。她跟我吵架以後，嗆一句她要離家出走，就突然跑不見人影。我怎麼找都找不到她。唉，我們阿美的朋友，其實背景都跟她差不多：都太好命了！吃米不知道米價，就是大家在講的那種「文藝青年」──文青啦！

◆戀人們依序出場

阿美：	張愛玲說：「有一條路，每一個人都非走不可，那就是少年時，彎彎曲曲的愛情路。」
陳金水：	我們阿美的前男友叫做茶米，英俊又會賺錢，我看了也是很滿意。

●	茶米	投資愛情第一要緊，毋通浪費我的清閒（tshing-îng）。
◎	陳金水	偏偏阮阿美，講啥物佮茶米已經是過去，無偌久，就去煞（sannh）著另外一个，叫「零星仔」。
●	零星仔	愛情是一種規矩，情欲是陷阱。莎士比亞講：「熱鼎熱灶快焦（ta）湯，無好無穩較久長。」
◎	陳金水	這箍零星仔查埔人查某體，我閣較按怎看，攏佮阮阿美仔無四配（sù-phuè/phè）。
◆ 零星仔、阿美兩人行到陳金水面頭前。		
●	零星仔	爸爸！你好！
◎	陳金水	閃啦！就是因為我反對，阿美仔才會來離開。這个是 Helen，阮阿美仔的好姊妹，逐家攏知影，伊愛茶米愛甲欲死。
●	Helen	愛情本來就無複雜，來來去去不過三个字，毋是「我愛你」，就是「我恨你」，抑無就「你好無」、「準拄煞」、「真歹勢」。
◎	陳金水	這四个猴囡仔，愛來愛去真歹理，愛毋著人硬堅持。好佳哉，茶米的愛情放袂離，答應欲幫我揣阿美，毋過這馬攏無消息。
●	阿美	我對茶米仔起呸面（khí-phuì-bīn），毋過，伊猶原愛我。
◎	Helen	按呢，你的呸面，敢會使傳授予我？
●	茶米	我共伊青（tshinn）（茶米共 Helen 睨〔gîn〕），伊竟然講，這是愛的表示。

茶米：	投資愛情第一要點，不要浪費我的清閒。
陳金水：	偏偏我們阿美，講什麼跟茶米已經是過去，沒過多久，就喜歡上另外一個叫「零星仔」的。
零星仔：	愛情是一種規矩，情欲是陷阱。莎士比亞說：「熱鼎熱灶快乾湯，無好無壞較久長。」
陳金水：	這個零星仔男人身女兒心，我再怎麼看，都跟我們阿美不相配。

◆零星仔、阿美兩人走到陳金水面頭前。

零星仔：	爸爸！你好！
陳金水：	閃開！就是因為我反對，阿美才會離開。這個是 Helen，我們阿美的好姊妹，大家都知道，她愛茶米愛得要死。
Helen：	愛情本來就不複雜，來來去去都是三個字：不是「我愛你」，就是「我恨你」，不然就是「你好嗎」、「分手啊」、「對不起」。
陳金水：	這四個死小孩，愛來愛去真難理，愛不對人硬堅持，好險，茶米放不下這段愛情，答應幫我找阿美，不過到現在都沒消息。
阿美：	我對茶米擺臭臉，但是他依然愛我。
Helen：	那麼，你的臭臉，可以傳授給我嗎？
茶米：	我瞪她（茶米瞪 Helen）她竟然說，這是愛的表示。

◎	**Helen**	若是我的祈禱，會當換著伊的愛情，彼毋知有偌好。
●	零星仔	咱遮爾 match，為何伊欲膏膏纏（kô-kô-tînn）？
◎	**Helen**	我遮愛伊，伊叫我閃一邊。
●	阿美	伊的戀（gōng），毋是我的錯誤，敢講美麗，嘛是一種罪惡。
◎	**Helen**	（激動）這款錯誤，若是我造成的，彼毋知有偌好。你想講，予你拆（thiah）破的是啥物？是我肉做的心！
●	陳金水	個欲愛誰（siáng）在個去，唯一拜託眾神明，早日揣著阮阿美。只要伊願意，轉來阮身邊，欲佮誰做伙，就算是「目睭去予蜊仔肉糊去」，從今以後我不再管就是。
	◆ 陳金水落台。	
◎	山神	（靈機一動）哈哈，我想著欲按怎創治彼个林默海矣！「目睭去予蜊仔肉糊去」！
	◆ 燈光轉換。烏暗中，聽著山神偷笑的聲。	

| Helen： | 若是我的祈禱，可以換得他的愛情，該有多好。 |

| 零星仔： | 我們這麼 match，為何他要糾纏不清？ |

| Helen： | 我這麼愛他，他叫我閃一邊。 |

| 阿美： | 他的傻，不是我的錯，難道美麗，也是一種罪惡？ |

| Helen： | 這種錯誤若是我造成，那就好了。你知道你撕破的是什麼嗎？是我肉做的心啊！ |

| 陳金水： | 他們要愛誰隨他們去，唯一拜託眾神明，早日讓我找回阿美。只要她願意回到我身邊，不管要跟誰交往，就算是被鬼遮了眼，從今以後我不再管就是。 |

◆陳金水下台。

| 山神： | （靈機一動）哈哈，我知道要怎麼捉弄林默海了！鬼遮眼！ |

◆燈光轉換，燈暗中，聽到山神竊笑。

◆ 街道。

◆ Helen 佇台頂等待，茶米牽鐵馬到台中央，共鐵馬停好，四界 揣阿美的款，轉來的時，發現 Helen 已經偷偷仔坐佇鐵馬頂 矣。

●	**Helen**	（提出相片）你會記得無？進前阮阿姨結婚，你做伴娶，我做伴嫁，你穿白色的西裝，我穿白色的禮服，彼時陣，我就已經知影，咱的姻緣是天注定。彼工的相片，我閣一直留咧。昨日我提去問裁縫，伊講這款禮服，這馬真少人用，嗯（偷笑），就親像你我的愛情，獨一無二，絕對著味。
◎	**茶米**	我只是伴娶，毋是你的新郎。過去若電影，電火一光，戲較好看嘛愛煞。Helen，咱已經分手矣，強求的愛情，只是拖磨（thua-buâ），為著你好，我甘願你一世人怨嘆我。
●	**Helen**	講啥物你毋是我的新郎，你佇阿美的心目中，才永遠做袂著伊的新郎啦。我知影你對阿美，是愈逐（jiok）袂著，愈想欲愛。莫袂記得恁早就已經分手矣，講啥物過去若電影、戲較好看嘛愛煞，啊你佮阿美咧？彼電火早就毋知光偌久矣，是按怎你閣演袂煞！
◎	**茶米**	我，我佮阿美仔是 Netflix，演煞會當 replays。
●	**Helen**	茶米彼「Replay」毋免加 s。
◎	**茶米**	<u>複數</u>的意思。我佮阿美仔會當 replay、replay 又閣一个 replay——「s」。
●	**Helen**	Replay 真正毋免加 s。

S3

◆街道。
◆Helen 在台上等待著，茶米牽鐵馬出至正中央，停好鐵馬，四處尋找阿美，回來時，
發現 Helen 已經偷偷坐在車上。

Helen：	（拿出相片）你還記得嗎？先前我阿姨結婚，你當伴郎，我做伴娘，你穿白色的西裝，我穿白色的禮服，當時，我就知道，我們的姻緣是天注定。那天的相片，我還一直留著。前天我拿去問裁縫，他說，這款式的禮服，現在很少人做，嗯（偷笑），就像你我的愛情，獨一無二，絕對對味。
茶米：	我只是伴郎，不是你的新郎。過去就像電影，場燈一亮，戲再好看也得散場。Helen，我們已經分手了，強求的愛情，只是折磨。為了你好，我寧願你一輩子埋怨我。
Helen：	說什麼你不是我的新郎，你在阿美的心中，才永遠當不成她的新郎啦。我知道你對阿美是越追不到，越想要愛。但你別忘了，你們早就已經分手了，說什麼過去就像電影、戲再好看也得散場，那你跟阿美呢？場燈早就不知道亮多久了，為什麼你還演個不停！
茶米：	我，我跟阿美 是 Netflix，演完可以 replays。
Helen：	茶米「Replay」不用加 s。
茶米：	複數的意思。我跟阿美可以 replay、replay 再 replay——「s」。
Helen：	Replay 真的不用加 s。

◎	茶米	你莫佮我爭，你今仔日約我出來，敢毋是欲共我講，阿美佮零星仔兩人相𤆬（sio-tshuā-tsáu）走去佗？
●	Helen	阮兜嘛有 Netflix，閣有 Disney plus，我嘛想欲參（tsham）你 replays。上班予人辭頭路，好穩有一份報告，敢講你對我的放揀（pàng-sak），連一句話攏無？
◎	茶米	原來你是咧揣理由，一直拐騙我的清閒。
◆ 茶米越頭欲走，Helen 共伊的鐵馬摸（khiú）牢。		
●	Helen	個佇山頂有搭一个草寮。
◎	茶米	（懷疑）個兩人瘦敢若（kánn-ná）猴，有法度搭草寮，你莫閣共我騙矣！
●	Helen	我為著挽回你的愛，反背（huán-puē）阿美仔，你閣講這款話！
◎	茶米	那按呢佇山頂的佗位？
●	Helen	佇……
◎	茶米	緊，你佮我駛車來！
●	Helen	（歡喜）你是講，（比家己佮茶米）「咱」做伙去？
◎	茶米	毋是。是「你」佮「我」，毋是「咱」。行啦。（落台）
●	Helen	若是我這擺的通報，會當得著你淡薄仔（tām-póh-á）疼惜，按呢我心內的痛苦，嘛有價值矣。茶米，你等我一下啦，茶米！

茶米：	你不要跟我爭，你今天約我出來，不是要跟我說阿美跟零星仔他們兩人私奔去哪？
Helen：	我家也有 Netflix，還有 Disney plus，我也可以和你「replays」。上班被開除，至少也有一份說明，難道你拋棄我，連一句話都不交代？
茶米：	原來你是找理由約我出來，一直拐騙我的清閒。

◆茶米轉頭欲走，Helen 拉著他的鐵馬不放。

Helen：	他們在山上搭了一座草寮！
茶米：	（懷疑）他們兩個瘦得像猴子似的，最好能搭草寮，你不要再騙我！
Helen：	我為了挽回你的愛，背叛阿美，你還講這種話！
茶米：	那在山上的哪裡？
Helen：	在……
茶米：	快，你跟我開車去。
Helen：	（開心）你是說，（手指自己和茶米）「我們」一起去？
茶米：	不是。是「你」跟「我」，不是「我們」。走。（下）
Helen：	若是我這次的通風報信，能得到你一點的疼惜，這樣我心裡的痛苦，也有價值了。茶米，你等我啦！茶米！

S4

◆ 野外，草寮前。零星仔和阿美唱著〈四季紅〉，好爺佇兩人後壁。

●	**零星仔**	阿美你看，遐有火金蛄！
◎	**阿美**	真的呢！有夠濟，有夠媠（suí）的！足有氣氛的。
●	**零星仔**	熱天陷眠火金蛄。
◎	**阿美**	為咱愛情照明路。
●	**零星仔**	天星閃閃無風雨。
◎	**阿美**	牛郎織女相看顧。
●	**阿美**	零星仔，你敢有感覺，現此時的咱，就親像牛郎佮織女全款，互相看顧？
◎	**零星仔**	有你的陪伴，我真正幸福。你看，閃爍的天星，嘛咧共咱祝福。
●	**阿美**	零星仔！我足熱的，抱我落來。

◆ 零星仔腰閃著。

◎	**阿美**	零星仔，你有要緊無？
●	**零星仔**	無要緊。
◎	**阿美**	你一定是搭草寮傷忝矣，來！我幫你放輕鬆……
●	**零星仔**	阿美，按呢我會擽（ngiau）啦，會擽啦，按呢我會癢（tsiūnn）啦！
◎	**阿美**	人我進前有去學跳舞，老師有教阮掠龍（liàh-lîng），你看，（摸零星仔的胸坎〔hing-khám〕）遮是人的心臟，愛共搙搙（nuá）咧，人才會舒爽，（摸零星仔的身軀）閣有遮……

S4

◆野外，草寮前。零星仔和阿美唱著〈四季紅〉，好爺在兩人身後。

零星仔： 阿美你看，那裡有螢火蟲！

阿美： 真的！好多，好美！氣氛真好。

零星仔： 熱天酣眠螢火蟲。

阿美： 為咱愛情照夜空。

零星仔： 天星閃閃無風雨。

阿美： 牛郎織女訴情衷。

阿美： 零星仔，你會不會覺得，此刻的我們，就像牛郎跟織女一樣，互相看顧？

零星仔： 有你的陪伴，我真的很幸福。你看，天上閃爍的星星，也在祝福我們。

阿美： 零星仔！我好熱喔，抱我下來。

◆零星仔腰閃到。

阿美： 零星仔，你還好嗎？

零星仔： 我沒事。

阿美： 一定是搭草寮太累了，來！我來幫你放輕鬆……

零星仔： 阿美，這樣我會癢、會癢啦！這樣我會癢啦！

阿美： 我之前去學跳舞，老師有教我們按摩喔，你看，（摸零星仔的胸口）這是人的心臟，要揉一揉，才會舒服，（摸零星仔的身體）還有這裡……

●	零星仔	阿美，咱毋是講好矣，欲談一段<u>柏拉圖式</u>的戀情？
◎	阿美	<u>柏拉圖式</u>的戀情……哼！阮阿爸講彼攏是喙念經……手摸──
●	好爺	──奶。
◎	阿美	彼攏是假的（ké--ê）啦。
●	零星仔	我毋是捌講過，我毋是 gay，只是佇結婚進前，我無想欲有肉體的關係。
◎	阿美	那按呢，這馬呢？
●	零星仔	食菜。
◎	阿美	連相唅攏袂使，萬不二咱結婚了後，你閣繼續食菜，按呢叫我欲按怎？零星仔……
●	零星仔	阿美……
◎	阿美	零星仔……

◆ 好爺前來「鬥相共」（tàu-sann-kāng），零星仔傷激動，雄雄袂喘氣。

●	阿美	零星、零星仔你有要緊無？
◎	零星仔	可能是搭草寮傷忝矣。
●	阿美	你的痚呴嗽（he-ku-sàu）藥仔咧？
◎	零星仔	敢若园（khǹg）佇車頂的款。
●	阿美	緊，咱緊來去車頂揣，揣無就緊來山跤看醫生，唉唷，你哪會遮虛身荏底（hi-sin-lám-té/tué）。
◎	零星仔	阿美，你遮疼惜我，我會愛你一生一世。
●	阿美	食菜、痚呴，閣厚話。

零星仔：	阿美，我們不是說好了，要談一段柏拉圖式的戀情？
阿美：	柏拉圖的戀情……哼！我爸爸說，那都是嘴念經……手摸——
虎爺：	——奶。
阿美：	那都是假的啦。
零星仔：	阿美，我不是說過了，我不是 gay，只是在結婚之前，我不想要有肉體關係。
阿美：	那現在呢？
零星仔：	吃素。
阿美：	連接吻都不行，萬一我們結婚之後，你還繼續吃素，你叫我要怎麼辦？零星仔……
零星仔：	阿美……
阿美：	零星仔……

◆好爺前來「幫忙」，零星仔太激動，突然喘不過氣。

阿美：	零星、零星仔你怎麼了？
零星仔：	可能是搭草寮太累了。
阿美：	你的氣喘藥呢？
零星仔：	好像放在車上。
阿美：	快，我們快去車上找，找不到得下山看醫生。唉唷，你怎麼這麼體弱多病。
零星仔：	阿美，你這麼疼惜我，我會愛你一生一世。
阿美：	吃素、氣喘，還話多。

◎	◆ 阿美搬零星仔落台。好爺耍了當歡喜，海神和水水隨出現佇台頂。	
●	海神	阿好。
◎	好爺	海神媽。
●	海神	你是咧變啥魍（pìnn-siánn-báng）？
◎	好爺	喔，無啦，我只是看著一對愛人咧冤家，感覺真趣味，想講欲共個鬥相共。
●	海神	你當時遮好心，我看你準是閣咧共人戲弄？
◎	好爺	無啦，無啦！我攏嘛足乖的。
●	海神	上好是按呢，我共你講，凡人的代誌，你就毋通插（tshap），看看咧就好。我佮山神無仝，不准你烏白來。若是予我掠著，我就予你知影啥物叫做棒打老虎——
◎	好爺	——雞吃蟲。
●	水水	喔！
◎	海神	應喙應舌，你實在真好大膽。我猶閣佇你的面頭前，就遮爾無規矩，我若無佇咧，你毋就無法無天？
●	好爺	無啦，海神媽，我只是想欲予你歡喜，顛倒（tian-tò）惹你生氣（搧〔sàm〕家己喙顜〔tshuì-phué〕），佇山神伯的面頭前，無機會對你表示，這馬機會來矣，顛倒家己舞歹去。我就是戀啦……
◎	海神	啥物意思？

◆阿美搬運零星仔下場。好爺玩得正開心，海神與水水疾速上。

海神： 阿好。

好爺： 海神媽。

海神： 你又在胡搞什麼？

好爺： 喔，沒有啦，我看到一對愛人在吵架，感覺很有趣，想要幫點忙。

海神： 你什麼時候這麼好心，我看，你一定在戲弄人家？

好爺： 沒有、沒有啦！人家我都很乖。

海神： 最好是這樣，我告訴你，凡人的事情，你千萬別插手，看看就好。我跟山神不同，不准你亂來。要是讓我抓到，我就讓你知道什麼叫做棒打老虎——

好爺： ——雞吃蟲。

水水： 喔！

海神： 還頂嘴，你實在很大膽。我還在你面前，你就這麼沒規矩，要是我不在，不就無法無天？

好爺： 不是啦，海神媽，其實我是想要討你歡心，卻反而惹你生氣（自己掌嘴），山神伯在時，我沒機會向你表示，現在機會來了，我反而搞砸了。我就是笨啦……

海神： 什麼意思？

●	**好爺**	人我一直感覺海神媽性格好、有氣質、溫柔美麗，閣有智慧。只是我一直毋知影欲按怎對你表示。我就是無路用，好爺，好爺，一生注定咧拖磨。「愛」若是講袂出喙，又閣算啥物。
◎	**海神**	我知影你較活骨（uȧh-kut），並無歹意。其實我嘛真想欲疼你。只不過彼个張福地三不五時就欲佮我做對。
●	**好爺**	我知影海神媽為著眾生的代誌日夜操煩，我嘛真想欲共你鬥相共，猶毋過海神媽的身軀邊已經有水水逐工你奉待（hōng-thāi），按呢我就遠遠仔關心就好。
◎	**水水**	哼，假鬼假怪。
●	**海神**	水水，毋通無禮貌。
◎	**好爺**	水水，我若是有啥物所在做了無好，你就愛共我教喔。
●	**海神**	咱攏是一个大家庭，你就愛會記得，喙甜、面笑、腰軟、跤勤，毋通佮我做對。
◎	**好爺**	這是當然。惹海神媽生氣，對咱大家攏無意義。
●	**海神**	你有影乖巧聰明，水水，那學咧！敢知。

◆ 燈光轉換。

好爺：	我一直覺得海神媽，個性好、有氣質、溫柔美麗，又有智慧。只是一直不知道要怎麼向你表示。我真是沒用，好爺好爺，一生注定要操勞。「愛」要是不說出口，就什麼都不是。
海神：	我知道你比較活潑，沒有惡意。其實我也很想要疼你。只是那個張福地三不五時就跟我作對。
好爺：	我知道海神媽為了眾生的事情日夜操煩，我也很想幫忙，只不過，海神媽的身邊已經有水水每天伺候你，所以我遠遠的關心就好。
水水：	哼，裝模作樣。
海神：	水水，不要沒禮貌。
好爺：	水水，我如果有哪裡沒做好，你要教我喔。
海神：	我們是一個大家庭，你們記好，嘴甜、面笑、腰軟、腳勤，不要跟我做對。
好爺：	這是當然。惹海神媽生氣，對我們也沒好處。
海神：	你真是乖巧又聰明，水水，學著點！知道嗎。

◆燈光轉換。

◆ 茶米 Helen 佇車頂，山神佇山頂遠遠仔看。

●	茶米	你講阿美佮零星仔相焦走來山頂，山頂遮闊，是欲按怎揣？
◎	Helen	茶米！
●	茶米	你到底想欲創啥？
◎	Helen	我欲愛你轉來我身邊！
●	茶米	我對你已經無感情。
◎	Helen	你袂使喝（huah）無就無。我若無好，我會當改，你毋是捌講過，熟似遮濟女性，我是你上有感覺的一个……
●	茶米	我承認，當初時，我拄（tú）失去阿美，人生一時變空虛，有你的情意、你的陪伴，予我感覺真歡喜，毋過 Helen，歡喜是一時，愛情是一世。現此時我嘛真清楚，一生唯一的愛，只有阿美，我愛的人，永遠毋是你。
◎	Helen	你講的攏是真的？
●	茶米	真的。
◎	Helen	正確（tsìng-khak）？
●	茶米	正確。
◎	Helen	你敢咒誓（tsiù-tsuā）？
●	茶米	我咒誓。
◎	Helen	你愛……

S5

◆茶米 Helen 在車上，山神在山上觀望。

茶米： 你說阿美跟零星仔私奔來山上，這山這麼大是要怎麼找？

Helen： 茶米！

茶米： 你到底要做什麼？

Helen： 我要你回來我身邊！！

茶米： 我對你已經沒有感情。

Helen： 你不可以說沒有就沒有。我要是不好，我可以改啊。你也說過，你認識的這麼多女性裡面，我是你最有感覺的一個……

茶米： 我承認，當初，我剛失去阿美，人生一時變得很空虛，有你的情意、你的陪伴，讓我很開心，但是 Helen，開心是一時的，愛情是一世的。現在的我很清楚，我一生唯一的愛，只有阿美，我愛的人，永遠不是你。

Helen： 你說的都是真的？

茶米： 真的。

Helen： 正確？

茶米： 正確。

Helen： 你敢發誓？

茶米： 我發誓。

Helen： 你愛……

●	茶米	我愛阿美。
◎	Helen	你共我騙，我毋相信。
●	茶米	你毋相信就準拄煞，我承認，進前佮你做伙，我有影真快樂，毋過這馬的你，予我的只有痛苦……
◎	Helen	（干焦聽入去前半句）我就知影你佮我做伙真快樂……
●	茶米	（予惹〔jiá/liá〕著）你是煞袂，敢一定愛逼我講歹聽話？落車。
◎	Helen	佇遮？
●	茶米	對，佇遮。我就知影，你又閣咧騙我！
◎	Helen	我無。
●	茶米	逐擺攏按呢，共我騙出來，家己掠做（liàh-tsò/tsuè）咱咧約會。我無愛閣忍受矣，你這馬就共我落車，出去！家己行路轉去！出去！Get out！Go！
◎	Helen	茶米，你莫按呢，你已經失去理智矣。我無愛落車。
●	茶米	你無愛是毋？
◎	Helen	無愛。
	◆ 茶米往 Helen 身軀倚（uá）過去欲開 Helen 彼爿（pîng）的車門，Helen 誤會。	
●	Helen	你，你欲創啥！茶米，遮傷狹矣啦。
	◆ 茶米共 Helen 揀落車。	

茶米：	我愛阿美。
Helen：	你騙我，我不相信。
茶米：	你不相信就算了，我承認，之前跟你在一起，我真的很快樂，但是現在的你，給我的只有痛苦……
Helen：	（只聽進去前半句）我就知道你跟我在一起很快樂……
茶米：	（被惹到）你夠了沒，難道一定要逼我講難聽話？下車。
Helen：	在這裡？
茶米：	對，在這裡。我就知道你又在騙我！
Helen：	我沒有。
茶米：	每次都這樣，把我騙出來，自以為我們在約會。我不要再忍耐了，你現在就下車，出去！自己走路回去！出去！Get out! Go!
Helen：	茶米，你不要這樣，你已經失去理智了。我不要下車。
茶米：	你不要是不是？
Helen：	不要。

◆茶米往 Helen 身軀靠過去要開 Helen 那一側的車門，Helen 誤會。

Helen：	茶米，你要做什麼！這裡太窄了啦。

◆茶米把 Helen 推下車。

◎	茶米	你莫逐（jiok）來喔！你若逐來，我就共你挵（lòng）死佇山頂！
	◆茶米駛車落台。	
●	Helen	愛愈深，心愈凝（gîng），心愈凝，我就愛愈深。茶米！茶米！你莫共我一个人擲（tàn）佇遮啦！茶米！茶米！
	◆Helen 逐落。	
◎	山神	（佇山頂）凡人的愛，總是艱苦的目屎。一代過一代，猶原遮爾痴情，遮爾無奈，予我感覺滿腹的悲哀。唉，連暗時出來運動，攏予我看著這款無情的對待。不如予我來展神威，予真心佮絕情的顛倒擺！好爺。（好爺上台）好爺，你敢知影民雄古厝內，有一个祕密？
●	好爺	祕密？
◎	山神	佇民雄古厝的古井內，有一隻「知蟬火金蛄」，伊是天庭的「知蟬」佮地獄的「火金蛄」，佇凡間相愛生出來，任何人、神、仙、魔只要看著伊的光，就會開始陷眠，袂記得愛過啥物。任何人、神、仙、魔共叫醒，伊就會全心全意愛著伊醒來了後，第一个看著的人、神、仙、魔。
●	好爺	所以咧？
◎	山神	所以你去共掠來。知蟬火金蛄覕（bih）佇古井內，七七四十九萬年才出來一擺，出來了後經過 24 點鐘，就會曲去（khiau--khì）。你要細膩（sè-jī/suè-lī），會記得掛手套，莫共傷著；掛烏目鏡（oo-bȧk-kiànn），伊的光莫看著，用玻璃罐仔共貯（té/tué）起來，外口用烏布共崁（khàm）起來。

茶米： 你不要追來喔！你要是追來，我就把你撞死在山上！

◆茶米開車下。

Helen： 愛越深，心越堅定，心越堅定，我就愛越深。
茶米！茶米！別把我一個人丟在這啦！茶米！茶米！

◆Helen 追下。

山神： （在山上）凡人的愛，都是痛苦的眼淚。一代過一代，還是這麼痴情，這麼無奈，讓我感到滿腹的悲哀。唉，連我晚上出來運動，都讓我看到這種無情的對待。不如讓我展展神威，讓真心跟絕情的，顛倒過來。好爺。（好爺上）好爺，你知道民雄古厝裡，有一個祕密嗎？

好爺： 祕密？

山神： 在民雄古厝的古井裡，有一隻「知蟬火金蛄」，是天庭的「知蟬」，跟地獄的「火金蛄」在凡間相愛所生，任何人、神、仙、魔，要是看到牠的光，就會昏過去，遺忘以前愛過誰。任何人、神、仙、魔把他叫醒，他就會全心全意愛上醒來以後第一個看到的那個人、神、仙、魔。

好爺： 所以呢？

山神： 所以你去把牠抓來。知蟬火金蛄躲在古井裡，七七四十九萬年才出來一次，出來之後，24 小時就會死去。你要小心，記得戴手套，不要傷到牠；戴墨鏡，不要直視牠的光，用玻璃罐子把牠裝起來，外面再用黑布蓋住。

●	**好爺**	若是我無細膩看著，欲按怎？
◎	**山神**	「沙士B亞」。
●	**好爺**	莎士比亞？伊毋是死幾若（kuí-nā）百年囉。
◎	**山神**	我是講「沙士B亞」，是用沙士加保力達B加莎莎亞椰奶的——沙士、B、亞，就是知蟬火金蛄的解藥！
●	**好爺**	沙士、B、亞！按呢我馬上去路口的檳榔攤攢（tshuân）一組。
◎	**山神**	你彼个無效啦。會當做解藥的「沙士B亞」，彼是月老的獨門配方，只有月老才知影這三種飲料的比例。你去掠著知蟬火金蛄了後，才去揣月老提。
●	**好爺**	月老若是無愛予我咧？
◎	**山神**	你就叫伊共欠我的兩千箍隨還出來，伊的老人年金最近予人減掉，頂個月刁十三支閣輸三太子四仔五，最近當咧散（sàn）。
●	**好爺**	莫怪，我看伊最近逐期攏去簽樂透。
◎	**山神**	彼無效啦。財神爺最近出差去美國，你閣較按怎買嘛袂開。好矣！你緊去，照我算來，知蟬火金蛄佇 11 秒 3 了後，就會對古井內底爬出來。
●	**好爺**	處理我 OK。（落台）
◎	**山神**	拄仔好，我會當趁這個機會，來共林默海創治一下。
		◆ 好爺掛烏目鏡，提知蟬火金蛄上台。

熱 天 甜 眠

好爺：	我要是不小心看到要怎麼辦？
山神：	「沙士Ｂ亞」。
好爺：	莎士比亞？他不是早就死幾百年了。
山神：	我是說「沙士Ｂ亞」。用沙士加保力達Ｂ加莎莎亞椰奶的——沙士Ｂ亞，是知蟬火金蛄的解藥。
好爺：	沙士、Ｂ、亞！我馬上去路口的檳榔攤準備一組。
山神：	那個沒有用。可以做解藥的「沙士Ｂ亞」，是月老的獨門配方，只有月老知道那三種飲料的比例。你抓到知蟬火金蛄之後，再去找月老拿。
好爺：	月老要是不給呢？
山神：	你就叫他立刻把欠我的兩千塊還來。他的老人年金最近被砍，上個月玩十三支又輸三太子四百五，最近窮得很。
好爺：	難怪，我看他最近每期樂透都有簽。
山神：	那個沒有用啦。財神爺最近去美國出差，你再怎麼買也不會中。好了！你快去，照我算來，知蟬火金蛄在 11 秒 3 之後，就會從古井裡爬出來了。
好爺：	處理我 OK。（下）
山神：	正好，趁這個機會，捉弄林默海一下。

◆好爺戴墨鏡，拿知蟬火金蛄上。

●	**好爺**	敢是這个？
◎	**山神**	等咧。（掛烏目鏡了後檢查，共烏布掀予開，罐仔裡發出青色的光。滿意，頕頭〔tàm-thâu〕）無錯，就是伊。
●	**好爺**	免用到 11 秒 3，就予我揣著這隻知蟬火金蛄，伊拄好爬到一半。
◎	**山神**	真好，你先去揣林默海，等伊無注意的時陣……。
●	**好爺**	按呢敢好？按呢毋就——
	◆ 好爺原地跳一下。	
◎	**山神**	啥？
●	**好爺**	仙人（手比家己佮山神）跳啊（好爺跳一下）！
◎	**山神**	無毋著，就是欲予林默海好看，欲共伊仙人跳（山神嘛跳一下）一下，你緊跳，無，你緊去。
	◆ 好爺那跳那行。	
●	**山神**	等咧，你另外閣去揣兩个凡人，有一个少女深深愛著一个查埔，但是彼个查埔竟然用無情佮殘忍共對待。
◎	**好爺**	好，這我知！我今仔日嘛有看著，一對凡人，一个講欲愛，一个講無愛。
●	**山神**	揣著個了後，提知蟬火金蛄予彼个查埔看，予伊知影真心換絕情的痛苦！
◎	**好爺**	處理我 OK！

好爺：	是這個嗎？
山神：	等一下。（戴墨鏡後檢查，掀開黑布，罐子裡發出青色的光。滿意，點頭）沒有錯，就是牠。
好爺：	不用11秒3，就讓我找到這隻知蟬火金蛄，牠剛好爬到一半。
山神：	很好，你拿去給林默海看，等她不注意的時候……。
好爺：	這樣好嗎？這樣不就——

◆ 好爺原地跳一下。

山神：	啥？
好爺：	仙人（手比自己和山神）跳啊（好爺跳一下）！
山神：	沒有錯，就是要給那個林默海好看，給她仙人跳（山神也跳一下）一下，你快跳，不是，你快去。

◆ 好爺邊跳邊走。

山神：	等一下，另外你再去找兩個凡人，有一個少女深深愛著一個男子，那個男子卻用無情和殘忍以待。
好爺：	好！這我知道！我今天也有看到，一對凡人，一個說要愛，一個說不愛。
山神：	你找到他們之後，就拿那隻知蟬火金蛄給那個男人看，讓他知道真心換絕情的痛苦！
好爺：	處理我 OK！

S6

◆零星仔和阿美上台，好爺佇懸山。

阿美	哪會雄雄罩（tà）大雺（tuā-bông）。（險險仔挵著好爺）差一點仔挵著樹！

◆兩人停佇車的邊仔，零星仔猶咧痟呬，阿美先共零星扶入去車頂。

阿美	啊！我的包袱仔囥佇草寮仔袂記得紮（tsah），你先去車頂，等我一下，咱連鞭（liâm-mi）來去病院。

◆阿美落台，零星仔看四界無人，提阿美的外套來鼻。

零星仔	喔！（滿足的表情）阿美！

好爺	這个柴箍（tshâ-khoo），明明愛甲欲死，閣退爾矜（king），我來幫你點一葩愛情的光明燈！

◆好爺倚近零星仔，共烏布掀開，罐仔發光，知蟬火金蛄予零星仔「睏去」了後，好爺離開。
◆零星倒佇椅仔頂。阿美拄好轉來，上車。

阿美	零……哪會睏去！啊好啦，予你歇一下。

◆阿美開車，隨分心、愛睏。
◆Helen 上台。

Helen	（唱〈花若離枝〉）「望你知影，阮心意，願將魂魄交予你」，敢講我是白痴！付出全心全意，得著的是啥物，是你的無情啊！無路用啊，你就是愛阿美。阿美、阿美，你到底憑啥物？予兩个查埔人，攏數想欲佮你逗陣。你的司奶（sai-nai），個講可愛；我的司奶，煞換來悲哀。你使目尾（sái-bàk-bué/bé），個歡喜甲欲飛；我使目尾，個吐甲滿四界。唉，遮是佗位？茶米，茶米，你佇佗位？我佇佗位？

S6

◆零星仔和阿美上，好爺在高處。

阿美： 怎麼突然起這麼大的霧。（差點撞到好爺）差點撞到樹！

◆兩人來到車邊停下，零星仔還在氣喘，阿美先把零星仔扶上車。

阿美： 啊！我的包包放在草寮忘了拿，你先在車上等我一下，我們馬上去醫院。

◆阿美下，零星仔張望一下，拿起阿美的外套猛聞。

零星仔： 喔！（滿足的表情）阿美！

好爺： 這個木頭，明明愛得要死，還故作矜持，就讓我幫你點一盞愛情的光明燈！

◆好爺從車另一側湊近，把黑布打開，瓶子發光，零知蟬火金蛄讓零星仔昏迷，好爺下。

◆零星仔回到座位上。阿美剛好回來，上車。

阿美： 零……怎麼睡著了！好啦，讓你休息一下。

◆阿美開車，馬上分心嗜睡。

◆Helen 上。

Helen： （唱〈花若離枝〉）「望你知影，阮心意，願將魂魄交予你」，難道我是白痴！付出全心全意，得到的是什麼，是你的無情！沒有用啦，你就是愛阿美。阿美、阿美，你到底憑什麼？讓兩個男人，都妄想要跟你在一起。你撒嬌，他們說可愛；我撒嬌，卻換來悲哀。你拋媚眼，他們高興得要飛起來；我拋媚眼，他們吐得到處都是。唉，這裡是哪裡？茶米，茶米，你在哪理？我在哪理？

	◆ Helen 感覺著後壁有車燈的光。	
●	**Helen**	茶米！我就知影你一定會轉來揣我……
	◆ Helen 準備越頭，煞予阿美的車拚著。	
◎	**阿美**	我是毋是拚著啥物？我是毋是拚著啥物？啊！血！（驚到昏去）
●	**Helen**	茶米！想袂到你遮雄，完全無踏檔，駛車共我拚！
	◆ Helen 行來到車邊仔，發現是阿美和零星仔。	
◎	**Helen**	阿美？哪會是你？（揀阿美）阮茶米咧？阮茶米咧？阿美！（阿美按怎搖攏搖袂醒）你是按怎共我拚啦！阮茶米咧？阮茶米咧？（確認）我予拚著無代誌，顛倒你暈去，我敢有遮勇？怎佇遮創啥？恁有要緊無？（換去揀零星仔）零星仔！
	◆ 零星仔清醒，看著 Helen。	
●	**零星仔**	（唱〈恨世生〉）「我愛你，可愛的人，愛你定定（tiānn-tiānn）夢……」
◎	**Helen**	零星仔，你咧唱啥物歌，你是著猴喔？你……你……你敢是零星仔？
●	**零星仔**	昨日的零星，已經死矣！現此時的我，才開始感覺著心跳、感覺著生命的港口，因為你──Helen ちゃん，其實我一直真毋甘，毋甘你為著茶米……茶米咧？上好伊莫倚（uá）來，從今以後，有我無伊，有伊無我！除非、除非伊離開你的生命，因為你，Helen ちゃん，你！你就是我的生命。

◆Helen 意識到後方有車燈的光。

Helen： 茶米！我就知道你一定會回來找我⋯⋯

◆Helen 準備回頭，卻被阿美的車撞倒。

阿美： 我是不是撞到什麼？我是不是撞到什麼？
啊！血！（嚇昏）

Helen： 茶米！想不到你這麼狠，完全沒煞車，開車來撞我！

◆Helen 走近車子，發現是阿美和零星仔。

Helen： 阿美？怎麼是你？（推阿美）我的茶米呢？我的茶米呢？阿美！（搖不醒阿美）你為什麼撞我！我的茶米呢？我的茶米人呢？（確認）我被撞到沒事，反而你昏過去，我有這麼壯嗎？你們在這做什麼，你們還好嗎？（改去推零星仔）零星仔！

◆零星仔甦醒，看到 Helen。

零星仔： （唱〈恨世生〉）「我愛你，可愛的人，愛你定定夢⋯⋯」

Helen： 零星仔，你在唱什麼歌，你是中邪喔？你⋯⋯你⋯⋯你真的是零星仔？

零星仔： 昨日的零星，已經死了！此時的我，才開始感覺到心跳、感覺到生命的港口。因為你——Helen 醬，其實我一直很捨不得，捨不得你為了茶米⋯⋯茶米呢？最好他不要出現，從今以後，有我沒他，有他沒我！除非、除非他離開你的生命，因為你，Helen 醬，你！你就是我的生命。

◎	**Helen**	零星仔，你哪會怪怪，平常時除了阿美，你根本攏無共任何人看佇眼內，尤其是對女性，在你看來攏袂輸若空氣。啊你今仔日是按怎？是去拚著頭殼諾？敢愛焄你來去看醫生？
●	**零星仔**	醫生？免，心病愛用心藥醫，Helen ちゃん，我的病，只有你有法度醫。我的心病，是為得你著火，Helen ちゃん，你會熱無？因為，我足熱！（褪衫，Helen 拚命攔〔bā〕牢家己的衫）來，我幫你掠龍退火，放輕鬆（對 Helen 跤來手來）！
◎	**Helen**	你煞猶未？我予茶米來放揀、擲佇路邊，現此時閣予你來戲弄，予你來蹧躂（tsau-that）！我一直想講，你是一個翩翩的君子，想袂到竟然是軟塗深掘（nńg-thôo-tshim-kùt）的禽獸！恁查埔人，攏無一個通倚靠（uá-khò）！
	◆ Helen 走落台。	
●	**零星仔**	Helen！你莫走啦，會寒著啦，予我用滿腹的熱情，來溫暖你予人蹧躂的心啊，Helen ちゃん，He……是啥物（欲逐的時，看著阿美的外套），這……這外套（欲想，想袂起來），這外套，是專工為你攢的，Helen ちゃん，等我啦！（落台）
	◆ 阿美拍醒。	
◎	**阿美**	我夢著一个真可怕的惡夢！敢若發生啥物歹代誌！零……（發現零星仔無佇身邊）零星仔？零星仔？
	◆ 燈光轉換。	

Helen：	零星仔，你怪怪的。你平常除了阿美，根本不把任何人看在眼裡，尤其是女性，在你看起來都像空氣一樣。你怎麼了？是撞到頭嗎？要不要送你去醫院？
零星仔：	醫院？沒用，心病要用心藥醫，我的病，只有你醫得了。Helen 醬，我的病，是為你火燒心，Helen 醬，你熱嗎？因為，我好熱（脫衣，Helen 則緊緊抓住自己的衣服）來，我來幫你按摩退火，放輕鬆（對 Helen 上下其手）！
Helen：	你夠了沒？我被茶米拋棄、丟在路邊，現在還被你戲弄、被你蹧蹋！我一直以為你是一個翩翩的君子，想不到你竟然是一個得寸進尺的禽獸！你們男人沒有一個可靠！

◆Helen 逃跑下。

零星仔：	Helen！你別走！會著涼的！讓我用滿腹的熱情，來溫暖你被蹧蹋的心！Helen 醬，He……是什麼（欲追時，看到阿美的外套），這……這外套（想，想不起來），這外套，是特地為你準備的，Helen 醬，等我啦！（下台）

◆阿美驚醒。

阿美：	我夢到一個好可怕的惡夢！好像會發生什麼壞事！零……（發現零星仔不見了）零星仔？零星仔？

◆燈光轉換。

S7

◆ 廟附近的空地。
◆ 這段由演員自由發展，會當隨劇組成員鋪排。這版奶奶講北京腔的華語。

	余媽媽	開會！開會！咱劇團開會啊！弟弟啊，你這椅條仔莫按呢用啦，會歹去啦！
◎	台弟	<u>余！媽！媽！</u>（出力講話）

◆ 奶奶上台。

	奶奶	那個誰？
◎	余媽媽	嘿，奶奶，我<u>余小姐</u>。<u>奶奶</u>咱咱劇團今仔日欲開會喔！你遮先坐一下！

◆ 盈盈上台。

	盈盈	（摸衫仔領）媽媽你看！<u>傘蜥蜴</u>！
◎	余媽媽	你新衫莫按呢用啦！

◆ 洋哥上台。

	洋哥	To be or not to be, that's the question.
◎	余媽媽	叫恁哥哥坐予好，欲開會。
	台弟	余媽媽，今仔日欲創啥？
◎	余媽媽	開會啦，廟公講咱劇團欲開會，廟公哪會猶袂來。

◆ 廟公上台。

	廟公	攏來矣。
◎	余媽媽	盈盈，來，叫廟公爸爸。
	廟公	莫烏白叫，叫哥哥就好矣。

S7

◆ 廟附近的空地。

◆ 這段由演員自由發展，可以隨劇組成員調整。本版奶奶說北京腔的華語。

余媽媽： 開會！開會！咱劇團開會！弟弟呀，這椅子不要這樣用，會壞掉！

台弟： 余！媽！媽！（出力講話）

◆ 奶奶上。

奶奶： 那個誰？

余媽媽： 奶奶，我余小姐，奶奶，我們咱劇團今天要開會喔，你這邊先坐一下。

◆ 盈盈上台。

盈盈： （拉開衣領）媽媽你看！傘蜥蜴！

余媽媽： 你新衣服不要這樣用！

◆ 洋哥上台。

洋哥： To be or not to be, that's the question.

余媽媽： 叫你哥哥坐好，要開會了。

台弟： 余媽媽，今天要幹嘛？

余媽媽： 開會，廟公說咱劇團要開會，怎麼還沒來。

◆ 廟公上台。

廟公： 大家都到了。

余媽媽： 盈盈，爸爸來了，叫爸爸。

廟公： 不要亂叫，叫哥哥就好。

◎	余媽媽	好啦好啦哥哥,是欲開啥物會啦,熱甲欲死。
●	廟公	先坐落來啦,我共恁講一件真重要的代誌,我下晡佇廟埕盹龜(tuh-ku)的時陣,去夢著彼个……好爺,來託夢共我講,明仔載廟裡做醮欲看咱咱劇團搬戲啦!
◎	洋哥	So?
●	余媽媽	咱喔!邀請咱咱劇團喔?哪按呢你有共答應無?
◎	廟公	我當然嘛答應矣,我共恁講我攏想好矣,咱來搬彼个《西遊記》,我搬彼个猴山。
●	余媽媽	袂使啦,《西遊記》舊年別庄搬過矣,莫莫莫。
◎	廟公	別庄搬無咱搬的好看啦。
●	余媽媽	我是想講咱咱劇團頭一擺予人邀請……咱來搬感情戲,毋才會感動人。
◎	洋哥	Love story!《Romeo and Juliet》!
●	廟公	無啦,哥哥,你彼外國戲,咱神明看無啦!我共恁講,咱咱劇團欲搬戲,就愛搬咱在地的戲,予在地的神明佮在地的鄉親看。
◎	余媽媽	嘿啊,搬在地的感情戲,按呢毋才會感動人。
●	洋哥	I know, I know, 山伯梁 and 英台祝。
◎	廟公	就共你講彼是外國戲,咱神明看無啦!
●	台弟	我知,咱來搬紅衣小女孩前傳。
◎	廟公	做醮,你按呢!
●	台弟	紅衣小嬰孩。

余媽媽：	好啦好啦哥哥，要開什麼會啦，熱死了。
廟公：	先坐下，我有一個很重要的消息要跟你們說，我下午在廟埕睡午覺的時候，我夢到那個……好爺！託夢跟我說，明天做醮，要看我們咱劇團演戲！
洋哥：	So?
余媽媽：	咱喔！邀請我們咱劇團喔？那你有沒有答應？
廟公：	我當然答應啊！我跟你們說我都想好了，我們來演《西遊記》，我演那隻猴子。
余媽媽：	不行啦，《西遊記》去年別村演過了，不不不。
廟公：	別村演沒有我們演的好看啦。
余媽媽：	我是想說我們咱劇團第一次被邀請，來演感情戲，才會感動人啊。
洋哥：	Love story！《Romeo and Juliet》！
廟公：	沒有啦，哥哥。你那外國戲，我們神明看不懂啦！聽我說我們咱劇團要演戲，就應該演在地的戲，給在地的神明和在地的鄉親看。
余媽媽：	嘿啊，演在地的感情戲，這樣才會感動人。
洋哥：	I know, I know, 山伯梁 and 英台祝。
廟公：	就說了外國戲我們神明看不懂啦！
台弟：	我知道，我們來演紅衣小女孩前傳。
廟公：	做醮，你演這個！
台弟：	紅衣小嬰孩。

◎	余媽媽	這馬七月半，你莫烏白講啦。
●	台弟	<u>紅衣小胚胎。</u>
	◆ 眾人繼續吵。	
◎	盈盈	媽媽！《西廂記》。
●	余媽媽	阮盈盈真厲害，《西廂記》真袂穩呢，《西廂記》閣在地閣傳統，又閣是感情戲，《西廂記》好。
◎	廟公	《西廂記》不如搬《西遊記》，差一个字爾，我就演孫悟空！
	◆ 眾人繼續吵。	
●	盈盈	媽媽！<u>奶奶講《西廂記》不錯。</u>
◎	奶奶	<u>是，《西廂記》又傳統又是感情戲，做醮酬神最適合了，就《西廂記》了吧。</u>
●	廟公	好啦，<u>奶奶講《西廂記》就《西廂記》啦！</u>（眾人同意）奶奶，咱咱劇團欲搬《西廂記》欠一項物件啦，這啦（比錢的手勢）！
◎	奶奶	（比「1」）<u>這樣？</u>
●	余媽媽	<u>奶奶咱做一棚戲《西廂記》──</u>
◎	廟公	<u>──上無嘛愛按呢才有夠啊！</u>（比「10」）
●	奶奶	<u>這樣？</u>（比「3」）
◎	廟公	<u>哪無咱攏退一步，按呢好矣！</u>（比「7」）
●	奶奶	<u>成！那誰來演男主角張生呢？</u>
◎	廟公	既然我是劇團的團長，就予我來搬這个男主角張生。

余媽媽：	七月半，你不要亂講話啦。
台弟：	紅衣小胚胎。

◆眾人繼續吵。

盈盈：	媽媽！《西廂記》。
余媽媽：	我們盈盈真聰明，《西廂記》很不錯呢，又在地又傳統，又是感情戲，《西廂記》可以。
廟公：	演《西廂記》不如演《西遊記》，差一個字而已，我就演孫悟空！

◆眾人繼續吵。

盈盈：	媽媽！奶奶講《西廂記》不錯。
奶奶：	是，《西廂記》又傳統又是感情戲，做醮酬神最適合了，就《西廂記》了吧。
廟公：	好啦，奶奶說《西廂記》就《西廂記》啦！（眾人同意）奶奶，我們咱劇團要演《西廂記》還差一項，這個啦（比錢的手勢）！
奶奶：	（比「1」）這樣？
余媽媽：	奶奶咱劇團演一齣《西廂記》──
廟公：	──至少也要這樣才夠啊！（比「10」）
奶奶：	這樣？（比「3」）
廟公：	不然我們各退一步，這樣啦！（比「7」）
奶奶：	成！那誰來演男主角張生呢？
廟公：	既然我是劇團的團長，就讓我來演男主角張生。

●	**台弟**	廟公，我共你講。阮哥哥去國外學戲劇轉來，伊會當做男主角。
◎	**廟公**	咱這齣戲欲講台語，伊敢會曉講台語？
●	**洋哥**	台語 is very easy。
◎	**台弟**	阮哥哥講台語足簡單的。
●	**廟公**	頭一句「暗眠摸的烏暗暝，烏暗暝的暗眠摸」你唸一改（kái）。
◎	**洋哥**	（怪腔怪調）「暗眠摸的烏暗暝，烏暗暝的暗眠摸」。
●	**廟公**	「翁媽咪妹妹轟」是咧講啥啦！
◎	**余媽媽**	麋麋卵卯（mi-mi-mauh-mauh）聽無啦！

◆ 洋哥失志。

●	**台弟**	敢講阮哥哥去國外學戲劇轉來攏沒路用？
◎	**洋哥**	It's OK, dear brother. I only do Shakespeare and physical theatre. Look at my body. My gesture.
●	**台弟**	阮哥哥講伊干焦欲搬莎士比亞閣肢體劇場彼種動身軀的啦！
◎	**余媽媽**	動身軀！我想著一个真適合恁哥哥的角色！
●	**廟公**	敢有需要牽手！
◎	**余媽媽**	有啦，咧共你鬥相共，你是咧……。因為咱逐家攏知影，佇《西廂記》內底有一對真恩愛的男女主角，個兩人就定定牽手散步佇浪漫的月色之下，恁哥哥就演彼粒月娘就好矣！

台弟：	廟公，我跟你說。我哥哥從國外學戲劇回來，他可以演男主角。
廟公：	演這齣戲要講台語，你哥哥會講台語嗎？
洋哥：	台語 is very easy。
台弟：	我哥說台語簡單啦。
廟公：	第一句你唸看看：「暗眠摸的烏暗暝，烏暗暝的暗眠摸。」
洋哥：	（怪腔怪調）「暗眠摸的烏暗暝，烏暗暝的暗眠摸」。
廟公：	「翁媽咪妹妹轟」是在講啥啦！
余媽媽：	整組在那邊乒乒乓乓，聽不懂啦！

◆ 洋哥失落。

台弟：	難道我哥哥國外學戲劇回來也沒用？
洋哥：	It's OK, dear brother. I only do Shakespeare and physical theatre. Look at my body. My gesture.
台弟：	我哥哥說他只演莎士比亞跟肢體劇場，動身體那種的啦！
余媽媽：	動身體！我想到一個很適合你哥哥的角色！
廟公：	有需要牽手嗎！
余媽媽：	有啦！在幫你耶！你還……。因為我們大家都知道，在《西廂記》裡，有一對很恩愛的男女主角，他們兩個人常常牽手散步在浪漫的月色之下，你哥哥就來演那顆月亮就好啦！

洋哥	The moon? Of course, I can do anything！（隨演起來）
廟公	按呢會用得啦！莫怪人講外國的月娘較圓。按呢你就是月娘光映映（kng-iànn-iànn），我就是一个浪漫飄撇的書生，散步佇月色之下。（隨演起來）
余媽媽	是啦，《西廂記》內底閣有一个美麗多情的少女，女主角，叫鶯鶯。（隨演起來）張哥哥！張哥哥！
◆ 廟公、洋哥、台弟對看。	
廟公	這个 oo-bá-sáng 是誰？
余媽媽	你是咧講啥！
洋哥	（指盈盈）There is a girl.
奶奶	（對盈盈）你是狗啊？
盈盈	奶奶我毋是狗。
余媽媽	你哪會講阮盈盈是狗？
洋哥	Girl！（怪腔）少女！
廟公	對啦！盈盈是少女！
余媽媽	你是咧歡喜啥，你欲叫阮盈盈搬鶯鶯喔，伊毋敢啦！你欲共驚死喔！
廟公	余媽媽，你沒聽人講：「台下一條蟲，台上一條龍！」你㧒伊來遮，毋就欲訓練伊的膽量，對無？
余媽媽	伊干焦會曉搬傘蜥蜴爾，搬鶯鶯伊無法度啦！
奶奶	那個誰？

洋哥：	The moon? Of course, I can do anything!（馬上演起來）
廟公：	這樣可以喔！難怪人家說外國的月亮比較圓。那這樣他就是月亮，我就是一個風流瀟灑的書生，散步在這月色之下。（馬上演起來）
余媽媽：	是啦，《西廂記》裡面，還有一個美麗多情的少女，女主角，叫做鶯鶯，（馬上演起來）張哥哥！張哥哥！

◆廟公、洋哥、台弟對看。

廟公：	這位歐巴桑是誰？
余媽媽：	你說什麼啦！
洋哥：	（指盈盈）There is a girl.
奶奶：	（對盈盈）你是狗啊？
盈盈：	奶奶我不是狗。
余媽媽：	你怎麼說我們盈盈是狗
洋哥：	Girl！（怪腔）少女！
廟公：	對啦！盈盈是少女！
余媽媽：	你是在開心什麼！你要我們盈盈演鶯鶯喔？她不敢啦！你是要嚇死她喔！
廟公：	余媽媽，你沒聽說：「台下一條蟲，台上一條龍！」你帶盈盈來這，不就是想訓練她的膽量嗎？
余媽媽：	她只會演傘蜥蜴啦！她演不了鶯鶯啦！
奶奶：	那個誰？

◎	余媽媽	余小姐呀，<u>奶奶</u>。
●	奶奶	<u>鶯鶯，盈盈，都是兩個字，啊，就她演了！</u>
◎	台弟	你「<u>余媽媽</u>」三个字，你袂當搬。
●	余媽媽	（毋甘願）你欲搬喔？好啦，欲搬就予你搬啦！
◎	廟公	就按呢決定矣，敢閣有啥物角色猶未分？
●	台弟	內底敢有較歹，較盡磅（tsīn-pōng）的角色？
◎	余媽媽	有啦，《西廂記》內底有一个盡磅大的孫飛虎，共鶯鶯搶親搶走的彼个。
●	廟公	就你啊，你上盡磅的。
◎	奶奶	（敢若看著啥）<u>大壞蛋孫飛虎，不得好死。</u>
●	台弟	哈！是歹人喔？我是歹，毋是歹人，我只是盡磅！毋通害我娶無某！
◎	余媽媽	弟弟這你就毋捌，俗語講：「<u>男人不壞，女人不愛。</u>」這《西廂記》內底上有膽識（tám-sik）參 guts，就孫飛虎，試看覓啦。
●	洋哥	Man power ！
◎	廟公	嘿啦，真簡單啦，你就假一个較 man 的聲音。（模仿陳松勇） 你這馬是咧共恁爸唱喔，恁爸勇伯——陳松勇啦，搬戲搬規世人，這馬搬到天庭去矣，看著梁朝偉著彼「<u>威尼斯終身成就獎</u>」，我有夠歡喜。毋過我這馬佇天庭嘛蹛了袂穩，逐工和烏人唱歌，彼烏人唱歌足好聽的，我唱予你聽。

余媽媽：	余小姐呀，奶奶。
奶奶：	鶯鶯，盈盈，都是兩個字，啊，就她演了！
台弟：	你「余媽媽」三個字，你不能演。
余媽媽：	（不甘心）你要演喔？好啦，要演就給你演啦。
廟公：	那就這樣決定，還有什麼角色還沒分配？
台弟：	這戲裡有沒有比較兇比較猛的那種角色？
余媽媽：	有啦，《西廂記》裡面有一個最兇猛的孫飛虎，把鶯鶯搶親搶走那個。
廟公：	那就你演了啊，你最猛。
奶奶：	（好像看到什麼）大壞蛋孫飛虎，不得好死。
台弟：	蛤！是壞人喔？我是兇，不是壞人，我只是猛！不要害我娶不到老婆！
余媽媽：	弟弟這你就不懂了，這俗話說：「男人不壞，女人不愛。」這《西廂記》最有膽識跟 guts 就是孫飛虎，試看看嘛。
洋哥：	Man power ！
廟公：	對啊，很簡單啦，你就裝一個比較 man 的聲音。 （模仿陳松勇） 你現在是在嗆老子喔，老子勇伯——陳松勇啦，演戲演一輩子，現在演到天堂去，看到梁朝偉得「威尼斯終身成就獎」，我有夠開心。不過我現在在天堂也住得不錯，每天和黑人唱歌，那個黑人唱歌有夠好聽，我唱給你聽。

●	台弟	好啦好啦,我試看覓。
	◆ 奶奶突然開始唱戲。	
◎	余媽媽	奶奶欲搬啥?
●	廟公	女主角鶯鶯邊仔母是有一个查某嫻仔(tsa-bóo-kán-á)叫啥?
◎	余媽媽	紅娘喔?
●	廟公	對啦,紅娘啦。紅娘會當是講幫張生和鶯鶯牽紅線的,奶奶以前是做媒人婆的,就按呢啦。
◎	余媽媽	奶奶,咱搬戲的時陣你搬「紅娘」好無?
●	奶奶	阿娘?誰啊?
◎	余媽媽	奶奶,足簡單的,就是搬戲的時陣,阮盈盈做鶯鶯著無,你就綴(tuè/tè)佇伊尻川(kha-tshng)後壁拋拋走(pha-pha-tsáu)。
●	奶奶	尻川?我認識。
◎	廟公	沒問題啦,好!哪按呢角色分了矣,咱開始來排戲!
	◆ 眾人去到家己排練的位,賰(tshun)余媽媽一个人佇中央。	
●	余媽媽	等一下,那按呢我欲演啥?
◎	廟公	余媽媽,拄好這改角色攏分了矣,你做導演好矣,你足適合的,拜託矣。
●	余媽媽	啥物我做導演!無愛啦!咱咱劇團頭一擺上場表演,我一定欲佮你……(向廟公倚過)
◎	廟公	你欲創啥?
●	余媽媽	安插一个角色予我。

台弟：	好啦好啦，我試試看。

◆奶奶突然開始唱戲。

余媽媽：	奶奶要演誰？
廟公：	女主角鶯鶯旁邊，不是有個婢女叫什麼？
余媽媽：	紅娘喔？
廟公：	對啦，紅娘啦。紅娘是幫張生和鶯鶯牽紅線的人，奶奶以前不是做那個什麼媒人婆的？就這樣吧！
余媽媽：	奶奶，上台演戲的時候，你可不可以演「紅娘」？
奶奶：	阿娘？誰呀？
余媽媽：	奶奶，很簡單，演戲的時候，我們盈盈演鶯鶯，你就跟她屁股後面走就可以了。
奶奶：	屁股？我認識。
廟公：	沒問題啦，好！這樣角色都安排好了，開始排戲！

◆眾人各自就排練的位置，剩余媽媽一人在中央。

余媽媽：	等一下，那我呢，我演誰？
廟公：	余媽媽，我們這次角色都安排好了，不然你當導演好了，你很適合，麻煩你了。
余媽媽：	什麼我當導演！我不要！我們咱劇團第一次上台演戲，我一定要跟你……（靠近廟公）
廟公：	幹嘛幹嘛？
余媽媽：	安插一個角色給我啦。

◎	廟公	角色就都分了矣，無法度啦。
●	洋哥	（比動作）The wall！There is a wall between them.
◎	余媽媽	啥物？我會當搬！
●	台弟	阮哥哥講你足「平」（pênn/pînn）。
◆ 余媽媽欲拍台弟。		
◎	盈盈	媽媽！（眾人回頭）是壁（piah）啦！
●	余媽媽	你叫我演壁！免講，我無愛，你去共好爺講多謝，咱咱劇團這擺沒法度演出。我無愛啦！
◎	廟公	來啦！來啦！你聽我解釋啦！來，盈盈來。
●	余媽媽	你叫阮盈盈來嘛無路用。
◎	廟公	彼男主角張生和女主角鶯鶯，是佇咧隔壁房間談戀愛著無，中央隔一堵壁，這个男主角張生喔，會對這堵壁訴情衷。
●	余媽媽	你是講你會對我講「我愛你」喔？
◎	廟公	一改。
●	余媽媽	五改。
◎	廟公	三改。
●	余媽媽	四改。
◎	廟公	好啦，四改就四改啦。
●	余媽媽	好，哪按呢我欲搬壁！
◎	奶奶	我要回去看《群星會》囉。

廟公：	角色就都分完啦，沒辦法啦。
洋哥：	（比動作）The wall! There is a wall between them.
余媽媽：	什麼角色？我可以演！
台弟：	我哥哥說你很平。

◆余媽媽欲打台弟。

盈盈：	媽媽！（眾人回頭）是牆壁啦！
余媽媽：	你叫我演牆壁！免談，我不要，你去跟好爺說謝謝，我們咱劇團這次沒辦法演出。我不要啦！
廟公：	來啦！來啦！你聽我解釋啦！來，盈盈來。
余媽媽：	你叫盈盈來沒有用啦。
廟公：	男主角張生跟女主角鶯鶯，不是在隔壁房間談戀愛嗎？中間隔著一堵牆，男主角張生會對這堵牆，訴情衷。
余媽媽：	你是說，你會對我說「我愛你」喔？
廟公：	一次。
余媽媽：	五次。
廟公：	三次。
余媽媽：	四次。
廟公：	好啦，四次就四次。
余媽媽：	好，那我演牆壁！
奶奶：	我要回去看《群星會》囉。

| 廟公 | 沒要緊啦，先予去啦，錢來就好矣。共恁講啦，咱這改咱劇團，愛排一齣真特別的《西廂記》，予觀眾閣哭閣笑，又喜又悲…… |

◆ 燈光轉換。

廟公：　沒關係，先讓她去，有錢就好。跟你們說，我們咱劇團這次，一定要排一齣很特別的《西廂記》，讓觀眾又哭又笑，又喜又悲⋯⋯

◆燈光轉換。

S8

●	好爺	月老的沙士B亞，我輕輕鬆鬆就捎（sa）著啊！伊連半句話攏毋敢應。
◎	山神	伊毋敢應是因為我，毋是你。你物件攏攢齊矣，為啥物閣毋緊動手？
●	好爺	山神伯你就莫著急，個這馬就佇彼粒山頭歇睏。
◎	山神	這个林默海實在是真好命，24點鐘攏有人咧共奉待，你嘛小學一下。
●	好爺	山神伯，像撲風（iát-hong）捀茶（phâng-tê）這種蝨（sat）仔工課（khang-khuè），叫誰人來做攏全款。毋過若親像掠知蟬火金蛄，抑是去討沙士B亞，這款難度較懸的工課，就一定需要我這種プロ（puro）級的才會使啊。
◎	山神	好啦好啦，プロ級的，無你嘛緊想辦法，看欲按怎接近林默海？這齒（khí）心機足重的，真歹處理。
●	好爺	處理我OK！山神伯你歇睏一下，看我按怎共處理。
◎	山神	好。
●	好爺	（行向水水）水水，我好爺今仔日專工提這伴手禮，欲來共海神媽會失禮。拜託你等咧幫講兩句仔好聽話。

S8

◆水水侍奉著海神。好爺及山神在另一座山頭窺視。

好爺： 月老的沙士Ｂ亞，我輕輕鬆鬆就到手，他連半句話都不敢回。

山神： 他不敢回是因為我，不是你。你東西已經準備齊全，怎麼還不快去？

好爺： 山神伯你別著急，海神媽現在就在那座山頭休息。

山神： 這個林默海真好命，24小時都有人在伺候，好爺，你也學一下。

好爺： 山神伯，搧風遞茶這種小事，叫誰來做都一樣。若是像抓知蟬火金蛄，或是拿沙士Ｂ亞，這種困難度高的工作，當然就要我這種プロ級（puro，專業）的才有辦法。

山神： 好啦好啦，プロ級的，那你也快點想辦法，去接近林默海，這傢伙心機很重，不好處理。

好爺： 處理我 OK！山神伯你先在這休息，看我怎麼處理。

山神： 好。

好爺： （走向水水）水水，我好爺今天專程拿這伴手禮，來跟海神媽賠禮。待會就拜託你，替我講兩句好話。

◎	水水	海神媽這馬咧睏晝（khùn-tàu），若是共吵著，好話較濟嘛無效。
●	好爺	我暗頓（àm-tn̄g）攏食飽矣，伊閣咧睏晝喔。
◎	水水	你是毋是閣欲變猴弄（pìnn-kâu-lāng）？
●	好爺	我哪敢。講正經的啦，我今仔日這個禮物，真稀奇，真歹揣，性命（sènn/sìnn-miā）真短，又閣是活體，若是無緊提予海神媽看，我恐驚袂赴送禮賠罪。

◆ 海神出聲，目睭猶未擘開。

◎	海神	稀奇、歹揣、性命閣真短，啥物物件，遮厲害？
●	水水	先予我看一下。（硬欲看，好爺阻擋）
◎	好爺	這是欲予海神媽的，哪會使予你先看。
●	水水	好啊，你無愛予我看，等咧海神媽睏飽，我就去共伊講你的歹話。
◎	海神	水水，真話假話、好話歹話，攏閃袂過我的耳空（hīnn/hī-khang）底，阿好捾（kuānn）來的伴手禮，閣毋緊提來予我看詳細！

◆ 好爺對山神比一个「處理我 OK」的動作，兩人掛好烏目鏡，山神叫伊緊處理海神。水水接近海神，共知蟬火金蛄囥佇海神的面頭前，掀起烏布，兩人看著知蟬火金蛄，隨昏昏去。

水水：	海神媽現在在午睡，要是吵到她，好話說再多也沒用。
好爺：	我晚餐都吃飽了，她還在睡午覺喔。
水水：	你是不是又在搞什麼把戲？
好爺：	我哪敢。講正經的，我今天拿這個禮物，是真的稀奇，很難找，壽命短，又是活體，要是不趕緊拿給海神媽看，我恐怕來不及送禮賠罪。

◆海神出聲，還沒睜開眼睛。

海神：	稀奇、難找、壽命又短，什麼東西這麼厲害？
水水：	先讓我看一下。（硬要看，好爺阻擋）
好爺：	這是要給海神媽的，怎麼可以先給你看。
水水：	好啊，你不給我看，等下海神媽睡飽，我就去跟她說你的壞話。
海神：	水水，真話假話、好話壞話，都逃不過我的法眼，阿好拿來的伴手禮，還不快拿來讓我看仔細！

◆好爺對山神比了一個「處理我OK」的動作，兩人戴上墨鏡，山神叫祂趕快處理海神。水水接近海神，把知蟬火金蛄放在海神面前，掀開黑布，兩人看到知蟬火金蛄，立即昏睡過去。

S9

◆ 烏暗中的墓仔埔。
◆ 這段咱劇團段落由演員自由發展，會當隨劇組成員鋪排。

●	廟公	逐家行路細膩，綴好，毋通踏著無應該踏的。
◎	余媽媽	廟公，我佇遮，我一定會共你綴牢牢，手攏無愛放喔！
●	台弟	誰咧共我偷摸？
◎	洋哥	What a midsummer night's dream.
●	盈盈	媽媽你看！
◎	余媽媽	毋通烏白看，暗眠摸。
●	洋哥	There is the light ！
◎	霖霖	（提著鼓仔燈〔kóo-á-ting〕）恁哪會這陣（連音唸 tsín）才來？

◆ 眾人驚甲吱吱叫、四界走。

●	盈盈	媽媽，是霖霖啦！
◎	余媽媽	喔！咱隔壁庄的霖霖啦，阮盈盈的好朋友啦，霖霖佮阮盈盈全款攏足閉思（pì-sù）啦，猶毋過攏足愛搬戲的。
●	台弟	廟公，佇廟裡排戲排了好好，無代無誌來這荒郊野外欲創啥？
◎	廟公	毋是啦，煞毋知影，明仔載廟裡欲做醮，無所在通排矣啦，毋才焄恁來阮阿公兜遮排啦。
●	台弟	你有阿公喔？
◎	廟公	誰無阿公，你才無阿公。細膩莫共阮阿公踏著！

S9

◆ 黑暗中的墓地。
◆ 這段咱劇團段落由演員自由發展，可以隨劇組成員調整。

廟公：	大家小心跟好，不要踩到不應該踩的。
余媽媽：	廟公，我在這，我一定緊緊跟著你，絕不放手喔！
台弟：	誰偷摸我？
洋哥：	What a midsummer night's dream.
盈盈：	媽媽你看！
余媽媽：	不要亂看，烏漆墨黑的。
洋哥：	There is a light!
霖霖：	（提燈籠）你們怎麼到現在才來！

◆ 眾人驚叫奔逃。

盈盈：	媽媽，是霖霖啦！
余媽媽：	喔！是隔壁村的霖霖啦，我們盈盈的好朋友。霖霖跟我們盈盈一樣很害羞，但是也很喜歡演戲。
台弟：	廟公，我們在廟埕排得好好的，跑來這種荒郊野外幹嘛？
廟公：	不是啦，還不是廟裡明天要做醮，沒場地可以排，只好帶你們來我阿公家這邊排。
台弟：	你有阿公喔？
廟公：	誰沒有阿公，你才沒阿公。小心不要踩到我阿公了。

●	余媽媽	愛拍一个招呼。
◆ 眾人驚甲吱吱叫。		
◎	余媽媽	遮墓仔埔！你是咧著猴喔。
●	廟公	拄才排戲哥哥毋是講欲啥物，<u>中西合壁</u>？欲參彼西方的啥？
◎	洋哥	Romeo and Juliet。
●	廟公	嘿啦，《鱸鰻佮酒》。內底有悲情啦，閣有《西廂記》的純情濫（lām）做伙，欲予觀眾閣哭閣笑，又喜又悲。
◎	洋哥	Exactly！（做出喜劇佮悲劇的動作）Comedy! Tragedy! Comedy! Tragedy! Comedy! Tragedy!
●	廟公	聽無啦，橫直張生和鶯鶯毋是佇隔壁房間談戀愛？中央有一個壁嘛，感覺無夠氣煞約佇咧墓仔埔啦，月娘當天拄著彼个大歹人孫飛虎，兩人煞死死去，這寡代誌攏發生佇墓仔埔，所以毋才恁怎來遮排，<u>「沉浸式排練」</u>知無。
◎	余媽媽	按呢我了解矣！不愧是咱咱劇團的團長，才有按呢的膽識參 guts ！墓仔埔就墓仔埔，省時間趕緊來排戲。
●	<u>盈盈</u>	媽媽，<u>奶奶</u>無來。
◎	霖霖	<u>奶奶</u>無來！咱就無糖通食矣。
●	洋哥	Where is <u>奶奶</u>？
◎	台弟	<u>奶奶</u>逐擺排戲攏按呢。

余媽媽：	邪要打個招呼。
◆眾人驚呼。	
余媽媽：	這裡是墓仔埔喔！你是瘋了喔！
廟公：	剛剛排戲哥哥不是提議什麼，要中西合璧？要混搭西方的那個什麼？
洋哥：	Romeo and Juliet。
廟公：	對啦，《流氓和啾啾》。裡面有的悲情，跟《西廂記》的純情混在一起，讓觀眾又哭又笑，又喜又悲。
洋哥：	Exactly！（做出喜劇和悲劇的動作）Comedy! Tragedy! Comedy! Tragedy! Comedy! Tragedy!
廟公：	聽不懂啦，總之張生與鶯鶯不是在隔壁房間談戀愛？中間有一座牆嘛，談得不過癮，就相約墓仔埔，月色之下，遇到那個大壞人孫飛虎，兩個人殉情，這些事情都發生在墓仔埔，才帶你們來這排練，「沉浸式排練」，這樣懂了嗎？
余媽媽：	你這樣講我就了解了！不愧是我們咱劇團的團長，這麼有膽量跟 guts！墓仔埔就墓仔埔，搶時間來排戲，快點快點。
盈盈：	媽媽，奶奶沒來。
霖霖：	奶奶沒來，這樣沒有糖糖可以吃了。
洋哥：	Where is 奶奶？
台弟：	每次排戲奶奶都愛來不來的。

●	廟公	好啦，你莫按呢啦，咱咱劇團若是無奶奶這（比錢的動作）欲按怎搬。
◎	余媽媽	無要緊啦，橫直墓仔埔這場無奶奶。
●	洋哥	Wait a minute! I'm the moonlight in the dark night, right? But tomorrow we will perform in the afternoon, which means the audience can not see my light!
	◆ 眾人聽無，等盈盈翻譯。	
◎	盈盈	（觇伫霖霖後壁）伊講明仔載表演伫咧外口，又閣是下晡，觀眾會看袂著伊身軀頂的光。
●	台弟	袂使啦！阮哥哥這个「月光之舞」足重要的，一定愛予人看著啦！咱伫咧室內搬！
◎	廟公	啥物室內搬，做醮閣咧室內搬。
	◆ 逐家欲冤起來。	
●	盈盈	啊！我知矣！就明仔載揣一个人，提兩塊烏布伫伊的後壁搬烏暗眠，按呢觀眾就看會著伊身軀頂的光啊！
◎	余媽媽	咱盈盈真正是有夠巧！好啦！明仔載欲演出就清彩（tshìn-tshái）揣一个人！
●	台弟	啥物清彩！
◎	廟公	童乩廖！無無無，無清彩揣童乩廖。
●	余媽媽	就予童乩廖提一塊烏布，伫恁哥哥後壁拋拋走，會用得無？
◎	洋哥	It's perfect.

廟公：	好啦，不要這樣，咱劇團要是沒有奶奶的這個（比錢的動作）要怎麼演？
余媽媽：	沒關係，墓仔埔這段戲又沒有奶奶。
洋哥：	Wait a minute! I'm the moonlight in the dark night, right? But tomorrow we will perform in the afternoon, which means the audience can not see my light!

◆眾人聽不懂，等盈盈翻譯。

盈盈：	（躲在霖霖後面）他說明天是在戶外演，又是下午，觀眾朋友會看不到他身上的光。
台弟：	這樣不行啦！我哥哥這「月光之舞」很重要，觀眾朋友一定要看到！我們在室內演好了！
廟公：	什麼在室內演，做醮誰在室內演。

◆大家快吵起來。

盈盈：	啊！我知道了！明天找個人，拿兩塊黑布在他後面演黑夜，這樣就可以看到他身上的光！
余媽媽：	我們盈盈真的有夠聰明！可以啦！明天從廟裡隨便找一個！
台弟：	什麼隨便！
廟公：	找乩童廖！不隨便，找乩童廖不隨便。
余媽媽：	就找乩童廖拿塊黑布，跟著你哥哥後面一直走，可不可以接受？
洋哥：	It's perfect.

●	余媽媽	伊根本就聽有台語。你對這條路「Siah lāng」過。
◎	洋哥	「Siah lāng! Siah lāng!」I'm the moonlight in the dark night!
●	余媽媽	好，婿婿婿，月娘當天。來弟弟，大歹人孫飛虎來！
◎	台弟	無啦，余媽媽，我想講我也是莫搬好矣。
●	余媽媽	你是咧烏白講啥，毋是攏排好勢矣？
◎	台弟	無啦，我就有看彼電視新聞攏有咧報啊，搬八點檔的歹人，搬了傷歹，予網友做哏圖、炎上，到時我若去予人 po 佇網路頂，欲按怎！
●	廟公	弟弟啊，你嘛咧笑詼（tshiò-khue/khe），你的演技無人看會出來啦。若是我去搬喔，真正予人 po 佇啥物「無名小站」、「痞客邦」。
◎	台弟	啥物年代矣，這馬無「無名小站」矣啦。
●	余媽媽	弟弟講的，也是有道理，他搬這个角色就是一个大挑戰，伊若搬了歹就好，搬了好就壞矣！
◎	廟公	你顛顛倒倒是咧講啥。
●	台弟	你講，你做廟公的人，我若搬了傷歹，是毋是會去予神明處罰？
◎	盈盈	先消毒！
●	余媽媽	盈盈有夠巧的啦！咱明仔載先去廟內，揣童乩廖請一寡（tsit-kuá）符仔水，予你規組消毒一下，予你莫遐歹。

余媽媽：	他根本就聽得懂台語。你從這裡「蝦啷」過去。
洋哥：	蝦啷！蝦啷！I'm the moonlight in the dark night!
余媽媽：	很好，很美，明月當空。大壞人孫飛虎，弟弟，換你，快點。
台弟：	沒有啦，余媽媽，我想說還是不要演好了。
余媽媽：	你是在講什麼，不是都安排好了？
台弟：	不是啦，我看新聞說，演八點檔的壞人，演得太壞，被網友做哏圖、炎上，如果到時候我被人 po 上網，怎麼辦啦！
廟公：	弟弟，你不要開玩笑，以你的演技，沒有人看得出來。要是我去演，才是真的可能被 po 在「無名小站」、「痞客邦」。
台弟：	什麼年代了，現在沒有「無名小站」了啦。
余媽媽：	弟弟講的也是有道理，他演這個角色，其實是個大挑戰，他要演得壞就好，他要演得好就壞了。
廟公：	顛顛倒倒是在講什麼。
台弟：	廟公你說，我要是演壞人演得太壞，會不會被神明處罰？
盈盈：	先消毒！
余媽媽：	盈盈真的有夠聰明！我明天去廟裡找乩童廖請一罐符水，讓你喝下，整組消毒一下，讓你不要這麼壞。

◎	台弟	我是歹,毋是歹人,我無愛啉(lim)符仔水啦!
●	盈盈	媽媽!是共觀眾消毒,講表演毋是真的。
◎	廟公	喔!對對對,你明仔載欲搬進前,先共觀眾閣有神明講,講你是一个好人這馬來搬一个歹人,雖然講你是一个真好的人,毋過這馬你欲拚命共這个歹人搬予……好,按呢啦!
●	余媽媽	毋是啦!伊欲拚命共這个歹人搬予歹啦。
◎	洋哥	Oh my dear 弟弟, let me show you.
●	余媽媽	個哥哥專業的啦。
◎	洋哥	Come on, look at me!(示範)鶯鶯我來矣。
●	台弟	(學)鶯鶯我來矣。
	◆ 好爺出現,時間若堅凍(kian-tàng)。	
◎	霖霖	有歹物仔!
●	台弟	恁看!個哭甲按呢啦,佇我的頭殼頂頓(tǹg)一个印仔矣啦。我按呢去予人做記號,<u>沒有人是局外人</u>,是恁害我娶無某的。
◎	廟公	我會當了解你的感覺,我嘛是<u>局內人</u>啦。我也煩惱我男主角演了傷好,逐家攏來愛我是欲按怎。
●	洋哥	Oh! come on Temple father. We are very professional actors! The audience will know what is true and fake!
◎	盈盈	伊講觀眾無退戇啦!

台弟：	我是兇，又不是壞人，我不要喝符水啦！
盈盈：	媽媽！是跟觀眾朋友消毒說，演戲不是真的。
廟公：	對啦！明天你要演之前，先跟觀眾還有神明說，你是一個好人，但是你現在要演壞人，雖然你是個好人，但是你會拼命把這個壞人演得……好，這樣！
余媽媽：	不是！他要拼命把這個壞人演得壞啦！
洋哥：	Oh my dear 弟弟, let me show you.
余媽媽：	他哥哥專業的。
洋哥：	Come on, look at me!（示範）鶯鶯我來了。
台弟：	（學）鶯鶯我來了

◆好爺出現，時間彷彿凝止。

霖霖：	有髒東西！
台弟：	你們看，他們哭成這樣啦，壞人的臉已經安在我的臉上了。沒有人是局外人，是你們害我娶不到老婆的。
廟公：	其實我可以了解你的感覺，我也是局內人啦。我也煩惱我男主角演得太好，太多人都愛上我怎麼辦。
洋哥：	Oh! come on Temple father. We are very professional actors! The audience will know what is true and fake!
盈盈：	他說觀眾沒那麼笨。

●	余媽媽	就是分清楚啥物是搬戲,你戲搬煞人就愛轉來!
◎	台弟	廢話,我搬戲搬煞無轉厝欲轉佗!
●	余媽媽	你態度較好矣,我是講你戲搬煞,「人」就要「轉來」。
◆ 眾人吵吵鬧鬧。		
◎	好爺	(雄雄出聲)親像是做夢全款,醒過來就放予袂記。
●	眾人	對啦!
◆ 越頭看著生份(senn/sinn-hūn)人,眾人驚一個哀出來。		
◎	廟公	你是誰?
●	好爺	是我啊!我逐改排戲攏有來呢,余媽媽你看你柑仔色圍兜兜內底,是毋是有一本排練筆記本。
◎	余媽媽	我哪有一個排練筆記小本本?(揣著)彼個誰(siáng),真正逐擺攏有來,盈盈敢有?
●	盈盈	無啊。
◎	廟公	你敢若我陷眠的時陣看著的彼個……
◆ 好爺作法,予所有的人攏茫去矣。		
●	眾人	喔,是你喔!
◎	好爺	余媽媽我共你講,彼張生的台詞,我已經全部攏背了矣,會當隨時上台搬張生!
●	廟公	啥物搬張生,張生我咧搬的呢,明明就是我的角色,那會是你?

余媽媽：	你就是要分清楚什麼是演戲，戲演完人就要回來。
台弟：	廢話，我演完戲不回家要去哪？
余媽媽：	你態度好一點喔，我是說，你戲演完，「人」就要「回來」。

◆眾人吵吵鬧鬧。

| 好爺： | （突然出聲）就像作夢一樣，醒來就要忘記。 |
| 眾人： | 對啦！ |

◆轉頭看見陌生人，眾人嚇一跳驚呼。

廟公：	你是誰？
好爺：	是我啊！我每次排戲都有來耶，余媽媽你看你橘子色的圍兜兜裡面，是不是有一本排練筆記本。
余媽媽：	我哪有什麼排練筆記小本本？（找到）那個誰，真的每次都有來，盈盈有嗎？
盈盈：	沒有啊。
廟公：	你好像我做夢的時候看到的那個……

◆好爺施法，所有人都茫了一下。

眾人：	喔，是你喔！
好爺：	余媽媽我跟你說，張生的台詞，我已經背好了，可以隨時上台演張生。
廟公：	什麼上台演張生，張生是我要演的，我的角色，怎麼是你？

◎	好爺	規團就我上勢搬的，當然嘛是我來搬男主角。
●	廟公	來！余媽媽共伊講，誰是這個劇團內底上勢演的！
◎	余媽媽	我一時看袂出來，逐家攏足勢搬戲的。
●	台弟	來啦，像一个查埔人全款釘孤枝（tìng-koo-ki），辦一个演技大ＰＫ！
◎	廟公	這哪有需要ＰＫ！
●	洋哥	Play one。
◎	台弟	阮哥哥講欲加一。
●	廟公	（對洋哥）來「暗眠摸的烏暗暝啊，烏暗暝的暗眠摸」唸一改。ＫＯ啦！
	◆ 洋哥放棄。	
◎	廟公	予你看覓啥物叫男主角的演技。
●	余媽媽	按呢公平喔，攏對《西廂記》頭一句「暗眠摸的烏暗暝啊，烏暗暝的暗眠摸」開始喔。
◎	廟公	（準備好，上場）哦，「暗眠摸的烏暗暝啊，烏暗暝的暗眠摸，日頭落山才出現……」
●	好爺	Cut!
◎	廟公	你 Cut 啥啦！
●	好爺	你講話遮細聲，觀眾朋友攏毋知你咧講啥。
◎	廟公	你耳空傷重，逐家攏聽有啦。
●	余媽媽	是真正有較細聲。

好爺：	全團就我最會演，當然是我演男主角。
廟公：	來！余媽媽，你告訴他，這個劇團裡誰最會演？
余媽媽：	你們好像都很會演，我一時分不太出來。
台弟：	來啦，像男人一樣單挑啦，來辦一個演技大ＰＫ！
廟公：	這哪有需要ＰＫ？
洋哥：	Play one.
台弟：	我哥哥說要加一。
廟公：	（對洋哥）來「暗眠摸的烏暗暝啊，烏暗暝的暗眠摸」唸一次。ＫＯ啦！

◆洋哥放棄。

廟公：	給你看看什麼是男主角的演技。
余媽媽：	公平起見，都從《西廂記》第一句「暗眠摸的烏暗暝啊，烏暗暝的暗眠摸」開始喔。
廟公：	（準備好，上場）哦，暗眠摸的烏暗暝 烏暗暝的暗眠摸 日頭落山才出現 出現才會暗眠……
好爺：	Cut!
廟公：	你 Cut 什麼啦！
好爺：	你講話這麼小聲，觀眾朋友都聽不到你在說什麼。
廟公：	你重聽嗎？哪裡小聲。
余媽媽：	是真的有點小聲。

◎	好爺	余媽媽做人上實在,雖然你是搬小生,但講話嘛袂當遮爾小聲。
	◆ 眾人笑。	
●	廟公	笑啥啦,啥物「小生」、「小聲」恁是聽有喔。
◎	余媽媽	有啦,「小生」和「小聲」。
●	廟公	有啥物好笑!笑點也太低了!
◎	余媽媽	是真的傷細聲矣。愛較大聲啦。
●	廟公	好啦,你愛大聲,我就大聲啦。
◎	余媽媽	好啦,查埔人頭一斗(táu)緊張啦!
●	廟公	(準備好,上場)「哦,暗眠摸的烏暗暝啊,烏暗暝的暗眠摸」——
◎	好爺	Cut!
●	廟公	Cut 啥啦。
◎	好爺	你講話遮大聲,一點嘛情緒佮轉折攏嘛無。
●	廟公	啥物情緒佮轉折?
◎	好爺	你講話遮大聲,霖霖佮盈盈攏予你驚到哭出來矣。
●	廟公	哭啥!
	◆ 霖霖佮盈盈哭出來。	
◎	洋哥	It's really no feel.
●	台弟	阮哥哥講你無 fu 啦。

好爺：	余媽媽做人最實在，雖然你是演小生，但是也不能講話，這麼小聲。
◆眾人笑。	
廟公：	你們是在笑什麼！「小生」、「小聲」你們是有聽懂喔。
余媽媽：	有啦，「小生」和「小聲」。
廟公：	有什麼好笑的，笑點也太低了！
余媽媽：	是真的太小聲了，要大聲一點啦。
廟公：	好啦，你要大聲，我就大聲啦。
余媽媽：	好啦，男人第一次比較緊張啦！
廟公：	（準備好，上場）「哦，暗眠摸的烏暗暝啊，烏暗暝的暗眠摸」──
好爺：	Cut！
廟公：	Cut 什麼啦。
好爺：	你講話這麼大聲，一點情緒跟轉折都沒有。
廟公：	什麼情緒跟轉折？
好爺：	你講話這麼大聲，盈盈跟霖霖，都被你嚇到哭出來了。
廟公：	哭什麼！
◆霖霖佮盈盈哭出來。	
洋哥：	It's really no feel.
台弟：	我哥哥說你沒 fu 啦。

◎	廟公	啥物無 fu 啦!
●	余媽媽	無啦,你愛放感情啊,傷大聲去矣。
◎	廟公	愛放感情,知啦。
●	余媽媽	好啦,閣試一擺啦。 第三擺矣喔。
◎	廟公	好啦,一擺就有夠矣啦。(準備好,上場)「哦,暗眠摸的烏暗暝啊!烏暗暝的暗眠摸。日頭落山才出現⋯⋯」
●	好爺	Cut Cut Cut Cut Cut!
◎	廟公	你閣咧 Cut 啥啦。
●	好爺	又閣哭又閣笑,你是<u>顏面神經失調</u>喔?還是你有<u>尿結石</u>?
◎	廟公	啥物<u>尿結石</u>!
●	余媽媽	你莫烏白講話,哪有尿結石,伊是<u>攝護腺肥大</u>。
◎	廟公	你講啥!
●	余媽媽	就你健康檢查報告按呢寫的啊。
◎	廟公	你偷看我報告欲創啥?
●	余媽媽	你囥佇雁仔(thuah-á)內底啊,<u>我不在意!</u>
◎	廟公	<u>我在意啦!</u>
●	好爺	好矣啦,三改矣,換我啊。你按呢就是拄著<u>瓶頸</u>。
◎	余媽媽	我共你講,<u>瓶頸</u>是較有經驗的演員,才會拄著的問題。歇睏一下閣來。

廟公：	什麼沒 fu！
余媽媽：	沒啦，要放感情呀，太大聲了啦！
廟公：	知道啦，放感情啦！
余媽媽：	好啦，再試一次吧，第三次了喔！
廟公：	好啦，一次就夠了啦。（準備好，上場）「哦，暗眠摸的烏暗瞑啊！烏暗瞑的暗眠摸。日頭落山才出現⋯⋯」
好爺：	Cut Cut Cut Cut Cut!
廟公：	你又在 Cut 什麼啦。
好爺：	又哭又笑，你是顏面神經失調喔？還是你有尿結石？
廟公：	什麼尿結石！
余媽媽：	別亂說，他哪有尿結石，他是攝護腺肥大。
廟公：	你在說什麼！
余媽媽：	你檢查報告這樣寫的啊。
廟公：	你偷看我報告幹嘛？
余媽媽：	你就放在抽屜裡面啊。我不在意！
廟公：	我在意啦！
好爺：	好了啦，三次了，換我啦。你這樣就是遇到瓶頸。
余媽媽：	我跟你說，瓶頸是比較有經驗的演員才會遇到的問題。休息一下再來。

●	**廟公**	好啦，先予你來啦。先共恁講啦，我攝護腺偌瘦，瘦卑巴（sán-pi-pa）知無。（讓去邊仔）
◎	**好爺**	（準備好，上場。規句攏是文讀音）等待月夜來，迎風門半開，隔壁花弄影，敢是玉人來。

◆ 眾人捎無。

●	**洋哥**	What the hell！
◎	**余媽媽**	彼个誰（siáng），歹勢，你輸矣呢，你搬毋著齣。咱搬的是彼个《西廂記》，《西廂記》的頭一句是…
●	**眾人**	「暗眠摸的烏暗眠啊，烏暗眠的暗眠摸。」

◆ 好爺見笑轉受氣（kiàn-siàu tńg siū-khì）欲作法，但是隨轉念。

◎	**好爺**	啊啊啊，好啦。
●	**余媽媽**	歹勢歹勢。
◎	**好爺**	按呢先予廟公搬男主角，我明仔載來作觀眾，作恁的忠實粉絲，共恁加油。我先來去叫廟公。等咧，重點是現場愛有熱情、有氣氛，大人囡仔攏總來，按呢知無？
●	**余媽媽**	知知知。
◎	**好爺**	好，緊排戲。

◆ 好爺去揣廟公。

●	**好爺**	廟公！
◎	**廟公**	共你講，我想著一个較動感的你看覓。（跳舞）「暗眠摸的烏暗暝，烏暗暝的暗眠摸，日頭落山才出現，出現才會暗眠摸。」

廟公：	好啦，先讓你來啦。我先跟你講，我攝護腺超瘦，瘦到不行。（讓開）
好爺：	（準備好，上場）等待月夜來，迎風門半開，隔壁花弄影，敢是玉人來。

◆眾人疑惑。

洋哥：	What the hell！
余媽媽：	那個誰，抱歉，你輸了，你演錯劇本了。我們要演的是《西廂記》，《西廂記》的第一句是……
眾人：	「暗眠摸的烏暗眠啊，烏暗眠的暗眠摸。」

◆好爺沒面子，生氣欲作法，但是又轉念。

好爺：	啊，好啦。
余媽媽：	抱歉抱歉。
好爺：	這樣，廟公來演男主角，我明天來當觀眾，當你們的忠實粉絲，幫你們加油。我先去叫廟公。等一下，重點是現場要有熱情有氣氛，大人小孩全都來，這樣知道嗎？
余媽媽：	知道！
好爺：	好，快排戲。

◆好爺去找廟公。

好爺：	廟公！
廟公：	跟你說，我想到一個比較動感的，你看看。（跳舞）「暗眠摸的烏暗暝，烏暗暝的暗眠摸，日頭落山才出現，出現才會暗眠摸。」

●	好爺	無愛予我搬男主角？我就予你變暗眠摸，予所有的人攏看袂著你！
◆ 好爺作法。		
◎	余媽媽	奇怪，廟公哪會去遮久。
●	台弟	彼个誰毋是去揣伊矣？
◎	霖霖	廟公哥哥無佇遮，嘛無佇遐，廟公哥哥，你莫和阮覕相揣（bih-sio-tshuē/tshē）！
●	洋哥	Temple father is gone! Disappear！
◎	盈盈	媽媽，彼个誰是誰？
●	余媽媽	清彩啦，毋管彼个誰是誰啦，無啦，咱愛先共廟公揣出來啦，是伊憖阮來遮矣，伊無佇咧，咱是欲按怎出去？
◎	台弟	這馬是七月時仔，遮閣是墓仔埔，廟公敢會拄著彼个歹物仔？
●	余媽媽	莫烏白講啦！
◎	盈盈	媽媽，彼个誰嘛無去矣呢。
●	余媽媽	咱敢會是拄著鬼啊？
◆ 眾人哀爸哭母，走落台。		
◆ 布景轉換。		
◆ 海神和水水倒佇眠床頂，好爺經過個，共廟公叫來。		
◎	廟公	奇怪，哪會目一瞬（nih）逐家攏無去矣。這个所在，我敢若有來過。奇怪，敢會是拄著魔神仔。山神伯、海神媽，恁就愛共我保庇喔。
●	好爺	嘿廟公！

| 好爺： | 不讓我演男主角，我就把你變成「暗眠摸」，讓所有的人都看不見你。 |

◆好爺作法。

| 余媽媽： | 奇怪，廟公怎麼去那麼久。 |

| 台弟： | 你不是叫那個誰去找他了？ |

| 霖霖： | 廟公哥哥不在這邊，也不在那邊，廟公哥哥，不要跟我們玩捉迷藏！ |

| 洋哥： | Temple father is gone! Disappear！ |

| 盈盈： | 媽媽，那個誰是誰？ |

| 余媽媽： | 隨便啦，管他是誰，我們先把廟公找出來，是他帶我們來的，他不在，我們要怎麼出去？ |

| 台弟： | 現在是七月，這裡又是墓仔埔，廟公會不會遇到什麼髒東西？ |

| 余媽媽： | 別亂講！ |

| 盈盈： | 媽媽，那個誰也不見了。 |

| 余媽媽： | 我們會不會是遇到鬼呀？ |

◆眾人哭喊，下台。

◆場景轉換。

◆海神與水水躺在床上，好爺經過他們，把廟公召進。

| 廟公： | 奇怪，怎麼一眨眼大家都不見了。這個地方，我好像有來過。
難道我是撞鬼了？
山神伯、海神媽，你們要保佑弟子喔。 |

| 好爺： | 嘿廟公！ |

◎	廟公	哭枵（khàu-iau）啊！
●	好爺	是我啊！
◎	廟公	是你喔，想袂到看著你竟然有淡薄仔歡喜！
●	好爺	你揣無路著無？
◎	廟公	著啦，拄著聖誕老公公的好朋友，「迷路」啦，你哪會知！
●	好爺	恁劇團的人，揣無你排戲，先轉去矣。
◎	廟公	哪會按呢，欲無時間啊呢。

◆好爺作法，本段閣重來兩擺。

●	好爺	閣來，用我去月老遐勍（khiang）著的新寶貝，會共人的頭扶（phôo）起來──會扶的watch。安佇你的後壁面，共你變一下面。

◆佇廟公的後擴（āu-khok）安一个「會扶 watch」。

◆廟公向前行，無啥看有，險險仔踩著咧睏的海神和水水，海神和水水精神。海神看著廟公「會扶 watch」，扶著廟公的後擴惜命命。水水對好爺痴迷。

◎	廟公	我是踢著啥？小姐，敢是一个小姐？
●	海神	溫柔的凡人，我拜託你閣講一擺。
◎	廟公	請問落山的路……？
●	海神	嗯，閣一擺。
◎	廟公	請問落山的路欲按怎行？
●	海神	你的聲音，親像美麗的歌聲，一字一字，攏講出我的心情（sim-tsiânn）。你的模樣，四四角角，一看就知影是全世界上古意的人，敢會使予我對你講，我愛你。

廟公：	哭餓！
好爺：	是我呀！
廟公：	是你喔，想不到我看到你竟然有一點高興！
好爺：	你迷路了對不對？
廟公：	對啦。遇到聖誕老公公的好朋友，「迷路」啦，你怎麼知道！
好爺：	你們劇團的人找不到你排戲，先回去了。
廟公：	怎麼會這樣，快沒時間了！

◆好爺作法，本段再重來兩次。

好爺：	再來，用我去月老那得到的新寶貝，會把人的頭捧起來——A捧 watch，裝在你的後腦勺，幫你變一張臉。

◆在廟公的後腦勺安裝一個「A捧 watch」。

◆廟公向前走，看不太到，差點踩到沉睡中的海神和水水，海神和水水醒來。海神看到廟公的後腦勺，對著A捧 watch 充滿愛意。水水則對好爺痴迷。

廟公：	我是踢到什麼？小姐，你是一位小姐嗎？
海神：	溫柔的凡人，我拜託你再說一遍。
廟公：	請教下山的路要……？
海神：	你再說一遍。
廟公：	請教下山的路要怎麼走？
海神：	你的聲音，好像美麗的歌聲，一字一字，都講出我的心情，你的模樣，四四方方，一看就知道，是全世界最老實的人。可不可以讓我對你說，我愛你。

◎	廟公	你愛啥？
●	海神	你的面型，充滿著智慧，足特殊（tik-sû）的。
◎	廟公	無啦，我是講落山的路？
●	海神	你閣講！你閣講！我拜託你繼續講話，你毋但（m̄-nā）緣投又閣聰明！
◎	廟公	哈？毋是啦，我是講，我欲按怎離開……
●	海神	離開？你是按怎欲離開，你是按怎無愛看我！我拜託你，我拜託你千萬毋通離開，毋通離開我的身軀邊。阿好！
◎	好爺	是！
●	海神	緊來款待我的愛人，唱歌予伊歡喜，落一桶燒水，共伊的身軀洗予清氣（tshing-khì），紲落來（suà--lòh-lâi）焉伊去我彼間 VIP，準備蟠桃和四果，閣有我眠床跤彼罐，月老送的愛情酒精，我欲佮伊做伙啉。
◎	好爺	處理我 OK。
●	海神	水水，我需要梳妝打扮，準備來去約會我心愛的夢中人。
◆ 廟公一直想欲越頭，一直予好爺共反過去。		
◎	海神	阿好，我從來毋捌共你拜託。毋過，這擺，「好爺」你愛對我的愛人，閣較溫柔喔。啊，欲離開矣，足毋甘。啊，小別勝新婚，啊，我等你、我愛你啊。
◆ 燈光轉換。		

廟公：	你愛什麼？
海神：	你的臉型，充滿著智慧，好特殊喔！
廟公：	沒有啦，我是說，下山的路？
海神：	你再繼續說！你再繼續講話！我拜託你繼續說！你不只英俊，又聰明！
廟公：	蛤？我是說，我要怎麼離開……
海神：	離開？你為什麼要離開，你為什麼不看我！我拜託你，我拜託你千萬不要離開，不要離開我的身邊。阿好！
好爺：	是！
海神：	你趕緊來招待我的愛人，唱歌讓他開心，再燒一桶熱水，把他的身體洗乾淨，然後帶他去我那間 VIP，準備蟠桃和四果，還有我床邊那罐，月老送的愛情釀的酒，我要跟他一起喝。
好爺：	處理我 OK。
海神：	水水，我需要梳妝打扮，準備約會我心愛的夢中人。

◆ 廟公一直想轉頭，一直被好爺再轉過去。

| 海神： | 阿好，我從來不曾拜託你，但是這次，「好爺」，我要拜託你對我的愛人更加溫柔。啊，要離開了，好捨不得。啊，小別勝新婚，啊，我等你、我愛你啊。 |

◆ 燈光轉換。

S10

◆ 山神和好爺佇山林內。

●	**山神**	你予林默海去愛著彼个廟公喔？
◎	**好爺**	對啊，誰叫伊無愛予我搬男主角，我就先予所有的人攏看袂著伊，然後閣共會扶的 watch 安佇伊的後壁面，誘拐伊去揣海神，予廟公共海神媽叫清醒。現此時的海神媽，是愛廟公愛甲欲死，連鞭攬、連鞭唚，一時叫伊小心肝，一時叫伊小親親，伊竟然閣叫我「好爺」，這馬連水水嘛對我服服貼貼愛如潮水。
●	**山神**	按呢比我原底想的，閣更加趣味喔。啊你到底是有去揣彼兩个凡人無？一定要予彼个無情郎，去愛著彼个可憐的少女。
◎	**好爺**	處理我 OK！早就辦好勢，你看，佢這馬毋是來矣。

◆ 阿美上台，四界揣零星仔。

◆ 茶米嘛上台，挂好挂著阿美，阿美假無看，經過茶米。

●	**茶米**	零星仔。
◎	**阿美**	（越頭）零星仔！（發現予人騙）哎呀！

◆ 阿美和茶米佇台頂踅（séh）。

●	**好爺**	是這个母的，毋是這个公的。
◎	**山神**	我是叫你揣這个公的，毋是這个母的，另外有一个母的叫 Helen，伊是愛著這个公的，愛甲欲死。

S10

◆山神與好爺在山林中。

| 山神： | 你讓那個林默海愛上那個廟公？ |

| 好爺： | 對啊，誰叫他不要讓我演男主角，我就先讓所有的人都看不到他，然後再把A捧watch裝在他的後腦勺，誘拐他去找海神，讓他把海神媽叫醒。現在的海神媽，是愛他愛得要死。一下抱、一下親，一下叫他小心肝，一下叫他小親親，她竟然還叫我「好爺」，現在連水水也是對我服服貼貼愛如潮水。 |

| 山神： | 這樣比我原本想的更有趣喔！對了，你有沒有去找那兩個凡人？一定要讓那個無情郎愛上那位可憐的少女。 |

| 好爺： | 處理我OK！早就辦好了，你看，他們現在來了。 |

◆阿美上，到處尋找零星仔。

◆茶米同時也上，正好遇到阿美，阿美裝沒事，經過茶米。

| 茶米： | 零星仔。 |

| 阿美： | （轉頭）零星仔！（發現被騙）哎呀！ |

◆阿美和茶米在台上繞行。

| 好爺： | 是這個母的，不是這個公的。 |

| 山神： | 我是叫你找這個公的，不是那個母的，還另外有一個母的叫做Helen，她愛這個公的，愛他愛得要死。 |

●	好爺	我明明就看著這个母的,欲共另外一個公的趨(tshu)落去,結果彼个公的講啥物伊食菜。
◎	山神	唉呀,你處理毋著人矣啦,這馬無情仝款無情,真心的煞顛倒變絕情。
●	好爺	啊你就無講名,我毋才會創毋著去!
◎	山神	我話就猶未講煞,你就「嘿嘿嘿,處理我OK」,處理一箍芋仔番薯啦!欸,無你這馬是咧怪我諾(hioh)?
●	好爺	無啦,無啦,我哪會敢。個來矣。
◆ 阿美、茶米轉台頂。		
◎	阿美	你哪會知影我佇遮!
●	茶米	你會共 Helen 講,就是希望我來逐,著無!這馬我來矣,阿美,轉來我身邊,咱閣再重開始,共零星仔放袂記,重新過日子。
◎	阿美	我會去共 Helen 講,毋是為著欲予你逐,是欲共 Helen 證明,袂閣佮你茶米膏膏纏!誰知影 Helen 遮爾戇,竟然漏洩(làu-siáp)我行蹤。
●	茶米	我真煩惱你,才會來揣你,只要你願意,我會當為你做任何的代誌。
◎	阿美	好,共我講零星仔佇佗位。
●	茶米	好。
◎	阿美	炁我去。
●	茶米	好。

好爺：	我明明看到這個母的，要把另外一個公的夾去配。結果那個公的，說什麼說他吃素。
山神：	唉呀，你處理錯人了，現在無情的同樣無情，真心的卻變絕情。
好爺：	你又沒跟我講名字，害我弄錯了。
山神：	我話還沒講完，你就說：「嘿嘿嘿，處理我 OK」，處理個芋頭蕃薯啦！欸，你現在是在怪我嗎？
好爺：	沒有沒有，我哪敢。他們來了。

◆阿美、茶米回台上。

阿美：	你怎麼知道我在這裡！
茶米：	你會跟 Helen 說，就是希望我來找你，對吧！阿美仔，現在我來了，回到我身邊，我們從頭開始，忘了零星仔，重新再開始。
阿美：	我會跟 Helen 講，不是為了讓你追來，是要向 Helen 證明，我不會再跟你茶米糾纏不休！誰知道 Helen 這麼傻，竟然洩漏我的行蹤。
茶米：	我很擔心，才會來找你，只要你願意，我可以為你做任何事情。
阿美：	那這樣，跟我說零星仔在哪裡。
茶米：	好。
阿美：	帶我去。
茶米：	好。

◎	阿美	行。
●	茶米	行。（無振動）
◎	阿美	行啊。
●	茶米	其實我毋知影零星仔佇佗位。（阿美氣怫怫〔khì-phut-phut〕欲離開）規氣咱做伙來去揣零星仔，無你一个人嘛真危險，有我佇咧，會當共你保護，咱做伙駛車來，嘛較安全，啊無外口蠓蟲（báng-thâng）遐厚，凡勢（huān-sè）閣有黑熊佮台灣雲豹，天色遮暗，貓鼠佮飯匙銃（pn̄g-sî-tshìng），嘛欲開始活動矣喔！咱做伙駛車來，好無。
◎	阿美	按呢我開車！
●	茶米	（知影阿美駛車真危險）哈…好啦好啦。
	◆阿美上車，鎖門。茶米予關佇車的外口。	
●	阿美	我才袂閣予你騙第二改！哼！再見！啊⋯⋯這手排是欲按怎開！（隨出車禍）啊！血！（昏去）
◎	茶米	阿美！阿美！
●	好爺	緣投仔。
	◆好爺提知蟬火金蛄，予茶米昏昏去。	
◎	好爺	按呢會使袂？
●	山神	猶未，愛閣去揣 Helen 來共叫醒，拄仔好，個欲來矣，一定愛先予 Helen 看著伊。
◎	好爺	若是予茶米仔先看著零星仔，毋才會趣味！天公伯仔你就鬥保庇，保庇零星先來叫茶米。

阿美：	走。
茶米：	走。（不動）
阿美：	走。
茶米：	其實我不知道零星仔在哪裡。（阿美生氣想走）乾脆我們一起去找零星仔，不然你一個人也很危險，有我在可以保護你，我們一起開車去也比較安全。不然你看，外面蚊蟲這麼多，也許還有黑熊跟台灣雲豹，天色這麼暗，老鼠跟眼鏡蛇也開始活動了，我們一起開車去，好嗎？
阿美：	那我開車！
茶米：	（知道阿美開車很危險）蛤……好啦。

◆阿美上車，鎖門。茶米被關在車外。

阿美：	我才不會被你騙第二次！哼！再見！啊這手排要怎麼開？（馬上出車禍）啊！血！（昏倒）
茶米：	阿美！阿美！
好爺：	帥哥。

◆好爺用知蟬火金蛄迷昏茶米。

好爺：	這樣可以嗎？
山神：	還沒，我們還要找那個 Helen 來把他叫醒。他們快來了，一定要先讓 Helen 看到他。
好爺：	要是那個零星仔來把茶米叫醒，不就更有趣！天公伯請你要保佑，保佑零星仔先去叫茶米。

●	山神	我佇遮，你閣咧拜託天公伯！你嘛共我放較尊重咧！
◎	好爺	Yes sir！
	◆ Helen、零星仔對正邊舞台上台。	
●	Helen	你莫一直綴牢牢啦！
◎	零星仔	我的肉體無法度控制愛你的心！
●	Helen	你實在有夠煩的呢！
◎	零星仔	煩，煩惱你的安危，是我人生全部的意義。Helen ちゃん咱來跳舞好無？跳舞對身體好，對感情閣較好。
●	Helen	你閃啦！你明明就是愛阿美。
◎	零星仔	請你莫閣講起，彼个無意義的女性，我一生的愛攏是你，請你愛相信，我愛你！
●	Helen	但是我愛的人毋是你，是茶米！
◎	零星仔	茶米！
●	Helen	我敢若鼻著茶米的味。
◎	零星仔	味？
	◆ Helen 揣著茶米。	
●	Helen	茶米！你哪會徛（khiā）佇遐！（茶米醒來）零星仔，緊敲 119！
	◆ 茶米清醒，金金（kim-kim）看著 Helen。	
◎	茶米	（唱〈雪中紅〉）「日思夜夢，為你一人，綿綿情意，誰知夢醒變成——」

山神：	我在這，你還拜託天公伯，你也放尊重一點！
好爺：	Yes sir！

◆Helen、零星仔從右舞台上。

Helen：	你不要一直跟著我！
零星仔：	我的肉體沒辦法控制愛你的心！
Helen：	你實在有夠煩！
零星仔：	煩，煩惱你的安危，就是我人生的意義。Helen 醬我們來跳舞好不好？跳舞對身體好，對感情更好。
Helen：	你走開啦！你明明就愛阿美。
零星仔：	請你不要再提起，那個無意義的女性。我一生的愛都是你，請你要相信，我愛你！
Helen：	但是我愛的人不是你，是茶米！
零星仔：	茶米！
Helen：	我好像聞到茶米的味道。
零星仔：	味道？

◆Helen 找到茶米。

Helen：	茶米！你怎麼站在那邊！（茶米醒來）零星仔。快打 119！

◆茶米醒來，盯著 Helen 看。

茶米：	（唱〈雪中紅〉）「日思夜夢，為你一人，綿綿情意，誰知夢醒變成——」

●	**Helen**	「——空」。
◎	**茶米**	你敢是仙女？（突然痵呴）我需要人工呼吸，Helen 拜託你，幫我人工呼吸！
●	**零星仔**	免！這我來！
	◆零星仔撥開 Helen，欲共茶米做 CPR，茶米隨閃開。	
◎	**零星仔**	Helen ちゃん你看，伊根本就規欉好好，你千萬毋通予伊騙去。
●	**茶米**	你佇遮創啥，Helen 欲救我，我嘛干焦欲予 Helen 救，你這个外人，莫來遮插花仔。
◎	**Helen**	零星仔，我跤足痛的，你乖啦。等咧，你拄才講「我干焦欲予 Helen 救」敢是真的？
●	**茶米**	真的。
◎	**Helen**	正確？
●	**茶米**	正確！
◎	**Helen**	你咒誓？
●	**茶米**	我咒誓。
◎	**Helen**	你愛？
●	**茶米**	我愛你。我愛你到海水會乾，石頭會爛，金魚會爬壁，PM2.5 我幫你欶（suh）予焦焦焦（ta）。
	◆頓蹬。	
◎	**Helen**	你共我騙！我毋相信！你明明才講愛阿美，這馬閣講你愛我！
●	**茶米**	我佮阿美，已經是過去，雖然當初時，伊傷我真深，毋過我現此時心內的空虛，只有你會當安慰。

Helen：	「——空」。
茶米：	你是仙女嗎？（突然氣喘）我需要人工呼吸，Helen拜託你，你幫我人工呼吸好不好？
零星仔：	不用！這我來！

◆零星仔推開Helen，對茶米做CPR，茶米馬上閃開。

零星仔：	Helen醬你看，他根本就沒事，你千萬不要被他騙了。
茶米：	你在這幹嘛，Helen要救我，我也只要讓Helen救，你這個外人，你不要來插花。
Helen：	零星仔，我腳好痛，你乖啦。等一下，你剛才說「我只要讓Helen救」，是真的嗎？
茶米：	真的。
Helen：	正確？
茶米：	正確！
Helen：	你發誓？
茶米：	我發誓。
Helen：	你愛？
茶米：	我愛你。我愛你愛到海水會乾，石頭會爛，金魚會爬牆，PM2.5我幫你吸光光。

◆頓。

Helen：	你騙我！我不相信！你明明才說你愛阿美，現在又說你愛我！
茶米：	我跟阿美都是過去了。雖然當初阿美傷我很深，但是我此時的空虛，只有你可以安慰。

◎	Helen	明明是你放揀阿美,閣牽拖阿美傷你的心!而且你閣用手拍我、用腳蹔(tsàm)我、開車捒我。雖然後來毋是你捒的,毋過……
●	茶米	愛愈深,心愈凝,心愈凝,就愛愈深。
◎	Helen	這敢毋是我一个人的時陣,講過的話?是按怎你會知影,原來你覕佇邊仔偷聽!這是你設計好的著無?零星仔嘛是,哦,原來恁兩个聯合起來共我創治,女人的心閣較按怎堅強,畢竟是女人,恁按呢,真正足過分的!
●	茶米 /零星仔	愛愈深,心愈凝,心愈凝,就愛愈深,Helen /ちゃん。
◎	Helen	恁攏莫過來,莫閣講痟話,純情的愛,袂當予恁按呢創治,你閃避我,我攏無放棄,你拍我、蹔我,共我當狗吠,我想講,你是一時失去理智,這馬,你才雄雄講愛我,到底是真心,抑是假意?茶米,你會當蹧躂我、考驗我,毋過千萬我拜託你,你莫按呢戲弄我的愛。

◆ 零星仔抱 Helen,Helen 一開始叫是(kiò-sī)是茶米無反抗,然後才發現是零星仔,掙脫。

●	Helen	茶——零星仔!
◎	零星仔	Helen ちゃん,我佮伊無仝,我會疼你、愛你,一生一世保護你。
●	Helen	零星仔,但是我愛的人就毋是你。你 bak-kuh,手放開,徛咧莫動。
◎	茶米	那按呢,我咧?我這馬已經……

Helen：	明明就是你拋棄阿美，又牽扯阿美傷你的心！而且你還用手打我、用腳踹我、開車撞我，雖然後來不是你撞的，但是……
茶米：	愛越深，心越堅定，心越堅定，就愛越深。
Helen：	這不是我一個人的時候講過的話嗎？為什麼你會知道？原來你躲在旁邊偷聽！這是你設計好的對不對！零星仔也是，原來你們聯合起來捉弄我，女人的心再怎麼堅強，畢竟是女人，你們這樣，真的很過分！
茶米／ 零星仔：	愛越深，心越堅定，心越堅定，就愛越深，Helen／醬。
Helen：	你們都閉嘴，不要再講瘋話，純情的愛，不能被你們如此捉弄，你閃避我，我都不放棄，你打我、踹我、無視我，我想你是一時失去理智，現在你才突然說愛我，你到底是真心還是假意？茶米，你可以糟蹋我、考驗我，但是，我千萬拜託你，你不要這樣戲弄我的愛。

◆零星仔抱著 Helen，Helen 一開始以為是茶米，沒反抗，然後才發現是零星仔，掙脫。

Helen：	茶——零星仔！
零星仔：	Helen 醬，我跟他不同，我會疼你、愛你，一生一世保護你。
Helen：	零星仔，但是我愛的人就不是你，你バック（日語：退後），手放開，不要動。
茶米：	那我呢？現在我已經……

●	**Helen**	你嘛恬去。我這馬需要冷靜。你到底是真的抑是假的？
◎	**零星仔／茶米**	我毋是 gay。

◆ 阿美佇車頂清醒。

●	**阿美**	零星仔！
◎	**Helen**	阿美！我險險袂記得你出車禍。（檢查）你有要緊無？
●	**阿美**	我無要緊啦。你哪會知影我出車禍？（頓蹬）你是講佗一擺？
◎	**Helen**	啊著……你……
●	**阿美**	零星仔，你哪會一个人烏白走，是我出車禍，你去揣人來救喔？
◎	**零星仔**	啥物車禍？
●	**Helen**	阿美，個兩人怪怪。
◎	**阿美**	怪怪？敢是車禍的關係？
●	**Helen**	你看喔。茶米、零星仔：受氣、歡喜、痛苦、悲傷。腹肚痛（對零星仔），功夫（對茶米）。

◆ 兩人照 Helen 的指令做各種動作。

◎	**阿美**	茶米真正怪怪的！
●	**Helen**	閣有零星仔，他愈奇怪。（對零星仔）零星仔，你敢願意為我去……死。

◆ 零星仔用物件拊頭、欲去死。

Helen：	你也閉嘴。我現在需要冷靜。你到底是真的還是假的？
零星仔／ 茶米：	我不是 gay。

◆阿美在車上醒來。

阿美：	零星仔！
Helen：	阿美！我差點忘記你出車禍。（檢查）你有沒有怎麼樣？
阿美：	我沒事啦。你怎麼知道我出車禍？（頓）你是說哪一次？
Helen：	就是……你……
阿美：	零星仔，你怎麼一個人亂跑，是我出車禍，你去找人來救我嗎？
零星仔：	什麼車禍？
Helen：	阿美，他們怪怪的。
阿美：	怪怪？會是車禍的關係嗎？
Helen：	你看喔。茶米、零星仔：生氣、高興、痛苦、悲傷。肚子痛（對零星仔），功夫（對茶米）。

◆兩人照 Helen 的指令做各種動作。

阿美：	茶米真的怪怪的。
Helen：	還有零星仔，他更奇怪。（對零星仔）零星仔，你願不願意為我去……死。

◆零星仔用東西撞頭、要去死。

◎	阿美	零星仔，你創啥？危險啦！你莫按呢啦！
	◆ 零星仔無欲插伊。	
●	Helen	零星仔，好矣啦！
	◆ 零星仔聽話。	
◎	阿美	Helen，零星仔真正怪怪呢，哪會按呢！
●	Helen	零星仔，你毋是愛阿美？
◎	零星仔	阿美，你是毋是講過，你是聰明堅強的新啥物？
●	阿美	新女性！
◎	零星仔	好！真好！新女性！日頭會落山，世情多變化，你就愛堅強，因為我已經無愛你，Helen ちゃん才是我唯一的 lady。
●	阿美	你是咧講啥物？！
◎	茶米	零星仔，我這馬放你一條生路，你雄好緊佮阿美相刣走，莫袂記得好好仔共照顧，親像我對 Helen 全款！
●	零星仔	阿美仔才是你所愛，你緊佮阿美仔相刣走，莫來煩我佮 Helen ちゃん。
	◆ 阿美來到兩个查埔之間。	
◎	阿美	我欲佮誰做伙，是我家己作決定，毋是予恁按呢揀來揀去！
●	茶米	Helen 是我的，伊愛的人是我，我嘛只愛伊。
◎	零星仔	這種白賊話你嘛敢講，不如去選總統！你傷 Helen ちゃん遮爾仔深，早就應該判出局，Helen ちゃん才是我獨一無二的 lady。

阿美：	零星仔，你幹嘛？危險啦！零星仔你不要這樣！

◆零星仔不想理她。

Helen：	零星仔，好了啦！

◆零星仔聽話。

阿美：	Helen，零星仔真的怪怪的，怎麼會這樣！
Helen：	零星仔，你不是愛阿美？
零星仔：	阿美，你說過，你是聰明堅強的新什麼？
阿美：	新女性！
零星仔：	好！真好！新女性！太陽會下山，世事多變化，你要堅強，因為我已經不愛你，Helen 醬才是我唯一的 lady。
阿美：	你是在說什麼啦！
茶米：	零星仔，我現在放你一條生路，你最好趕快跟阿美私奔，不要忘記好好對待她，就像我對 Helen 一樣！
零星仔：	阿美才是你所愛吧，你快點跟阿美私奔，不要來煩我跟 Helen 醬。

◆阿美來到兩男之間。

阿美：	我要跟誰在一起，我自己決定，不是讓你們這樣推來推去！
茶米：	Helen 是我的，她愛的是我，我也只愛她。
零星仔：	這種謊話你也敢講，不如去選總統！你傷 Helen 醬這麼深，早就應該判出局，Helen 醬才是我獨一無二的 lady。

●	阿美	恁原底（guân-té/tué）愛的人敢毋是我？
◎	零星仔	現此時的我心目中只有 Helen ちゃん。
●	茶米	啥物「Helen ちゃん」，「Helen ちゃん」是你叫的諾？
◎	零星仔	無你是按怎啦？
●	阿美	恁共我看一下！
◎	茶米	看袂著啦！
●	阿美	恁聽我講！
◎	零星仔	恬去！阿美，過去若電影，電火一光，戲較好看嘛愛煞，阿美，咱已經分手矣，強求的愛情，只是拖磨，為著你好，我甘願你一世人怨嘆我。
●	阿美	我佮你是 Netflix，演煞會當 replays！
◎	Helen	我就共恁講，replay 毋免加 s。恁呔會（thài ē）攏聽無。這敢毋是茶米捌對我講過的話？是按怎恁會知影？原來恁三个聯合起來共我創治！阿美，你敢知影，恁按呢，真正足過分的！
●	阿美	我是咧過分啥，這馬啥物攏無的人是我呢！我知影你怨妒我，無要緊，我共你當作親小妹，佮零星仔相焄走，結果你咧？毋但焄茶米來阻擋，閣搶去我所有一切，你……你……你這个袂見笑的賤人！
◎	茶米	你講話放較尊重咧！好穩嘛有讀過冊！

阿美：	你本來不是愛我嗎？
零星仔：	此刻我心目中只有 Helen 醬。
茶米：	什麼「Helen 醬」，「Helen 醬」是你叫的喔？
零星仔：	不然你是要怎樣？
阿美：	你們看我一下啦！
茶米：	看不到啦！
阿美：	你們聽我講！
零星仔：	閉嘴！阿美，過去像電影，場燈一亮，戲再好看也得散場，阿美，我跟你已經分手，強求的愛情，只是折磨，為了你好，我寧願你一輩子怨恨我。
阿美：	我跟你是 Netflix，演完可以 replays！
Helen：	我就說 replay 不用加 s！你們怎麼都聽不懂。這不是茶米對我說過的話？為什麼你們會知道？原來你們三個聯合起來捉弄我！阿美，你們這樣真的很過分！
阿美：	我過分什麼？現在一無所有的人是我欸！ 我知道你嫉妒我，沒關係，我把你當做親妹妹，我跟零星仔私奔，結果你呢？不只帶茶米來阻擋，還搶走我所有的一切，你⋯⋯你⋯⋯你這個不要臉的賤人！
茶米：	你講話放尊重點！好歹也讀過書！

●	零星仔	講啥物賤人！你這个靈魂的癩瘔鬼（thái-ko-kuí）、道德的不死鬼（put-sú-kuí），活佇世間加了米，每一个喘氣，攏是咧躘蹌地球的<u>碳足跡</u>！
◎	阿美	零星仔！
●	茶米	（對零星仔）雖然我對你真袂爽，毋過你這葩四句聯我完全認同。
◆ 兩人到 Helen 旁仔蟯蟯趖（ngiáuh-ngiáuh-sô）。		
◎	Helen	先離我較遠的！去後壁！（兩男去頂舞台）干焦會曉講，講講咧隨變卦。
●	茶米	Helen，那按呢我用唱的！（唱〈雪中紅〉）「日思夜夢……」
◎	零星仔	（唱〈恨世生〉）「我愛你，可愛的人……」
●	Helen	恁攏恬去！去後壁！徛予好！用比的！
◆ 兩人開始比「愛的手語」。		
◎	阿美	你講，你到底予個食啥物藥仔？你哪會遮爾雄！
●	Helen	我才欲問你咧，昨昏（tsăng）進前，這兩个人攏咧愛你，現此時哪會喝變心就變心，抑是你大小姐做慣勢（kuàn-sì），日子傷清閒，欲共我創治？你敢袂記得自細漢，我啥物攏讓你，連茶米仔嘛予你，一直到恁分手，我才敢表示。
◎	阿美	我……我嘛有幫你提批予隔壁班彼个啊，彼个有否，你毋是嘛佮意伊！
●	Helen	彼个！彼是你強迫我揣一个，除了茶米以外，第二佮意的，我毋才揀彼个，而且，彼个……彼个後來佮意的嘛是你！

零星仔：	說什麼賤人！你這個骯髒的靈魂，不三不四沒道德，活在世間浪費米，每一個呼吸都是在糟蹋地球的碳足跡！
阿美：	零星仔！
茶米：	（對零星仔）雖然我對你很不爽，但是剛才你這 part 四句聯我完全認同。

◆ 兩人在 Helen 旁邊蹭來蹭去。

Helen：	離我遠一點！去後面！（兩男去上舞台）都只會講，講完就馬上變卦。
茶米：	Helen，那我用唱的（唱〈雪中紅〉）「日思夜夢…」
零星仔：	（唱〈恨世生〉）「我愛你，可愛的人…」
Helen：	你們閉嘴！去後面！站好！用比的！

◆ 兩人開始比「愛的手語」。

阿美：	你說，你到底讓他們吃了什麼藥？你為什麼這麼狠！
Helen：	我才要問你，昨天之前，這兩個人都在愛你，現在，怎麼會說變心就變心，還是你大小姐當習慣了，過得太閒，想捉弄我？你難道忘記了，從小我什麼都讓你，連茶米也讓給你，一直到你們分手，我才敢表示。
阿美：	我……我也有幫你拿信給隔壁班的那個，那個有沒有，你不是也喜歡那個！
Helen：	那個！那是你強迫我找一個，除了茶米以外我第二喜歡的，我才選那個，而且，那個……那個後來喜歡的，也是你！

◎	阿美	喔！原來就是因為彼个，我問你，你這馬是毋是閣為著彼个才來怨妒我，才來破壞我佮零星仔的感情，無彩我閣共你當做親小妹！
●	Helen	你是阿花喔？你叫是全世界攏煞著你？大家攏愛綴你戀戀踅（sèh），你是世界的中心喔？
◎	阿美	我毋管，共我的全世界攏還予我！
●	Helen	零星仔、茶米！來！
	◆ 零星仔、茶米隨去 Helen 身邊。	
◎	Helen	去愛阿美。
	◆ 兩人去「愛阿美」，最後全款無法度，放揀阿美，轉來到 Helen 身邊。	
●	阿美	你！你！你欺人太甚！
	◆ 阿美欲來去拍 Helen，兩個查埔欲阻擋，嘛變成對方的阻礙，四个人纏（tînn）做伙。	
	◆ 好爺、山神現身，好爺用知蟬火金蛄予四个人睏去。	
◎	山神	愈來愈花矣啦，暫時先按呢。林默海來矣，我欲先來看莫，伊變做啥款。
	◆ 海神、廟公、水水上。	
●	海神	溫柔的凡人，你千變萬化的表情，四四角角的面型，閣有結實的身軀，溫暖的雙手，實在予我強欲擋袂牢。恬恬毋講話，一定咧思考生命的一切，輕輕開嚨，每一句攏講入去我的心肝底。就算我是神，嘛甘願變做凡人，逐工佮你睏鬥陣。

阿美： 喔！原來就是因為那個，我問你，你現在是不是又為了那個，才嫉妒我，才來破壞我跟零星仔的感情，枉費我當你是親妹妹！

Helen： 你是阿花喔？你以為全世界都喜歡你？大家都要繞著你團團轉喔，你是世界的中心喔？

阿美： 我不管，你把我的全世界還給我！

Helen： 零星仔、茶米！來！

◆零星仔、茶米馬上去 Helen 身邊。

Helen： 去愛阿美。

◆兩人去「愛阿美」，最後還是無法，推開阿美，回到 Helen 身邊。

阿美： 你！你！你欺人太甚！

◆阿美要打 Helen，兩男阻擋，也變成對方的阻礙，四人纏在一起。

◆好爺、山神現身，好爺用知蟬火金蛄讓四人昏睡。

山神： 越來越看不懂，暫時先這樣。林默海來了，我來看看，她變成什麼樣子。

◆海神、廟公、水水上。

海神： 溫柔的凡人，你千變萬化的表情，四四方方的面型，還有結實的身軀，溫暖的雙手，實在讓我快要忍不住。你安靜不說話，一定是在思考生命的一切，輕輕開口，每一句都講到我心坎裡。就算我是神，也甘願變成凡人，每天與你共枕眠。

◎	廟公	我的耳空，鼻著甘甜的仙桃；手，食著迷人的歌聲；目睭，閣看著花蕊的清香。這个所在袂輸天庭，食清領便（tsiah-tshing-niá-piān），閣有人共我奉待到好勢好勢。
●	海神	若按呢，你敢閣有需要揣落山的路？
◎	廟公	啥物落山的路？免！我甘願佇遮，食飽睏，睏飽食，逐工生活攏快活。
●	海神	好，按呢我唱歌予你聽。
	◆ 海神唱〈墓仔埔也敢去〉，廟公綴咧唱。	
◎	山神	真正是愛著較慘死，這聲我看林默海，欲按怎佮我比。來，予伊清醒，認清自己，看伊愛著的是啥物。
	◆ 好爺予海神唏沙士Ｂ亞。	
●	海神	（清醒）張福地！我敢若去做一个夢，夢著我去愛著一个溫柔的凡人！
◎	山神	（指廟公）你是講……。
●	海神	（著驚）伊哪會睏佇我的眠床頂，敢講？這無可能，伊毋是廟公，我，我一定是陷眠，我哪有可能。敢講，我真正對一个凡人……
◎	山神	你莫去想遐濟，你若當做陷眠，我就當做夢醒。愛情親像一場夢，愛毋著人全全空，既然認清這場夢，以後咱要相疼痛（thiànn-thàng）。
●	海神	真正是陷眠。而且奇怪，我哪會感覺，你比以早較可愛，目一瞬，眼前這个你，敢是以早彼个你？

廟公：	我的耳朵，聞到甘甜的仙桃；手，吃到迷人的歌聲；眼睛，還聽到花蕊的清香。這個地方好像天堂，茶來伸手，還有人伺候得好好的。
海神：	如此一來，你還需要找下山的路嗎？
廟公：	什麼下山的路？免！我寧願在這邊，吃飽睡、睡飽吃，每天生活都快活。
海神：	好，那我唱歌給你聽。

◆ 海神唱〈墓仔埔也敢去〉，廟公跟著唱。

| 山神： | 真是愛到無藥可救，這下子，我看你林默海要怎麼跟我比。來，讓她清醒，認清自己，看她愛的是什麼。 |

◆ 好爺給海神喝沙士Ｂ亞。

海神：	（清醒）張福地！我好像做了一個夢，我夢到我愛上一個溫柔的凡人！
山神：	（指廟公）你是說……。
海神：	（驚嚇）他怎麼睡在我的床上，難道？不可能，他不是廟公，我一定是在做夢，我哪有可能。難道我真的對一個凡人……
山神：	別想那麼多，你若當作在做夢，我就當作夢醒。愛情就像一場夢，愛不對人全落空，既然認清這場夢，以後咱要相珍重。
海神：	真的是在做夢。而且，奇怪，我怎麼覺得你比之前更可愛，一眨眼，眼前這個你，還是以前那個你嗎？

◎	**山神**	過去若電影，電火一光，戲較好看嘛愛煞。行，明仔載做醮，咱做伙來看，後一齣戲。好爺，彼幾個少年仔就交代予你囉。
●	**好爺**	處理我 OK ！
◆ 山神、海神落台。		
◎	**好爺**	我好爺啥物代誌攏講「處理我 OK」，你若是真正相信這句話，這个世界就無趣味囉。橫直凡人的代誌攏愛處理，只是對誰來講才是 OK ？（對水水）你答應我，等一下無論發生啥物代誌，你攏愛會記得現此時的你是偌爾仔幸福喔！
◆ 水水頕頭，好爺予水水啉沙士 B 亞，水水夢醒，搁好爺喙頓了後離開。		
●	**水水**	阿好，啊好矣，你！你！
◎	**好爺**	我早就知影結果是按呢，就是想欲看你氣怫怫的模樣。現此時厝內底無大人，就予我好爺大展神威，看是 OK 毋 OK ！
◆ 愛人一个一个予好爺叫醒。愛人唱著家己的戀歌，睡去、眠夢閣清醒，最後好爺共沙士 B 亞提予 Helen。		

山神： 過去像電影，場燈一亮，戲再好看也得散場。走吧，明天要做醮，我們一起去看下一齣戲。好爺，這幾個年輕人，就交給你處理囉。

好爺： 處理我 OK！

◆山神、海神下。

好爺： 我好爺什麼事都說「處理我 OK」，你要是真的相信這句話，這個世界就不好玩了。反正凡人的事都要處理，只是對誰來說才是 OK？（對水水）你答應我，等一下無論發生什麼事，你都不要忘記現在的你有多幸福！

◆水水點頭，好爺給水水喝沙士 B 亞，水水夢醒，給好爺一巴掌後離去。

水水： 阿好，好啊，你！你！

好爺： 我早就知道結果是這樣，我就是愛看你氣呼呼的模樣。現在家裡沒大人，就看我好爺大展神威，看是 OK 不 OK！

◆好爺一個一個叫醒戀人們，他們醒來後唱著自己的戀歌，睡去、做夢又清醒，最後好爺把沙士 B 亞交給 Helen。

S11

◆ 早起。廟裡。

●	陳金水	山神伯、海神媽，真正有拜有保庇，阮阿美總算轉來矣。而且以早為著阮阿美，愛到冤家相剖（thâi）的零星仔佮茶米，現此時的感情，竟然好到袂輸親兄弟，我好奇問Helen，伊竟然對我講，「嘿嘿嘿，處理我OK。」
◎	茶米	過去，親像連邊的高山，變做雺霧（bông-bū）的烏影，料想袂到的變化，多情無情，攏是拖磨。
●	阿美	親像目睭內，有幾个面鏡，每一個情景看出去，又閣變出無全款形影。
◎	Helen	我嘛有這種感覺，親像得著一粒寶石，是我的，又閣毋是我的。
●	零星仔	你敢會當講，咱是清醒矣，我感覺，咱袂輸閣咧夢中。
◎	Helen	茶米。
●	零星仔	阿美。
◎	茶米	Helen。
●	阿美	零星仔。

◆ 愛人攬做伙，落台。

◎	陳金水	不管啦，少年人歡喜愛誰就愛誰，橫直我這馬嘛看袂出來，到底是誰愛誰，而且，代誌有圓滿解決就好矣。（後台傳出鬧熱的鑼鼓聲）啊，今仔日做醮，聽講有一個咱劇團欲演出，無知影欲演啥，來去看覓。

◆ 陳金水落台。

S11

◆早上。廟裡。

陳金水：　山神伯、海神媽，真的有拜有保佑，我們阿美總算回來了。而且，以前為了我們阿美愛到反目成仇的零星仔跟茶米，現在的感情，好到像是親兄弟，我好奇問 Helen，她竟然對我講，「嘿嘿嘿，處理我 OK。」

茶米：　過去有如綿延的高山，化做朦朧的黑影，出乎意料的變化，多情無情都是折磨。

阿美：　就像眼睛裡，有好幾面鏡子，每一個情景看出去，又變出不同的形影。

Helen：　我也有這種感覺，好像得到一顆寶石，是我的，卻又不是我的。

零星仔：　可以說，我們是清醒的，我感覺，我們好像還在夢中。

Helen：　茶米。

零星仔：　阿美。

茶米：　Helen。

阿美：　零星仔。

◆愛人們擁抱，下台。

陳金水：　不管啦，年輕人高興愛誰就愛誰，反正我現在也看不出來他們到底是誰愛誰，而且，事情有圓滿解決就好。（後台傳出鬧熱的鑼鼓聲）啊，今天做醮，聽說有一個咱劇團要來演出，不知道會演什麼，去看看。

◆陳金水下台。

S12

◆ 海山廟戲台後台，演員當咧準備。
◆ 這段咱劇團段落由演員自由發展，會當隨劇組成員鋪排。本版奶奶講北京腔的華語。

●	主持人聲音	感謝嘉義的「阮劇團」，為咱帶來的表演，會當講是非常精彩，「阮劇團」會當講是，南台灣蓋有實力的劇團。佇濁水溪以南，南部七縣市，這會用得講是「前百大劇團」，甚至佇 2013 年，美國的「TIME 雜誌」，票選喔，得著全世界絕對不能錯過的 25000 個劇團之一，有影是台灣之光。好，咱歇睏一下，紲落去是海山廟，廟公佮厝邊隔壁的信徒，家己組一个劇團，欲來表演，個嘛有號一个團名叫做，等一下，我看覓，叫咱，咱劇團。
◎	余媽媽	童乩廖，你等一下提這兩塊烏布搬烏暗暝，知無？已經準備欲演出矣，廟公怎麼還沒來？
●	霖霖	廟公哥哥予墓仔埔的鬼掠去矣！
◎	台弟	廟公無來，無男主角我看咱莫搬好矣。
●	洋哥	NO! The show must go on!
◎	余媽媽	伊講啥？
●	盈盈	伊講戲一定愛搬。
◎	余媽媽	袂要緊，咱這馬欠一个張生爾，我來想辦法。月娘、飛虎、烏暗眠、紅娘、鶯鶯，我搬壁。霖霖啊！你也無代誌，你來搬壁！（共「壁」裀予霖霖）
●	霖霖	按呢我就是全世界上古錐的壁！

S12

◆海山廟戲台後台，演員正在準備。

◆這段咱劇團段落由演員自由發展，可以隨劇組成員調整。本版奶奶說北京腔的華語。

主持人 聲音：	我們感謝嘉義的「阮劇團」，「阮劇團」為我們帶來的表演，可以說是非常精彩，「阮劇團」可以說是，南台灣很有實力的劇團。在濁水溪以南，南部七縣市，這可以說是「前百大劇團」，甚至在 2013 年，美國的「TIME 雜誌」，票選喔，得到全世界絕對不能錯過的 25000 個劇團之一，真的是台灣之光。好，我們休息一下，接下來是海山廟，廟公跟厝邊隔壁的信徒，自己組了一個劇團，要來表演，他們也有取一個團名，叫做，等下，我看一下，叫咱，咱劇團。
余媽媽：	乩童廖，你等一下拿這兩片黑布演黑夜知道嗎？已經要演了，廟公怎麼還沒回來？
霖霖：	廟公哥哥被墓仔埔的鬼鬼抓走了！
台弟：	廟公沒來，乾脆我們不要演好了。
洋哥：	NO! The show must go on!
余媽媽：	他是在說什麼
盈盈：	他說戲一定要演。
余媽媽：	沒關係，現在缺一個張生而已，我來想辦法。 月娘、飛虎、黑夜、紅娘、鶯鶯，我演牆壁。霖霖啊！你沒有事對不對？你來演牆壁！（把牆壁的衣服脫給霖霖）
霖霖：	那我就是全世界最可愛的牆壁！

◎	余媽媽	按呢我就是全世界上溫柔多情的張生。
●	奶奶	那個誰？
◎	余媽媽	奶奶，我余小姐。
●	奶奶	花給我別一下。
◎	余媽媽	奶奶我共你講喔，你等一下一定愛綴阮盈盈的尻川後壁拋拋走。
●	奶奶	尻川，我認識。
◎	盈盈	媽媽，我想欲參霖霖做伙搬。
●	余媽媽	你這馬搬鶯鶯，伊搬壁，恁毋就做伙搬！
◎	盈盈	我想欲和霖霖做伙搬壁，我無愛搬鶯鶯。
●	余媽媽	你是咧烏白講啥，袂使。
◎	盈盈	頭前人足濟，我會驚啦。
●	余媽媽	好啦，你去搬壁啦，媽媽來想辦法啦。這馬閣欠一個鶯鶯。月娘、飛虎、烏暗眠、紅娘、壁、壁，我張生，我欠一個鶯鶯，我張生，我欠……不如按呢啦，我來一人分飾二角！
◎	奶奶	你要去剿匪？帶上我！
●	余媽媽	奶奶這馬改矣喔，你這馬綴我的尻川後壁拋拋走。
◎	奶奶	你老尻川。
●	台弟	好矣，咧叫咱上台矣！
	◆ 廟公上台。	
◎	廟公	欲去佗位啦，等我一下啦！

余媽媽：	那我就是全世界最溫柔多情的張生。
奶奶：	那個誰？
余媽媽：	奶奶，我余小姐。
奶奶：	花給我別一下。
余媽媽：	奶奶我跟你說，你等一下一定要跟著我們盈盈屁股後面一直走。
奶奶：	屁股，我認識。
盈盈：	媽媽，我要跟霖霖一起演。
余媽媽：	你演鶯鶯，他演牆壁，你們有一起演啦！
盈盈：	我要跟霖霖一起演牆壁，我不要演鶯鶯。
余媽媽：	你是在胡說什麼，不行。
盈盈：	好多人，我怕。
余媽媽：	好啦，你去演牆壁，媽媽來想辦法。現在又缺了一個鶯鶯了。月娘、飛虎、黑夜、紅娘、牆壁、牆壁，我張生，我缺一個鶯鶯，我張生，我缺……不然這樣，我一人分飾二角！
奶奶：	你要去剿匪？帶上我！
余媽媽：	奶奶，現在改了，你要改跟在我的屁股後面一直走。
奶奶：	你老屁股。
台弟：	好了，在叫我們了！

◆廟公上台。

| 廟公： | 你們要去哪裡，等我一下啦！ |

●	余媽媽	廟公！你去佗啦？
◎	廟公	我共恁講，我昨昏（tsǎng）啉足婿的彩霞，食足濟天星。
●	余媽媽	閣咧起酒痟（khí-tsiú-siáu）。
◎	廟公	我看著有人叫咱咱劇團上場的聲。
●	余媽媽	衫提去啦，這馬我是搬鶯鶯。
◎	廟公	你搬鶯鶯喔。
●	洋哥	Wait! we have to 集氣 , come on come on!
◆ 大家綴洋哥，伸手。		
◎	洋哥	Dear Dionysus. Thank you for giving us a chance to perform in this place. We wish you a Merry Christmas……
●	廟公	毋知影咧講啥，好啦！咱劇團咱劇團咱劇團！
◎	眾人	咱咱咱！

余媽媽：	廟公！你是跑去哪了？
廟公：	我跟你們說，我昨天喝了好美的彩霞，吃了好多的星星。
余媽媽：	你又在發酒瘋。
廟公：	我看到有人在叫我們咱劇團上場的聲音。
余媽媽：	衣服拿去啦，現在我演鶯鶯喔！
廟公：	你演鶯鶯喔。
洋哥：	Wait! we have to 集氣 , come on come on!

◆大家跟著洋哥，伸手。

洋哥：	Dear Dionysus. Thank you for giving us a chance to perform in this place. We wish you a Merry Christmas……
廟公：	聽不懂，好啦！咱劇團咱劇團咱劇團！
眾人：	咱咱咱！

S13

◆ 海山廟廟埕。

●	**主持人聲音**	來來來，緊來看，緊來看，慢來賠一半。各位鄉親父老、兄弟姐妹，紲落去是海山廟廟公所帶領的咱劇團，咱劇團。好，逐家，掌聲共鼓勵一下。

◆ 演員一个一个上海山廟戲台。

◎	**廟公**	排好排好，好，山神伯伯佮海神媽，閣有咱親愛的善男信女，逐家好。（咱劇團鞠躬）今仔日真感謝，嘛真感恩，逐家來到這个……
●	**余媽媽**	海山廟。
◎	**廟公**	對啦，對啦，海山廟。觀賞咱劇團，為恁所推出的……
●	**余媽媽**	《西廂記》啊。
◎	**廟公**	我知啦。含淚帶笑悲喜劇——《西廂記》；這是阮咱劇團第一擺搬戲，若是有任何的細節，處理了無好勢，請逐家多多包涵。無按呢啦，先來祝福逐家——
●	**咱劇團全體**	年年春，年年富，年年起新厝，月月安，月月順，月月攏好睏。
◎	**廟公**	感謝。
●	**水水**	這開場，動作傷柴，表情傷矜矣。
◎	**廟公**	呃（對水水解釋），動作傷柴，恁看到遮可能會感覺淡薄仔奇怪……

S13

◆海山廟廟埕。

主持人 聲音：	來來來，快來看，快來看，來慢了剩一半。各位鄉親父老、兄弟姐妹，接下來是海山廟廟公所帶領的咱劇團，咱劇團。好，大家掌聲鼓勵一下。

◆演員一個接一個上海山廟戲台。

廟公：	排好排好，好，山神伯、海神媽，還有親愛的善男信女，大家好。（咱劇團鞠躬）今天很感謝，也很感恩，大家來到我們這個……
余媽媽：	海山廟。
廟公：	對啦，對啦，海山廟。觀賞咱劇團，為你們推出的……
余媽媽：	《西廂記》啊。
廟公：	我知道啦。含淚帶笑悲喜劇──《西廂記》；這是我們咱劇團第一次演戲，如果有任何細節，處裡得不大好，請大家多多包涵。不然先來來祝福大家──
咱劇團 全體：	年年春，年年富，年年蓋新房，月月安，月月順，月月都好睡。
廟公：	感謝。
水水：	這開場，動作太硬，表情太僵了啦。
廟公：	呃（對水水解釋），動作太硬，你們看到這裡，可能感覺有一點奇怪……

●	余媽媽	毋是這个意思。
◎	廟公	毋是這个意思喔？無，我先來介紹小等咧（sió-tán--leh）會出場的角色好矣。對上倒片的這兩个查某囡仔來，個搬的就是彼个「壁」，為啥物有壁咧，因為張生佮鶯鶯佇隔壁房間談情說愛的時陣，中央有隔一堵壁，壁頂懸有一个「縫」，兩个愛人仔才有法度來談情說愛。紲落來這个是咱劇團傷大的贊助者<u>奶奶</u>，噗仔聲共催落……
●	奶奶	<u>來來來，吃糖。</u>
◎	廟公	<u>奶奶講欲請逐家食糖仔。</u>
●	余媽媽	<u>奶奶（指家己的尻川）。</u>
◎	廟公	這擺就是搬這个紅娘啦，紅娘會當講是共男主角張生和女主角鶯鶯牽紅線的啦。奶奶以前做媒人婆所以拄仔好啦。紲落來這逐家攏熟似的<u>余媽媽</u>，搬的是這个女主角鶯鶯，鶯鶯是一个少女，無講恁看袂出來啦。
●	余媽媽	你是咧講啥！
◎	廟公	閣紲落來這个特別對國外請轉來的，學彼个動身軀的……
●	洋哥	Physical theatre.
◎	廟公	對啦，學彼咧<u>「大體劇場」</u>啦。
●	洋哥	<u>肢體、肢體。</u>

余媽媽：	不是這個意思。
廟公：	不是這個意思喔？不然先來介紹待會出場的角色好了。從最左邊這兩個女孩開始，她們演的是「牆壁」，為什麼有牆壁呢？因為張生跟鶯鶯在兩間隔壁房間談戀愛，中間隔著一道牆，牆壁上面有一個「縫」，兩個人才有辦法談情說愛。接下來這是咱劇團最大的贊助者奶奶，掌聲鼓勵……
奶奶：	來來來，吃糖。
廟公：	奶奶要請大家吃糖果。
余媽媽：	奶奶（指自己的屁股）。
廟公：	奶奶這次演的是紅娘，紅娘可以說是幫男主角張生和女主角鶯鶯牽紅線的人，奶奶以前當媒人婆，這樣正好。再接下來這位，是大家都認識的余媽媽，演的就是女主角鶯鶯，鶯鶯是一個少女，沒講你們看不出來。
余媽媽：	你說什麼！
廟公：	再接下來，我們特別從國外請回來， 學那個動身體的……
洋哥：	Physical theatre.
廟公：	對啦，學那個「大體劇場」啦。
洋哥：	肢體、肢體。

◎	廟公	歹勢,講毋著去矣,「肢體劇場」啦,動身軀彼肢體劇場啦。搬這个月娘光映映。後壁這个,提這兩塊烏烏的,就是阮廟內的童乩廖啦。紲落來這个,看起來漢草(hàn-tsháu)真好,性格真穩,就是搬咱這改上大的歹人——孫飛虎,歹一聲看覓!(台弟做進前洋哥教伊的動作)有夠歹,差一點滲尿。最後就是我本人,我本人搬這个男主角叫作張生,一个風流瓢撇的書生……。
●	水水	恁一開場,就共劇情攏講煞,啊等一下是欲搬啥!
◎	廟公	無啦,我共逐家做介紹。
●	余媽媽	親像電影攏有預告片,好矣好矣,咱來搬戲。
◎	廟公	咱紲落去的戲文,咱就予飛虎、月娘、烏暗暝、壁、紅娘,閣有阮這對愛人,共逐家講詳細,逐家噗仔聲催落!
◆ 眾人覕佇海山廟戲台的後台,賰霖霖和盈盈。		
●	霖霖	(緊張)我……是霖……霖,伊是盈盈,阮佇這齣戲內底演壁。所以我身軀的紅毛塗,伊身軀的磚仔,表示阮是一堵足結實的壁。無全款的是,阮這堵壁有一个縫,透過這个縫,張生佮鶯鶯才會當談情說愛。
◆ 廟公對海山廟戲台的後台出場。		
◎	廟公	哦,暗眠摸的烏暗暝呀!
●	水水	男主角欲出場矣,莫緊張莫緊張!
◎	廟公	哦,暗眠摸的烏暗暝啊!烏暗暝的暗眠摸啊,日頭落山才出現!出現才會暗眠摸,暗眠摸的烏暗暝阿……暗眠摸的……

廟公：	抱歉，講錯了，「肢體劇場」啦，動身體那個肢體劇場啦。演的是月娘，閃亮亮的。後面這位拿這兩塊黑黑的，就是我們廟裡的乩童廖啦。再接下來這個，看起來體格很好、個性很兇，就是演我們這次最大的壞人——孫飛虎，來兇兩句來聽聽！ （台弟做之前洋哥教他的動作）嚇死了差點尿出來。最後，就是我本人，我本人演這個男主角叫張生，一個風流倜儻的書生……
水水：	你們一開場就把劇情都講完了，等下是要演什麼！
廟公：	沒有啦，跟大家做介紹。
余媽媽：	像電影都有預告片，好啦好啦，我們來演戲。
廟公：	接下來的劇情，就讓我們的飛虎、月娘、黑夜、牆壁、紅娘，還有這對愛人，演給大家看，請大家給個掌聲！

◆眾人躲在海山廟戲台的後台，剩霖霖和盈盈。

霖霖：	（緊張）我……是霖……霖，她是盈盈。我們在這齣戲裡演一堵牆壁。所以我身上的水泥、她身上的磚頭，代表我們是一堵很結實的牆壁。不同的是，我們這堵牆壁有一個縫，透過這個縫，張生跟鶯鶯才可以談情說愛。

◆廟公從海山廟戲台的後台出場。

廟公：	哦，暗眠摸的烏暗暝呀！
水水：	男主角出場了，別緊張別緊張！
廟公：	哦，暗眠摸的烏暗暝啊！烏暗暝的暗眠摸啊，日頭落山才出現！出現才會暗眠摸，暗眠摸的烏暗暝阿……暗眠摸的……

水水	（拍斷）一直咧報時辰，無你是<u>咕咕鐘</u>哦…	
廟公	逐家好，我叫做張生，是一個書生，讀冊人的意思啦。暝呀暝，你哪會毋緊來，敢毋知影我咧等！哦，呀，鶯鶯呀鶯鶯，敢閣記得當初時，咱佇西廂談情說愛，約束暝來的時，月娘當天，咱兩人欲來相見！壁，甜蜜、可愛的壁，將我佮鶯鶯分開，將我佮鶯鶯隔兩爿！壁呀，甜蜜、可愛的壁呀，請你予我一個縫，予我會當看著我心愛的鶯鶯！	
◆ 霖霖、盈盈共雙手分開，變出一個縫。		
廟公	感謝你，好心的壁，山神伯仔海神媽，一定會保庇你的勇健！奇怪，哪會無看著我思慕的鶯鶯！	
◆ 余媽媽和奶奶上海山廟戲台。		
水水	<u>伊來矣伊來矣</u>。余媽媽做人上實在，這改總算輪著伊搬女主角，後壁綴的彼個，是自頭到尾攏捎無摠（sa-bô-tsáng）的紅娘<u>奶奶</u>。	
余媽媽	我好心的壁，你敢有聽著我稀微的怨嘆，怨嘆你的無情，將我佮張哥哥拆兩爿，唉，我的喙脣（tshuì-tûn），紅吱吱若荔枝，幼麵麵（iù-mī-mī）袂輸<u>冰淇淋</u>，但是我嗅著的是啥物，是冷冰冰閣有碃碃（tīng-khok-khok）的 khōng-ku-lí。紅娘，你毋是講，我佮張哥哥約好佇遮，哪按呢我的情郎在哪裡（ná-lí）？	
奶奶	<u>在這啊！</u>	
廟公	我敢若看著一個聲，閣聽著一個影。	
水水	看著聲？聽著影？啊無，伊是活佇啥物世界？	

水水：	（打斷）你一直報時辰，你是咕咕鐘喔。
廟公：	大家好，我叫張生，是一個書生，讀書人的意思。夜晚啊夜晚，你怎麼不快來，難道不知道我在等待？鶯鶯啊鶯鶯，你還記得當初，我倆在西廂談情說愛，約定黑夜來臨時，月娘當空，我倆就要見面！牆壁啊，甜蜜可愛的牆壁，將我跟鶯鶯分開，將我跟鶯鶯隔兩邊。牆壁，甜蜜可愛的牆壁，請你給我一個縫，讓我可以看到我心愛的鶯鶯！

◆霖霖、盈盈把雙手撐開，變出一個縫。

| 廟公： | 感謝你，好心的牆壁，山神伯跟海神媽一定會保佑你的健康！奇怪，為何沒有看到我思慕的鶯鶯！ |

◆余媽媽與奶奶上海山廟戲台。

水水：	來了來了。這余媽媽做人很實在，這回總算輪到她做女主角。後面跟著的是從頭到尾都沒頭緒的紅娘奶奶。
余媽媽：	好心的牆壁，你有沒有聽到我寂寥的怨嘆，怨嘆你的無情，將我跟張哥哥拆散。我的嘴唇，紅得像荔枝，軟綿綿好比冰淇淋，但是，我親到的是什麼？是冰冷堅硬的水泥！紅娘，你不是說，我和張哥哥約好在這，那我的情郎在哪裡？
奶奶：	在這啊！
廟公：	我好像看到一個聲，還聽到一個影。
水水：	看到聲？聽到影？他是活在什麼世界？

◆ 張生、鶯鶯向縫看過。

●	余媽媽	啊，張哥哥，張哥哥。
◎	廟公	鶯鶯妹妹，鶯鶯妹妹，我會親像梁山伯，變做蝴蝶袂變心，永遠飛佇你身邊。
●	余媽媽	按呢我就是祝英台，毋管命運來阻礙，一生佮你走天涯。
◎	廟公	人美國的羅密歐佮茱麗葉嘛不過如此。
●	水水	英國。
◎	余媽媽	是啦，我佮你就親像英國的羅密歐佮茱麗葉全款。
●	廟公	鶯鶯妹妹，請你原諒我對你的痴情。我對你的愛就親像九月的大風颱。來，鶯鶯妹妹，予你的羅密歐鼻一个你的手巾，予伊來安慰我對你的痴情！
◎	余媽媽	這堵壁遮爾仔厚，你是欲按怎鼻？
●	廟公	無要緊，透過這咧縫，你大力歕（pûn），我大力鼻。
◎	奶奶	（京腔）野火燒不盡，春風吹又生，天長地久有時盡，此恨綿綿無絕期。
●	廟公	好詩！好詩！講了無毋著，只要有心，烏土變黃金，只要予我鼻，就有鼓勵佮安慰。這馬鼻袂著無要緊，咱來去墓仔埔相見。
◎	余媽媽	墓仔埔遐敢有鬼抑是歹人？
●	廟公	免驚。

◆ 有人對海山廟戲台後台擲一支劍出來。

◆張生、鶯鶯從縫看過去。

余媽媽：	張哥哥，張哥哥。
廟公：	鶯鶯妹妹，鶯鶯妹妹，我要像梁山伯，化做蝴蝶不變心，永遠飛在你身邊。
余媽媽：	那我就是祝英台，不管命運來阻礙，一生跟你走天涯。
廟公：	美國的羅密歐與茱麗葉也不過如此。
水水：	是英國。
余媽媽：	是啦，我跟你就親像英國的羅密歐與茱麗葉一樣。
廟公：	鶯鶯妹妹，請原諒我對你的痴情，我對你的愛就像九月的大颱風。來，鶯鶯妹妹，讓你的羅密歐聞一下你的手帕，讓它安慰我對你的痴情！
余媽媽：	這堵牆壁這麼厚，你要怎麼聞？
廟公：	不要緊，透過這個縫，你大力吹，我大力聞。
奶奶：	（京腔）野火燒不盡，春風吹又生，天長地久有時盡，此恨綿綿無絕期。
廟公：	好詩！好詩！說得沒錯，只要有心，黑土變黃金，只要讓我聞，就有鼓勵和安慰。現在聞不到不要緊，我們去墓仔埔那邊見面。
余媽媽：	墓仔埔，會不會有鬼或是壞人？
廟公：	別怕。

◆有人從海山廟戲台後台丟一支劍出來。

◎	**余媽媽**	張哥哥，你有要緊無？
●	**廟公**	無要緊，（提起彼支予人擲出來的劍）我會紮阮家傳的寶劍來共你保護！
◎	**余媽媽**	好！（叫奶奶落台）紅娘，行！
●	**奶奶**	尻川，我認識。
◎	**余媽媽**	紅娘，行囉！
◆ 鶯鶯落台，奶奶行去海山廟戲台的台跤。		
●	**廟公**	來去。
◆ 張生落台。		
◎	**霖霖、盈盈**	按呢霖霖、盈盈下台一鞠躬。
◆ 壁落台。		
●	**奶奶**	我從來沒看過這牆壁還長蕾絲的，是蕾絲壁是吧。
◆ 孫飛虎上台。		
◎	**水水**	奶奶，等一下欲出場的是搬「孫飛虎」的弟弟。
●	**奶奶**	你是弟弟啊？
◎	**水水**	是「弟弟」。
●	**奶奶**	我是弟弟啊？
◎	**水水**	逐家攏叫伊「弟弟」。
●	**奶奶**	我是你弟弟啊？
◎	**水水**	奶奶，咱猶是看戲較實在。

余媽媽：	張哥哥，你有沒有怎樣？
廟公：	沒事，（拿起那把被丟出來的劍）我會帶我們家傳的寶劍保護你！
余媽媽：	好，（叫奶奶下台）紅娘，走！
奶奶：	屁股，我認識。
余媽媽：	紅娘，走囉！

◆鶯鶯下，奶奶走去海山廟戲台台下。

廟公：	走囉。

◆張生下。

霖霖：	那，霖霖、盈盈也下台一鞠躬。

◆牆壁下。

奶奶：	我從來沒看過這牆壁還長蕾絲的，是蕾絲壁是吧。

◆孫飛虎上。

水水：	奶奶，等一下出場的是演「孫飛虎」的弟弟。
奶奶：	你是弟弟啊？
水水：	是「弟弟」。
奶奶：	我是弟弟啊？
水水：	大家都叫他「弟弟」。
奶奶：	我是你弟弟啊？
水水：	奶奶，我們還是看戲比較實在。

●	台弟	逐家好，我是大歹人孫飛虎，但是恁逐家攏捌我，我是弟弟啊。恁逐家來做公親，我是好人，毋是歹人，我就講我是「歹」，毋是歹人，我只是盡磅。阮哥哥伊去國外學戲劇轉來，伊有共我教，阮昨暝攏無睏，緊張甲。個講愛共這个角色做甲好，就一定愛做……
◎	洋哥	Character research.
●	台弟	提恁母仔的鎖匙。橫直喔，我這擺一定會共這个角色搬予好，搬予「歹」。
◎	水水	<u>奶奶，咱來看這个好人搬歹人到底演了好毋好，歹毋歹？</u>
●	台弟	天仙般的鶯鶯在哪裡，我欲來搶親囉！
◎	奶奶	<u>大壞蛋孫飛虎，不得好死。</u>
◆ 弟弟走落台，月娘和烏暗眠上台。		
●	洋哥	「Siah lāng.」 This is my hand, I am the moonlight. They are dark night. We will shine in the night! Now feel the moon power! SHINING! DARK! SHINING! DARK! SHINING! DARK!
◎	奶奶	<u>這個我知道！是蚌殼精！</u>
●	水水	演了袂穩。
◎	洋哥	Anyway, we will shine these lovers. We are moon and night!
●	水水	伊的意思是講個代表月夜！
◆ 鶯鶯上台。		

台弟：	大家好，我是大壞人孫飛虎，但是大家都認識，我是弟弟啊。不然你們大家評評理，我是好人不是壞人，我就說我是派，不是壞人，我只是「猛」。我哥哥去國外學戲劇回來，他有教我，他說要把這個角色演得好，就要做⋯⋯
洋哥：	Character research.
台弟：	拿你媽的鑰匙。反正，我這次一定要把壞人演得好，──演得「好」「壞」。
水水：	奶奶，我們來看看這個好人演壞人，演得好不好、壞不壞？
台弟：	天仙般的鶯鶯在哪裡，我要來搶親囉！
奶奶：	大壞蛋孫飛虎，不得好死。

◆弟弟跑下台，月娘和黑夜上台。

洋哥：	「蝦啷。」This is my hand, I am the moonlight. They are dark night. We will shine in the night! Now feel the moon power! SHINING! DARK! SHINING! DARK! SHINING! DARK!
奶奶：	這個我知道！是蚌殼精！
水水：	演得不錯。
洋哥：	Anyway, we will shine these lovers. We are moon and night!
水水：	他們的意思是說，他們代表月夜。

◆鶯鶯上。

◎	水水	鶯鶯來矣，明明就蹛隔壁，硬欲約佇墓仔埔去吵死人。
●	奶奶	<u>有人會死啊？</u>
◎	余媽媽	就是這个墓仔埔。我的情郎咧？張哥哥？張哥哥？
◆ 孫飛虎提著大刀上台，廟公、洋哥覕佇烏暗眠後壁，共弟弟指導。		
●	奶奶	<u>哎呀張生來啦？</u>
◎	水水	<u>奶奶，彼是廟公，伊應該是來提詞的。</u>
●	余媽媽	這敢毋是附近刣人無瞤目的大歹人孫！飛！虎？
◎	廟公	你閣叫。
●	台弟	你閣叫。
◆ 鶯鶯哀出聲。		
◎	廟公	你叫甲梢聲（sau-siann）……
●	台弟	你叫甲梢聲……
◆ 鶯鶯哀出聲。		
◎	廟公	嘛無人共你救！
●	台弟	嘛無人共你救！
◎	余媽媽	甲梢聲！甲梢聲！甲梢聲！
●	奶奶	<u>有變態啊，叫警察！快把這個變態抓走。</u>
◎	台弟	<u>奶奶，我毋是。</u>
●	余媽媽	你共我放開，你是按怎愛共我掠咧！（余媽媽家己去予台弟掠著）你足歹的！（鼓勵台弟較歹的）

水水：	鶯鶯來了，明明就住隔壁，硬要約在墓仔埔吵死人。
奶奶：	有人會死啊？
余媽媽：	就是這個墓仔埔，我的情郎呢？張哥哥？張哥哥？

◆孫飛虎提著大刀上台，廟公、洋哥躲在黑夜後面，指導台弟。

奶奶：	哎呀張生來啦？
水水：	奶奶，那是廟公，應該是來提詞的。
余媽媽：	這不是附近殺人不眨眼的大壞人孫！飛！虎？
廟公：	你再叫。
台弟：	你再叫。

◆鶯鶯叫出聲。

廟公：	你叫破喉嚨……
台弟：	你叫破喉嚨……

◆鶯鶯叫出聲。

廟公：	也沒人會救你！
台弟：	也沒人會救你！
余媽媽：	破喉嚨！破喉嚨！破喉嚨！
奶奶：	有變態啊，叫警察！快把這個變態抓走！
台弟：	奶奶，我不是。
余媽媽：	你把我放開，你為什麼要抓著我！（余媽媽自己去讓台弟抓著）你好壞！（鼓勵台弟兇一點）

◎	廟公	（提詞）嘿嘿嘿！
●	台弟	（小聲）嘿嘿嘿！
◎	余媽媽	（鼓勵台弟較歹的）你哪會遮爾歹！
●	廟公	（提詞）嘿嘿嘿！
◎	台弟	（小聲）嘿嘿嘿！
●	余媽媽	（鼓勵台弟閣較歹的）你真正足歹的！
◎	廟公、洋哥	（大聲提詞）嘿嘿嘿！
●	台弟	嘿嘿嘿！
	◆ 余媽媽哀一聲，予台弟掠入去兩塊烏暗眠內底。余媽媽共手巾擲出來。	
◎	奶奶	<u>鶯鶯給壞人孫飛虎給抓走啦，手帕上還染著血！</u>
	◆ 廟公上台。	
●	廟公	好心的月娘，感謝你親像日頭遮好心，照著我佮鶯鶯的前程。
◎	奶奶	你別傻在這等了，<u>鶯鶯給壞人抓走啦！</u>
●	水水	奶奶，<u>拄才發生的代誌只有咱觀眾才知影。</u>
◎	廟公	月娘啊月娘，感謝你的溫柔，因為你的光，照著希望的大門，予我佮鶯鶯，會當佇墓仔埔來相（sann）見。（看著全是血的手巾）等咧！天啊！地啊！哪會按呢？這毋是鶯鶯的手巾？哪會頂懸攏是血！敢講是拄著附近剖人無瞇目的大歹人孫飛虎？

廟公：	（題詞）嘿嘿嘿！
台弟：	（小聲）嘿嘿嘿！
余媽媽：	（鼓勵台弟兒一點）你為什麼這麼壞！
廟公：	（提詞）嘿嘿嘿！
台弟：	（小聲）嘿嘿嘿！
余媽媽：	（鼓勵台弟更兒一點）你真的好壞！
廟公、 洋哥：	（大聲提詞）嘿嘿嘿啦！
台弟：	嘿嘿嘿！

◆余媽媽尖叫一聲，被台弟抓進去兩塊黑夜的布後。余媽媽把手帕丟出來。

奶奶：	鶯鶯給壞人孫飛虎給抓走啦，手帕上還染著血！

◆廟公上。

廟公：	好心的月娘，感謝你像太陽那麼好心，照亮我跟鶯鶯的前程。
奶奶：	你別傻在這等了，鶯鶯給壞人抓走啦！
水水：	奶奶，剛剛那些只有我們觀眾才知道。
廟公：	月娘啊月娘，感謝你的溫柔，因為你的光，照著希望的大門，讓我跟鶯鶯可以在這個墓仔埔相見。（看到全是血的手帕）等一下！天呀！地呀！怎麼會？這是鶯鶯的手帕？怎麼上面都是血！難道是遇上附近殺人不眨眼的大壞人孫飛虎？

●	奶奶	<u>是啊！我剛剛不是說了嗎？</u>
◎	廟公	天公伯啊，你哪會遮雄，竟然拆散我佮鶯鶯這對苦命鴛鴦，我一个書生竟然無法度保護我家己愛的人！
●	奶奶	<u>怎麼會這樣呢？剛剛不是還好好的嗎？</u>
◎	水水	命運共人創治。
●	廟公	鶯鶯！人生無你，白泲無味（peh-tsiánn-bô-bī），你已經死矣，我閣活落去，嘛無啥物意義！流吧，目屎，出鞘（siù）吧，寶劍。插落去、插落去、插落去我心臟內底上悲傷的所在。插落去、插落去、插落去。

◆ 張生予奶奶共刀插入去張生的心臟。

◎	廟公	我死、我死、我死……（廟公倒落隨起來）我已經死矣，我的靈魂，佇空中亂飛，我的喙舌，袂曉講話；月娘啊（月娘和廟公跳舞），炁我來去，炁我來去揣鶯鶯，問伊為何放我做伊去。我死、我死、我死……我……

◆ 張生死去。

●	奶奶	<u>這不是《西廂記》嗎？怎麼會有人死呢？</u>
◎	水水	毋是每一段戀情攏有美好的結局。

◆ 鶯鶯上台。

●	余媽媽	彼个孫飛虎，已經予我用計奪刀共敲昏去矣。
◎	奶奶	<u>原來鶯鶯沒事啊！</u>
●	水水	噓，伊毋知影張生已經……
◎	余媽媽	張哥哥，張哥哥？

奶奶：	是啊！我剛剛不是說了嗎？
廟公：	天啊，你為什麼這麼狠心，拆散我跟鶯鶯這對苦命的鴛鴦，我一介書生，竟然無法保護我自己愛的人！
奶奶：	怎麼會這樣呢？剛剛不是還好好的嗎？
水水：	命運捉弄人。
廟公：	鶯鶯！人生無你，索然無味，你已經死了，我活下去也沒有意義！流吧，眼淚，出鞘吧，寶劍。插進去、插進去、插進去我心臟裡面最悲傷的地方！插進去、插進去、插進去。

◆張生讓奶奶把刀插進張生的心臟。

| 廟公： | 我死、我死、我死……（廟公倒落又馬上起身）我已經死了，我的靈魂在空中亂飛，我的嘴舌沒辦法說話；月娘啊（月娘和廟公跳舞），帶我去，帶我去找鶯鶯，問她為何放我一個人走。我死、我死、我死……我…… |

◆張生死。

奶奶：	這不是《西廂記》嗎？怎麼會有人死呢？
水水：	不是每一段戀情都有美好的結局

◆鶯鶯上。

余媽媽：	那個孫飛虎，已經被我用計奪刀把他砍暈了。
奶奶：	原來鶯鶯沒事啊！
水水：	噓！她不知道張生已經……
余媽媽：	張哥哥，張哥哥？

	◆ 看著倒佇塗跤的張生。	
●	余媽媽	張哥哥，你是睏去喔？張哥哥，我是鶯鶯！（發現張生死矣）張哥哥，你哪會死去矣？張哥哥，哦，張哥哥，你緊精神對我講話啊！你毋是欲對我講一世人的情話，我是鶯鶯啊。你迷人的目睭，溫暖的雙手，綿綿的喙脣，閣有真滑溜的皮膚，哪會⋯⋯哪會⋯⋯哪會攏總死死去矣！有情人為何袂當結連理？命運之神，你為何欲來創治？既然你斬斷伊的血筋，提走伊的名字，好，你來啊，你做你來啊。你做你用你無情的雙手，攑（gi̍ah）起這殘忍的寶劍，插入來我絕望的心臟！寶劍，你是我的好朋友，予我來請你一頓粗飽，來食我的胸坎，來啉我的血水！張哥哥！（倒落）
	◆ 安靜。	
◎	奶奶	好！
●	主持人聲音	結束矣袂，好啦，按呢會使矣。逐家掌聲鼓勵，是講嘛奇怪，做醮毋就愛熱鬧，有熱情、有氣氛，神明毋才會感動，結果煞演一齣，男女主角死了了的戲，毋知咧創啥，真的是爛劇團無毋著，咱劇團。好啦，恁緊排予好，謝幕，毋通入戲傷深。 各位鄉親，最後一擺，予個掌聲鼓勵，海山廟「咱劇團」。
	◆ 眾人來到戲中戲的台前謝幕。	
◎	奶奶	來，余小姐、廟公，我有紅包給你們壓壓紅！（給余媽媽）余小姐，美夢成真啦。
●	余媽媽	奶奶謝謝。

◆看到倒地的張生。

余媽媽：	張哥哥，你睡著了嗎？張哥哥，我是鶯鶯呀！（發現張生已死）張哥哥，你怎麼死了！張哥哥，喔，張哥哥，你快醒來對我說話啊！你不是要對我講一輩子的情話？我是鶯鶯啊。你迷人的眼睛，溫暖的雙手，綿綿的嘴唇，還有超光滑的皮膚，怎麼會……怎麼會……怎麼會全部都死去了！有情人為何不能結連理？命運之神，你為何來捉弄？既然祢斬斷他的血脈，奪走他的名字，好，來呀！儘管來。儘管用你無情的雙手，舉起那殘忍的寶劍，插進我絕望的心臟！寶劍，你是我的好朋友，讓我來請你一頓粗飽，來吃我的胸口，來喝我的血水！張哥哥！（倒下）

◆安靜。

奶奶：	好！

主持人聲音：	結束了沒，好啦，這樣可以了。不然我們大家掌聲鼓勵，是說也奇怪，做醮不就要熱鬧，有熱情、有氣氛，神明才會感動，結果卻演一齣男女主角死光光的戲，不知道在搞什麼，真的是爛劇團沒錯，咱劇團。好啦，你們快排一排，謝幕了，不要入戲太深。各位鄉親，不然最後一次，給他們掌聲鼓勵，海山廟「咱劇團」。

◆眾人來到戲中戲的台前謝幕。

奶奶：	來，余小姐、廟公，我有紅包給你們壓壓紅！（給余媽媽）余小姐，美夢成真啦。

余媽媽：	奶奶謝謝。

◎	奶奶	廟公！

◆ 奶奶予廟公紅包。

●	廟公	我也有喔？歹勢。

◎	奶奶	（海神媽語氣）溫柔的凡人，我拜託你閣演一擺。

◆ 廟公掣一趒（tshuah tsit tiô），台頂的電火隨花去。

◆ 燈火光，廟公和開場全款，倒佇椅條陷眠。

●	廟公	……真好聽的彩霞，真溫暖的天星，我的耳空鼻著甘甜的仙桃，手食著迷人的歌聲，我的目睭聽著花蕊的清香……這哪有可能？是按怎，是臭耳聾去聽著啞口講青盲仔看著鬼喔。這我若是共人講起，人一定會講按怎「你竹篙（tik-ko）敲虎鞭」——敲虎羼（khà-hóo-lān）。無就是講我「閻羅王講白賊」——騙鬼。毋過彼个世界感覺起來閣足實在的呢，敢若是有一个人去夢著一个我，彼个我佇彼个世界所看著的一切，人的目睭，毋捌聽過，耳，毋捌看過，手，毋捌食過，喙，無法度了解，心，嘛講袂出來。按呢講起來，彼个人才是真的？我是假的，啊，伊才是真的我是假的喔，伊才是真的我是假的喔，我毋是真的我是假的喔，我是假的喔，我毋是gay，我食菜。哭枵，我是中風喔？毋是啦，我想起來矣！阮宮內底，彼个童乩廖有共我講過啦，這喔，叫做予物件附著啦，規个人煞靈魂出竅去——莫怪矣，莫怪，莫怪我規个頭殼楞捽捽（gông-tshia-tshia）……

奶奶：	廟公！

◆奶奶給廟公紅包。

廟公：	我也有喔？不好意思啦。

奶奶：	（海神媽語氣）溫柔的凡人，我拜託你再演一遍。

◆廟公驚，燈急暗。

◆燈亮，廟公像開場時躺在長椅上酣眠。

廟公：	……真好聽的彩霞，真溫暖的天星，我的耳朵聞到甘甜的仙桃，手吃到迷人的歌聲，眼睛聽到花蕊的清香……這哪有可能？為什麼？是聾子聽到啞巴說瞎子看到鬼喔。我要是跟別人說起，別人一定會說什麼「竹篙打虎鞭」：唬爛。不然就說我「閻羅王講白賊」：騙鬼！不過那個世界，感覺起來又很實在，好像是有一個人，夢到一個我，那個我在那個世界所看到的一切，人的眼睛不曾聽過，耳朵不曾看過，手不曾吃過，嘴沒辦法了解，心也講不出來。這麼說起來，那個人才是真的，我是假的，他才是真的，我是假的，我不是真的我是假的喔，我是假的喔？我不是 gay 我吃素啦！哭啊，我是中風嗎？不是啦，我想起來了！廟裡的乩童廖有跟我講過，這叫做被東西附上了，整個人靈魂出竅——難怪喔難怪，難怪我整個腦子這麼暈……

廟公	袂輸去拚著壁，敢若是有一下真正的我，當咧看這馬的我，真正的我佇天頂佇遐咧飛，踅過來閣踅過去，踅來踅去，毋知欲踅去佗位，煞煞去矣，想踅濟嘛無效。穩穩穩……oo-tóo-bái的穩，我明仔載做醮欲搬啥？脫衣舞？毋是啦，神明講欲看咱咱劇團搬戲啦，貓，13！
好爺	（聲音）虎，03。

◆ 本戲結束。

廟公： 好像撞到牆，好像有一個真正的我，正在看現在的我，真正的我，在天空在那邊飛啊飛，繞過來又繞過去，繞來繞去，不知道要繞去哪裡，啊算了算了，想那麼多也沒用。糟糟糟，糟了個糕，明天做醮要演什麼？脫衣舞？不是啦！神明說要看我們咱劇團演戲啦！貓，13！

好爺： （聲音）虎，03。

◆本戲結束。

劇　台語本　本

愛錢A恰恰

	原作：Molière
	改編：吳明倫、MC JJ
	台語創作、翻譯：MC JJ
	台文聽打、修訂：陳聖緯、王嵐青
	台文校對：吳明倫、蔡逸璇
	華文校對：吳明倫、許惠淋
劇本凡例	＊加底線表示用華語。 ＊日文用日文拼音，如：アサリ（asari）。 ＊外來語、部分無相對正字的語助詞以台羅標記。

人物表

高金土：鐵算盤（thih-sǹg-puânn）／柝仔頭（khok-á-thâu）	金寶姨：媒人婆
	洪獅木：好額人
	阿塗：高金土的廚子兼司機
阿女：高金土的查某囝	阿木：高家的使用人
利旺：高金土的後生	阿火：高家的使用人
雞毛：利旺的下跤手人	oo-bá-sáng：高家的使用人
水來：高家的管家、阿女的愛人	王董：放重利的中人
	警察
阿麗：利旺的愛人	替代役

愛錢Ａ恰恰　華語本

原作：莫里哀

改編：吳明倫、MC JJ

台語創作、翻譯：MC JJ

台文聽打、修訂：陳聖緯、王嵐青

台文校對：吳明倫、蔡逸璇

華文校對：吳明倫、許惠淋

人物表

高金土：吝嗇鬼

阿女：高金土女兒

利旺：高金土兒子

雞毛：利旺的助手

水來：高家管家、阿女的愛人

阿麗：利旺的愛人

金寶姨：媒人婆

洪獅木：有錢人

阿塗：高金土的廚師兼司機

阿木：高家家僕

阿火：高家家僕

歐巴桑：高家家僕

王董：高利貸仲介

警察

替代役

◆高家。

●	水來	身世不明命底（miā-té）穤（bái），為著生活走天涯，煞（sannh）著頭家千金女，甘願委身求真愛。阿女阿女，既然你已經答應昨暝我對你的求婚，為何現此時的你看起來憂頭結面（iu-thâu-kat-bīn）？
◎	阿女	阿來阿來，你千萬莫疑猜。你對我的情，我攏囥心內，我對你的愛，嘛滿甲全世界，只是……
●	水來	只是……？
◎	阿女	只是想著咱的將來，心肝難免呸噗筅（phih-phòk-tsháinn）。
●	水來	按怎講咧？
◎	阿女	想著我，對你一个下跤手人（ē-kha-tshiú-lâng），敢袂太過熱情？你嘛知影，我的阿爸，遮爾仔惡，遮爾仔歹。閣再講，厝內人的目色，遮爾仔利。這我其實攏毋驚，因為我傷驚惶（kiann-hiânn）的猶是……
●	水來	是……？
◎	阿女	是你僥心（hiau-sim）去愛別人！你嘛知影，查某囡仔一旦對查埔人傷過熱情，會去予人看無目地（khuànn-bô bàk-tē）。
●	水來	你會當懷疑日頭袂落山，月娘變火炭，但是你千萬莫懷疑，我對你的真感情。我絕對毋是彼款，無良心的人。我的靈魂，是因為你的靈魂才有精神啊，阿女。

S1

◆高家。

水來：	身世不明又命苦，為了生活走天涯，情定老闆千金女，寧願委身求真愛。阿女阿女，既然你已經答應昨晚我對你的求婚，為何現在的你看起來滿腹憂愁？
阿女：	阿來阿來，你千萬別猜疑。你對我的情，我都放在心裡，我對你的愛，也布滿全世界，只是……
水來：	只是……？
阿女：	只是想到我們的將來，難免心煩意亂。
水來：	怎麼說呢？
阿女：	想到我，對你這個下人會不會太過熱情？你也知道，我爸爸那麼可惡、那麼壞。再說，家裡上上下下緊迫盯人。其實我也不怕這些，因為我最怕的還是……？
水來：	是……？
阿女：	是你負心去愛別人！你也知道，女孩子要是對男人太熱情，會被人瞧不起。
水來：	你可以懷疑太陽不下山、月亮燒起來，但是你千萬不要懷疑，我對你的真感情。我絕對不是那種沒良心的人。我的靈魂，是因為你的靈魂才會充滿活力喔，阿女。

◎	阿女	哼，甜言蜜語，狗嘛講會出喙。
●	水來	既然如此，你欲怪罪我，嘛就愛等我做出對你不住的代誌。佇這進前，拜託你千萬，毋通懷疑我對你的真感情。
◎	阿女	唉，我那會按呢清清彩彩（tshìn-tshìn-tshái-tshái）就去予愛人仔說服矣！
●	水來	（拍斷）只要你有共我的真感情，囥（khǹg）佇咧心肝頂，我就已經足滿足矣。你的心情，我完全會當體會，只要看恁老爸，也就是我的頭家。彼款死人凍霜（tàng-sng）個性，對囝兒遮爾無情，像他彼款老爸，啥物歹代誌攏有可能發生。歹勢，阿女，佇你的面頭前，按呢剾洗（khau-sé/sué）恁阿爸……
◎	阿女	完全袂。
●	水來	我看伊，愈看愈倒彈。毋過，我嘛希望早日佮失散多年的爸母團圓。若是閣一直無消息，恐驚，我就愛先來離開，先來去揣（tshuē/tshē）爸母較要緊。
◎	阿女	阿來，你莫走，無你的我，欲按怎面對老爸的拖磨（thua-buâ）。
●	水來	我共你教，恁老爸母是遮爾仔歹扭掠（liú-liàh）。你看我當初時，一呵咾（o-ló）伊緣投，伊就叫我來恁兜做；第二擺，閣呵咾伊少年飄撇，伊馬上升我做會計（kuè-kè）；第三擺，呵咾伊勤儉勢（gâu）扞家（huānn-ke），伊甚至予我管理厝內的大大細細。我如今毋才有機會，來參（tsham）你偷來暗去。恁老爸這款人，你只要聽伊的話，順伊的意，閣呵咾伊的話尾。

阿女：	哼，甜言蜜語，誰都說得出口。
水來：	話雖如此，你若要怪罪我，也要先等我做出對不起你的事啊。在那之前，拜託你可別懷疑我對你的真感情。
阿女：	唉，我怎麼這麼隨便就被愛人說服了！
水來：	（打斷）只有你有把和我的真感情放在心上，我就已經很滿足了。你的心情我完全能體會。看看你爸，也就是我老闆，那種小氣鬼的死個性，對孩子們那麼無情，有他那樣的父親，什麼事都可能發生。抱歉，阿女，在你面前說你爸爸的壞話。
阿女：	完全沒關係。
水來：	我看他越看越不順眼。不過，我也希望能早日和失散多年的父母團圓。要是再一直沒有消息，恐怕我還是得先離開去找他們。
阿女：	阿來，你別走，我要是沒有你，怎麼面對我老爸的折磨。
水來：	我教你，你爸沒有那麼難對付。你看我當初，只是稱讚他帥，他就要我來你家工作；第二次，稱讚他年輕瀟灑，他馬上升我去管帳；第三次，稱讚他勤儉持家，他甚至馬上就讓我去管理大小事。我如今也才有機會跟你偷偷談戀愛。你爸爸這種人，只要聽他的話、順他的意、抓著他的話尾稱讚他。

	水來	不管你有認同無認同，無要緊，有贊成無贊成，無關係。盡量一直共呵咾一直共褒，按呢就著矣。只要甜言蜜語一直共催落，就算你手捀（phâng）過期牛奶，伊嘛會當做優酪乳共啉（lim）落去。按呢講起來，袂輸我真無志氣，但是我共你講，這个社會就是按呢，有錢烏龜坐大廳，無錢秀才是人人驚。恁老爸有錢，啊閣愛人扶（phôo），咱就愛大力共扶。我嘛知影真濟下跤手人看袂落去。但是，這个扶羼脬（phôo-lān-pha），欲怪就愛怪羼脬，毋是咱的手無志氣。
◎	阿女	咱莫閣講彼个凍霜老爸矣，來參詳（tsham-siông）咱的婚事。敢毋免先通知阮阿兄？萬不二證婚的 oo-bá-sáng 隨時變卦，甚至對阮老爸講出咱的私情，時到上起碼嘛有阮阿兄來鬥相共（tàu-sann-kāng）。
●	水來	這我做袂到：我無可能全時陣，雙跤踏雙船，變做個爸仔囝兩人的心腹。顛倒（tian-tò）你會當利用恁兄妹仔之間的感情，共恁阿兄搝（khiú）過來咱這爿（pîng）。畢竟，伊佮你，自細漢到大漢，就有一个共同的敵人，就是恁老爸。欸，扗仔好，恁阿兄來矣，趁這个機會，你沓沓仔（tàuh-tàuh-á）佮伊講，我先來走。（落台）
◎	阿女	哎唷，老爸凍霜又酷刑（khok-hîng），叫阮就愛看眼前。有愛無錢歹討趁（thó-thàn），害阮心情有夠凝（gîng）。但是我毋知影，我敢有彼个勇氣講呢？

水來：	不管你認不認同都不要緊，贊不贊成也沒關係，反正就一直讚美他說好話，這樣就對了。只要持續甜言蜜語，就算拿過期的牛奶給他，他也會當優酪乳喝下去。我這樣說，聽起來很像我很沒志氣，但是我跟你說，這個社會就是這樣，有錢烏龜坐大廳，無錢秀才人人驚。你爸爸是有錢人，又愛人諂媚，我們就要大力諂媚他。我知道很多人看不慣我這樣，但是捧ＬＰ的行為，要怪的是ＬＰ，而不是怪我們的手不長進。
阿女：	不要再提小氣老爸了，來商量我們的婚事。要不要先通知我哥？要是幫我們證婚的歐巴桑變卦了，甚至跟老爸告密講出我們的私情，到時候起碼哥哥還可以幫我們。
水來：	這由我來可做不到：我不可能同時腳踏兩條船，變成父子兩人的心腹。倒是你，可以利用你們兄妹之間的感情，把哥哥拉過來我們這邊。畢竟你們兩個從小到大就有你們爸爸這個共同的敵人。欸，真剛好，你哥來了，趁這機會，你慢慢跟他說，我先走了。（下）
阿女：	哎唷，老爸小氣又嚴厲，叫我只能看眼前。有愛無錢難生活，害我心情好不痛快。但是我不知道，我有那個勇氣說嗎？

S2

◆高家。

●	利旺	第一怨嘆，現實的社會；第二怨嘆，凍霜的老爸；第三怨嘆，心愛的小姐。唉，總講一句話，自古英雄多狼狽（lông-puē）。欸，小妹，你一个人佇遮喔，按呢扰仔好，我有心事，要緊欲揣你講。
◎	阿女	心事？
●	利旺	是啊，講起來話頭長，但是簡單一句話，就是講，我戀愛矣。
◎	阿女	戀愛？
●	利旺	好啦，我知影你一定會講啥物大道理，啥物聽阿爸的話，袂當家己講欲愛就去愛。
◎	阿女	（拍斷）無啦，阿兄……
●	利旺	（拍斷）好，你先莫講大道理，我攏知影你欲講啥。我猶閣袂曉賺錢，無可能離開老爸，萬項代誌一定愛先佮伊參詳，但是阿女……
◎	阿女	（拍斷）無啦，阿兄……
●	利旺	（拍斷）大道理先莫講，你先聽我講心內話。雖然，你是我唯一的小妹，但是你可能無夠了解我。因為愛情，會予一个人產生變化。
◎	阿女	變化？

S2

◆高家。

利旺：	第一怨恨，現實的社會；第二怨恨，小氣的老爸；第三怨恨，心愛的小姐。唉，總之一句話，自古英雄多氣短。欸，小妹，你一個人在這裡嗎？這樣剛好，我有要緊的心事想跟你分享。
阿女：	心事？
利旺：	是啊，說來話長，長話短說，就是，我戀愛了。
阿女：	戀愛？
利旺：	好啦，我知道你一定會跟我講什麼大道理，什麼要聽阿爸的話，不可以自己想愛就愛。
阿女：	（打斷）不會啦，哥……
利旺：	（打斷）好，你先別說大道理，我知道你要講什麼。我還不會賺錢，不可能離開老爸，什麼事情都一定要先跟他商量，但是阿女……
阿女：	（打斷）沒有，阿兄……
利旺：	（打斷）好，你先別說教，先聽我說心事。雖然，你是我唯一的小妹，但是你可能並不了解我。因為愛情，會讓一個人產生變化。
阿女：	變化？

●	利旺	嗯，一个人真真正正愛著另外一个人的時陣，心內就會產生一種，真奇怪的感覺，這種感覺，袂輸……袂輸樹奶糊（tshiū-ling/ni-kôo）。一種綿綿，幼幼（iù-iù），黏黏，又閣會牽絲。毋管好額（hó-giàh）散赤（sàn-tshiah），只要靈魂內底有這款牽絲的，愛！兩个人就會親像樹奶糊，一世人攏想欲黏做伙。
◎	阿女	黏做伙？
●	利旺	嗯，你無了解無要緊，除了阿爸，你是我唯一的親人，若準講阿爸嘛算是親人。你欲按怎笑我，攏無要緊，但是我請你莫共我講啥物大道理。現此時的我，完全聽袂落去。
◎	阿女	其實，你若知影我的狀況，凡勢（huān-sè）會換做你，對我講人生大道理。
●	利旺	莫非你……佮我全款，你嘛……
◎	阿女	（拍斷）阿兄，你的……樹奶糊叫啥物名？生做啥款？
●	利旺	伊喔，伊叫做阿麗，美麗的麗，伊的人，實在是天真美麗溫柔閣賢慧。任何人若是看著伊，保證攏會心綿綿，雙跤軟苷苷（siô），欲徛（khiā）徛袂直。就算是咱老爸彼款愛錢愛甲欲死的墨賊仔（bàk-tsàt-á）個性，我相信嘛甘願無條件捧錢去予伊。
◎	阿女	遮厲害喔？伊敢是咱遮的人，我呔（thài）會攏毋捌聽過。

利旺：	嗯，一個人真的愛上另外一個人的時候，心裡就會產生一種好奇怪的感覺，這種感覺，就好像……就好像口香糖一樣：軟軟，嫩嫩，黏黏，還會牽絲。不管有錢還是貧窮，只要靈魂裡面有這種牽絲的，愛！兩個人就會像口香糖，一輩子都想黏在一起。
阿女：	黏在一起？
利旺：	嗯，你不了解也沒差，除了老爸，你是我唯一的親人，假設老爸還算是親人。不管你怎麼笑我，都沒關係，但是我請你不要對我說大道理。現在我完全聽不進去。
阿女：	其實，你若知道我的狀況，也許你會反過來對我說人生大道理。
利旺：	莫非你……和我一樣，你也……
阿女：	（打斷）哥，你的……口香糖叫什麼名字？長什麼樣子？
利旺：	她啊，她叫做阿麗，美麗的麗，她這人，實在是天真美麗溫柔又賢慧。任何人要是看到她，保證都會意亂情迷，站也站不直。就算是老爸那種愛錢愛得要死的無情個性，我相信也會心甘情願捧錢去給她。
阿女：	這麼厲害喔？她住我們這一帶嗎？我怎麼都沒聽說過。

●	利旺	伊最近才搬來,蹛(tuà)佇咱路尾正手爿巷仔內倒手爿的第四間,佮個老母蹛做伙。
◎	阿女	路尾正手爿巷仔內倒手爿……遐毋是攏蹛散赤人較濟?
●	利旺	是啊,而且個老母閣定定(tiānn-tiānn)破病,但是阿麗真有孝。我的手頭你嘛知,咱老爸遐爾仔凍霜,我家己攏無夠開矣,呔有啥物錢通共鬥相共?唉,想著咱兜遐好額,我煞無錢通快活,看著愛人遐艱苦,我的心嘛綴(tuè/tè)咧拖磨。
◎	阿女	阿兄,阿爸遐儉,咱嘛是無法度啊。
●	利旺	講著阿爸,我就規腹肚火。咱兜啊毋是無錢啊,而且阿母當初過身欲留予咱的錢,阿爸一直叫咱著愛儉儉仔用,儉儉仔用,儉甲我愈來煞愈無路用。世間的老爸,有啥人比伊較無情?像阿爸按呢,遐爾好額,但是煞無親情(shin-tsiânn)欲共伊來往,無朋友欲佮伊交陪,因為伊規个頭殼內就干焦(kan-na)錢、錢、錢。
◎	阿女	(試探)按呢阿兄,你敢有拍算欲按怎?
●	利旺	講實在,我為著買較合軀(hàh-su)的衫來穿,已經開始共朋友借錢。欲對阿爸遐提著錢,基本上我已經放棄。但是我有咧想講,你敢會當趁啥物機會,共阿爸刺探(tshì-thàm)一下,看伊對我的婚姻,有啥物看法,尤其若對方是散赤人。
◎	阿女	(試探)敢講,你有揣人做結婚證人,私底下訂婚?

利旺：	她最近才搬來，住在我們這條路尾右邊巷子裡左邊算來第四間，和她媽媽住一起。
阿女：	路尾右邊巷子裡左邊……那裡不是住比較多窮人？
利旺：	是啊，而且他媽媽又老是生病。但是阿麗很孝順。你也知道我的財力，老爸那麼吝嗇，我自己都不夠花了，哪有錢幫她？唉，一想到我們家明明很有錢，我卻沒得花錢快活，看著愛人過苦日子，我的心也跟著飽受折磨。
阿女：	哥，老爸這麼省，我們也沒辦法啊。
利旺：	講到老爸，我就一肚子火。我們又不是沒錢，而且當初老媽過世留給我們的錢，老爸一直叫我們要省著花省著花，省到我越來越窩囊。這世界上的父親，有誰比他更無情？像老爸這麼有錢的人，卻沒有親戚想跟他來往、沒有朋友想跟他交流，因為他整個腦子裡想的就只有錢、錢、錢。
阿女：	（試探）這麼說，哥，你有什麼打算嗎？
利旺：	老實說，我為了買合身的衣服來穿，已經開始在跟朋友借錢。基本上我已經放棄從老爸那邊拿錢了。但是我有在盤算，你能不能趁什麼機會探探老爸的意思，他對我的婚姻有什麼看法，尤其如果對方很窮的話。
阿女：	（試探）難道，你已經找人做結婚證人，私底下訂婚了？

●	利旺	訂婚！你是咧起痟（siáu）喔，我才無咧悾（khong）閣！訂婚這款天大地大的代誌，若無先佮阿爸參詳，彼是穩死的。
●	利旺	一旦伊反對，就算叫總統去求情，阿爸全款嘛會共拍銃（phah-tshìng）。阿女，你莫看阿兄按呢悾悾戇戇（khong-khong gōng-gōng），我雖然有時較衝碰（tshóng-pōng），其實我頭殼也閣有咧用。私底下訂婚，我無咧痟閣。
◎	阿女	（煩惱）喔……按呢喔。
●	利旺	好啦，你先慢且為我煩惱。若是阿爸無愛我娶散赤人，嘛無要緊，後一步我已經想好矣。
◎	阿女	後一步？
●	利旺	嗯，我最近借錢，愈借愈有經驗。前幾工，雞毛替我接接（tsih-tsiap）著一個頭家。這個頭家講欲紹介金主予我，講可能會當借我一大筆錢，時到我若提著錢，阿爸若閣反對我娶散赤人，按呢我就提錢佮阿麗相㨮走（sio-tshuā-tsáu）。橫直（huâinn/huînn-tit）這款儉腸凹腹（khiām-tn̂g-neh-pak）的生活，我早就過袂落去矣。
◎	阿女	……是喔。
●	利旺	著啦，你講你有啥物狀況？
◎	阿女	我……
●	利旺	無要緊，我是你的阿兄，時到我若佮阿麗相㨮走，你就佮阮做伙離開阿爸。從今以後，就免閣受伊凍霜的拖磨。

利旺：	訂婚！你瘋了喔，我才沒那麼笨咧！ 訂婚這種天大的事，要是沒先跟老爸報備，穩死的。
利旺：	要是他反對，就算叫總統去求情，他也一樣會打槍。阿女，你不要看你哥我平常傻傻的，我雖然有時候比較衝動，其實我也有在動腦筋。私底下訂婚，我沒那麼蠢。
阿女：	（煩惱）喔……這樣喔。
利旺：	好啦，你先不要為我煩惱這些。若是老爸不要我娶窮人，我也不怕，我已經想好下一步了。
阿女：	下一步？
利旺：	嗯，我最近借錢，越借越有經驗。前幾天，雞毛替我跟一個老闆接頭。這個老闆說要介紹金主給我，說可能可以借我一大筆錢，到時我若拿到錢，老爸如果還是反對我娶窮人，我就帶著錢跟阿麗私奔。反正這種省吃儉用的生活，我早就過不下去了。
阿女：	……是喔。
利旺：	對了，你說你有什麼狀況？
阿女：	我……
利旺：	不要擔心，我是你哥，到時我如果跟阿麗私奔，你就跟我們一起離開老爸。從今以後，就不用再受他的小氣折磨。

◎	**阿女**	但是阿母過身的時陣，有交代講愛好好仔陪阿爸……
●	**利旺**	毋是，阿母是講，愛「盡量」好好仔陪阿爸，你佮我，咱閣無夠「盡量」？欸，我聽著阿爸的聲。緊，咱先來去邊仔講，看欲按怎刺探阿爸。

阿女： 但是老媽過世的時候，有交代我們要好好陪老爸……

利旺： 不是，媽媽是說，要「盡量」好好陪老爸，你跟我，我們還不夠「盡量」嗎？欸，我聽到老爸的聲音了。快，我們先去旁邊講，看怎樣刺探老爸比較好。

S3

◆ 高家客廳。

	高金土	閣共我應喙應舌（in-tshuì-in-tsih），走，get out，死賊頭（tsha̍t-thâu），馬上離開阮兜。
◎	雞毛	伊是捌抑毋捌，賊頭是咧講警察，賊仔頭，毋才是講賊。真正毋捌看過這款人，虯（khiû）閣儉（khiām），枵鬼（iau-kuí）閣雜唸（tsa̍p-liām）。
●	高金土	你佇遐雜雜唸是咧唸啥？
◎	雞毛	我唸講你憑啥物共我趕出去啦。
●	高金土	憑遮是阮兜，憑我看你猴頭鳥鼠面，憑我看著你気持ち悪い（kimochi warui）。這个死賊仔脯（tsha̍t-á-póo），閣毋走，我就拍甲予你做狗爬。
◎	雞毛	我是佗位咧惹著你。
●	高金土	毋免你惹著我，我就是看你袂爽，我就是欲你走，get out！
◎	雞毛	你愛知影，我的頭家是恁囝毋是你。是恁囝叫我佇遮等，佮你無底代（tī-tāi），你無資格叫我 get out。
●	高金土	欲等去外口等，莫佇阮兜等，兩蕊目睭按呢覕覕瞅瞅（bih-bih-tshiu-tshiu），鬼鬼祟祟。一看就知影，一定是看阮兜好額，目空赤，準備欲偷提我的物件。
◎	雞毛	臭耳聾聽啞口的講青盲的去看著鬼咧。恁兜啥物物件攏鎖牢牢，日時暗時 24 小時守甲比總統府較嚴，我是欲按怎偷。

S3

◆高家客廳。

高金土：	還敢頂嘴，滾，get out，死賊頭，馬上離開我家。
雞毛：	他懂不懂啊，「賊頭」是在說警察，「賊仔頭」，才是在說賊。真是沒看過這種人，小氣摳門，貪心又囉唆。
高金土：	你在那邊囉唆什麼？
雞毛：	我說你憑什麼趕我出去啦！
高金土：	憑這是我家，憑我看你小頭銳面，憑我看你気持ち悪い（kimochi warui）。你這個臭賊，再不走我就打到你像狗在地上爬！
雞毛：	我是哪裡惹到你了。
高金土：	你不用惹到我，我就是看你不爽，我就是要你走，get out！
雞毛：	你要知道，我的老闆是你兒子，不是你。是你兒子叫我在這等，跟你無關，你沒資格叫我 get out。
高金土：	要等去外面等，不要在我家等，兩隻眼睛這樣東張西望、鬼鬼祟祟。一看就知道，一定是看上我家有錢眼紅，準備要偷我的東西。
雞毛：	聾人聽啞巴說盲人看到鬼咧。你家什麼東西都鎖起來了，白天晚上 24 小時守得比總統府還嚴，我是要怎麼偷。

●	高金土	喔，承認矣乎，閣講你無欲偷，是不是你，四界去放送，講阮兜有藏啥物。（對家己）敢講伊已經知影，我共物件藏佇佗位？
◎	雞毛	藏啥物？
●	高金土	無啊，呔有，阮兜呔有藏啥物，垃圾（lah-sap）物仔，烏白講，阮兜散甲若鬼咧。欸，真正是你著無，四界去放送，講阮兜真好額。
◎	雞毛	你是有要緊無，恁兜有錢也好，無錢也罷，俗我攏無關係啦。是我的就是我的，不是我的，我一仙五厘（tsit-sián-gōo-lî）攏袂提。
●	高金土	講甲遮好聽，閣攏袂跳針，橫直你共恁爸死出去。
◎	雞毛	好好好，我走，我走。
●	高金土	等一下，轉來，你有偷提我的物件無？
◎	雞毛	你是有啥物通好偷啦。
●	高金土	過來，我看覓，（雞毛對高金土共喙拍開，喙舌伸出來）猶閣有，手。
◎	高金土	閣有。
●	雞毛	閣有？
◎	高金土	著，閣有。
●	雞毛	按呢咧？
◎	高金土	內底有啥？
●	雞毛	你有目睭袂曉家己看？

高金土：	喔，承認了吧，還說你沒有要偷，是不是你，到處去說我家有藏什麼。（對自己）該不會他已經知道，我把東西藏在哪？
雞毛：	藏什麼？
高金土：	沒有啊，哪有，我家哪有藏什麼，你這髒東西，亂講，我家窮得跟鬼一樣。欸，真的是你對吧，到處嚷嚷，說我家有錢。
雞毛：	你是有什麼毛病啊，你家有錢也好，無錢也罷，跟我無關啦。是我的就是我的，不是我的，我一毛都不拿。
高金土：	說得好聽，都不會跳針，反正你給老子死出去。
雞毛：	好好好，我走，我走。
高金土：	等一下，回來，你有偷拿我的東西嗎？
雞毛：	你是有什麼好偷的啦。
高金土：	過來，我看看，（雞毛對高金土張嘴吐舌）還有，手。
高金土：	還有。
雞毛：	還有？
高金土：	對，還有。
雞毛：	這樣咧？
高金土：	裡面有什麼？
雞毛：	你有眼睛不會自己看？

◎	高金土	（摸伊的褲）像你這款櫳櫳（lang-lang）的褲，根本就是設計來偷藏物件，予賊仔穿的工作褲。咱政府應該愛規定，穿這款褲的人攏愛掠（liah）去關。
●	雞毛	像伊這款人，愈驚人偷，人愈想欲偷。
◎	高金土	唅（hannh）？
●	雞毛	唅？
◎	高金土	你拄仔講啥物偷毋偷？
●	雞毛	我是講你愛檢查予清楚，毋才知影我到底有偷抑無偷。
◎	高金土	既然你攏按呢講矣（搜雞毛的橐袋仔〔lak-tē-á〕）。
●	雞毛	凍霜死無人。
◎	高金土	啥物，你講啥物？
●	雞毛	啥物我講啥物？
◎	高金土	你拄仔講啥物凍霜啥物？
●	雞毛	我拄仔呔有講啥物凍霜啥物？
◎	高金土	有，你有講，講，你講的啥物是啥物？
●	雞毛	我就講，凍霜死無人啊。
◎	高金土	啥物人凍霜死無人？
●	雞毛	凍霜的人凍霜死無人啊。
◎	高金土	你是咧講啥物人？
●	雞毛	你問這是欲創啥，敢講你想講我咧講你？

高金土：	（摸他的褲子）像你這款鬆垮的褲子，根本就是設計來偷藏東西，讓小偷穿的工作褲，政府應該要規定，穿這種褲子的人都要抓去關。
雞毛：	像他這種人，越怕人家偷，人家越想去偷。
高金土：	蛤？
雞毛：	蛤？
高金土：	你剛才說什麼偷不偷？
雞毛：	我是說，你要檢查清楚，才知道我到底有偷還是沒偷。
高金土：	既然你都這麼說了（搜雞毛的口袋）。
雞毛：	小氣得要死。
高金土：	什麼，你說什麼？
雞毛：	什麼我說什麼？
高金土：	你剛才說什麼小氣什麼？
雞毛：	我剛才哪有說什麼小氣什麼？
高金土：	有，你有說，說，你說的什麼是什麼？
雞毛：	我就說，小氣得要死啊。
高金土：	誰小氣得要死？
雞毛：	小氣的人小氣得要死啊。
高金土：	你是說誰？
雞毛：	你問這幹嘛，你該不會以為我在說你？

◎	高金土	我欲按怎想佮你無底代，但是我這馬問你，你講的凍霜死無人，是針對啥人？
●	雞毛	敢講，我講啥物人凍霜死無人，會予你袂爽，會予你掠狂？
◎	高金土	你咧講啥，我呔有袂爽，我呔有掠狂，彼是你無大無細（bô-tuā-bô-sè/suè）。
●	雞毛	我啊無講名無講姓，只講凍霜死無人，啊無講是對頂抑是對卜。是按怎你會講我無大無細？
◎	高金土	閣應喙應舌，我拍甲予你做狗爬。
●	雞毛	我根本無對你講，是你家己跳出來承認。若毋是你做賊心虛，就是你……心虛做賊。
◎	高金土	你共我恬去（tiām--khì），閣應，我共你摋（sàm）落去。
●	雞毛	我實在無法度控制矣（指家己的橐袋仔）。來，遮閣有一个橐袋仔，按呢你敢有較快活？
◎	高金土	好，只要你交出來，我就準拄煞（tsún-tú-suah）。
●	雞毛	交啥物出來？
◎	高金土	交你偷提的物件出來啊。
●	雞毛	你嘛拜託咧，我真正無偷提你的物件啦。
◎	高金土	真的？
◎	雞毛	真的。

高金土：	我怎麼想跟你無關，但我現在在問你，你說小氣得要死這句話，是針對誰？
雞毛：	難道，我說誰小氣得要死，會讓你不爽，會讓你抓狂？
高金土：	胡說，我哪有不爽，我哪有抓狂，是你沒大沒小。
雞毛：	我又沒有指名道姓，只說小氣得要死，沒有對上也沒有對下，你憑什麼說我沒大沒小。
高金土：	又在頂嘴，我打到你做狗爬。
雞毛：	我根本不是對你講，是你自己跳出來承認。要不是你做賊心虛，就是你……心虛做賊。
高金土：	你給我住口，再頂嘴，我就要打你了。
雞毛：	我實在沒辦法控制了（指自己的口袋）。來，這裡還有一個口袋，這樣你高興了嗎？
高金土：	好，只要你交出來，我就算了。
雞毛：	交什麼出來？
高金土：	把你偷的東西交出來啊。
雞毛：	你也拜託一下，我真的沒偷你的東西啦。
高金土：	真的？
雞毛：	真的。

●	高金土	正確？
◎	雞毛	正確。
●	高金土	有影？
◎	雞毛	有影。
●	高金土	無錯？
◎	雞毛	無錯。
●	高金土	真的？
◎	雞毛	你是煞未，開始重複矣啦。
●	高金土	好，共我死出去。
◎	雞毛	會當走矣喔？
●	高金土	這箍死賊仔脯，實在想無，是按怎阮旺仔欲請這款人，閣逐工佮伊結規陣（kui-tīn）。

高金土： 正確？

雞毛： 正確。

高金土： 老實說？

雞毛： 老實說。

高金土： 沒錯？

雞毛： 沒錯。

高金土： 真的？

雞毛： 你有完沒完，開始重複了啦。

高金土： 好，給我死出去。

雞毛： 可以走了喔？

高金土： 這個死小賊，實在想不透，為什麼我們旺仔要聘請這種人，還每天跟他混在一起。

S4

◆ 高家後花園。

●	**高金土**	人穩毋通怪爸母，人散毋通怪政府，趁錢愛靠真本事，日子勤儉才會久。咱講這人生啊，無錢，是真艱苦，有錢，是真歹顧。照我的觀念喔，留一屑屑仔（tsit-sut-sut-á）佇身軀邊就好。賰（tshun）的提去放重利，彼才是人生上大的福氣。因為這个錢啊，就親像咱人，嘛親像西瓜、虼蚻（ka-tsuàh），佮所有的生命攏全款，伊上大的奧妙就是講，伊會曉，生。人會生人，西瓜生西瓜，虼蚻生虼蚻，錢，嘛會生錢。而且喔，愈濟錢，就會生出愈來越濟的，錢。（得著錢了後開始煩惱東煩惱西）其實我昨日暗，得著一个好空（hó-khang）物。（提出一个鎖起來的盒仔〔àp-á〕）共這提過手實在無簡單，毋知了我偌濟工。趁這馬無人，緊來共埋佇後花園的塗跤（thôo-kha）底。（挖窟仔〔khut-á〕埋盒仔）哎唷，較細聲咧，毋通予人聽著。講實在的啦，藏佇後花園，實在是無理想，但是嘛無法度，我這个好空物，就一定愛埋入去塗跤底，伊才會有效果，嘿嘿，無要緊，我閣來共種幾欉仔玫瑰花，藏於無形，按呢就妥當矣，哈哈。（兄妹出場，細聲仔講話）有人！慘慘慘，我煞害著家己，毋知個有聽著無。啥物代誌？
◎	**利旺**	無啦，阿爸。
●	**高金土**	恁佇遮偌久矣？

S4

◆高家後花園。

高金土： 人醜莫要怪父母，人窮莫要怪政府，賺錢要靠真本事，日子勤儉才長久。說起這人生啊，沒錢，是真痛苦，有錢，是真難顧。照我的觀念喔，留一點點在身邊就好。剩下的拿去放高利貸，那才是人生最大的福氣。因為這錢啊，就像我們人，也像西瓜、蟑螂，和所有的生命都一樣，最大的奧妙就是，它、會、生！人會生人，西瓜生西瓜，蟑螂生蟑螂，錢，也會生錢。而且喔，錢越多，就會生出越來越多的，錢。（得到錢了後開始煩惱東煩惱西）其實我昨晚，得著一個好東西。（拿出一個鎖起來的盒子）這拿到手實在很不簡單，天知道我花了多大功夫。趁現在四下無人，快來把它埋在後花園裡面。（挖洞埋盒子）哎唷，小聲點，不能讓人聽到。說實在的，藏在後花園，並不理想，但是沒辦法，我這個好東西，一定要埋在土裡，才會有效果，嘿嘿，沒關係，我再種幾欉玫瑰花，藏於無形，這樣就妥當了，哈哈。（兄妹上，小聲講話）有人！慘慘慘，我害到自己了，不知道他們有沒有聽到。什麼事？

利旺： 沒啦，老爸。

高金土： 你們在這多久了？

◎	阿女	阮拄到。
●	高金土	拄偌久？
◎	阿女	拄……
●	高金土	恁敢有聽著啥？
◎	利旺	聽著啥？
●	阿女	聽著？
◎	高金土	聽著……我拄仔講的話。
●	利旺	拄仔，無啊。
◎	高金土	無？莫假，閣毋承認。
●	阿女	無啦，阿爸，阮真正攏無聽著。
◎	高金土	講白賊！
●	阿女	阿爸你是按怎欲按呢講？
◎	高金土	是按怎？哼，你若是講「我無聽著」，我閣淡薄仔 (tām-pȯh-á) 會相信。但是你講「阮攏無聽著」。來來來，恁阿兄的耳空，敢有通你的腦，根本是恁咧共我騙。
●	利旺	我真正無聽著啦。
◎	阿女	我嘛無聽著。
●	利旺、阿女	阮，真正攏無聽著。
◎	高金土	哼，恁聽著偌濟，我看恁的表情就知矣。為著驚恁誤會，我先來解說一下。其實，我的意思是講，咱兜實在有夠散，趁錢實在有夠難，啥人當然毋是我。若是有一个，趁錢的寶貝，一个好空物，按呢伊就福氣矣。

阿女：	我們剛到。
高金土：	剛到多久？
阿女：	剛……
高金土：	你們有聽到什麼嗎？
利旺：	聽到什麼？
阿女：	聽到？
高金土：	聽到……我剛才講的話。
利旺：	剛才，沒有啊。
高金土：	沒有？少裝了，還不承認。
阿女：	沒有啦，老爸，我們真的都沒聽到。
高金土：	說謊！
阿女：	老爸你為什麼要這樣說？
高金土：	為什麼？哼，你們若是說「我沒聽到」，我還可能有點相信。但是你說「我們都沒聽到」。來來來，你哥哥的耳朵，有通往你的腦嗎？根本是在騙我。
利旺：	我真的沒聽到啦。
阿女：	我也沒聽到。
利旺、阿女：	我們，真的都沒聽到。
高金土：	哼，你們聽到多少，我看你們的表情就知道了。為了怕你們誤會，我先來解說一下。其實，我的意思是說，我們家實在有夠窮，賺錢實在有夠難，要是有人，當然這人不是我，若是有一個，賺錢的寶貝，一個好東西，那他就有福氣了。

●	利旺	就算你有啥物趁錢寶貝，阮嘛無興趣啊。
◎	高金土	哈？
●	利旺	我是講，「我」，完全無興趣。
◎	高金土	喔，唉，我若是有彼款寶貝就好矣，按呢我就免遮爾艱苦矣。
●	阿女	艱苦？
◎	高金土	按呢我就免按呢哀天怨地，怨嘆日子遮歹過。
●	利旺	阿爸，你有啥物好怨嘆，規個濁水溪以南，逐家攏嘛知影你真好額。
◎	高金土	啥物我真好額，你是咧烏白講啥，你聽啥物人講的。一定是有人存範（tshûn-pān）欲共我害。真正是傷天害理、無良心、無道德、糞埽（pùn-sò）、阿沙不魯（a-sa-puh-luh）、馬鹿野郎（baka yarou）……
●	阿女	（拍斷）阿爸，你先莫受氣（siū-khì）啦。
◎	高金土	我呔袂受氣，我家己生的囡仔，煞聯合起來佮我做對。
●	利旺	我呔有佮你做對，我只是講你好額。
◎	高金土	啥物好額，你看你按呢，烏白亂開錢，人毋才會想講，咱兜真好額。來，我問你，你這軀衫，偌濟錢，哈？穿出去踅（sèh）一輾（liàn），啥人袂講咱兜真濟錢，哈？愛我講幾擺恁才聽會落去？你愛按呢亂開錢、匪類（huí-luī），做阿哥攏無要緊。但是please，你就靠家己，老老實實去趁錢，若閣按呢落去，早慢會來偷提我的錢。

利旺：	就算你有什麼賺錢寶貝，我們也沒興趣啊。
高金土：	蛤？
利旺：	我是說，「我」，完全沒興趣。
高金土：	喔，唉，我若是有那種寶貝就好了，這樣我就不用那麼辛苦了。
阿女：	辛苦？
高金土：	這樣我就不用老是怨天怨地，抱怨日子難過了。
利旺：	阿爸，你有什麼好抱怨的，整個濁水溪以南，大家都知道你很有錢。
高金土：	什麼我很有錢，你是在黑白講什麼，你聽誰說的。一定是有人存心不良要害我。真是傷天害理、沒良心、沒道德、垃圾、阿沙不魯、馬鹿野郎（baka yarou）……
阿女：	（打斷）老爸，你先別生氣啦。
高金土：	我怎麼不氣，我自己生的孩子，竟然聯合起來跟我做對。
利旺：	我哪有跟你做對，我只是說你有錢。
高金土：	什麼有錢，你看你這樣，老是亂花錢，別人才會以為我們家很有錢。來，我問你，你這套衣服，花了多少，你說？穿出去繞一圈，誰不會說我們家有錢？要我說幾次你才會聽進去？你愛這樣亂花錢、揮霍，做你的紈褲子弟也就算了，但是 please，你就靠自己，老老實實去賺錢，要是這樣下去，遲早會來偷我的錢。

●	利旺	我哪有偷提你的錢。
◎	高金土	我當然毋知你有偷提我的錢，我若知，就叫做「搶」，我毋知，彼毋才是「偷」。
●	利旺	我……
◎	高金土	好，來，無我閣問你，你買這軀衫的錢，對佗來？
●	利旺	我……我……我跋筊 (puáh-kiáu) 贏來的啊。
◎	高金土	跋筊，你佮人去跋筊，毋成囡仔 (m̄-tsiânn-gín-á)，悾甲無尾，好的毋學，綴人去跋筊。你有彼个本錢，是按怎無愛去放重利？我一世英名，是按怎生甲你這个悾的，戇甲袂扒癢 (pê-tsiūnn) 啊你啊。
●	高金土	等一下，恁咧拍啥物暗號？
◎	阿女	無啦，阿爸，其實我佮阿兄，有話欲共你講，阮咧參詳講，誰 (siáng) 欲先。
●	高金土	按呢拄仔好，我嘛有話欲共恁講。
◎	利旺	阿爸，其實阮欲講的，是婚姻的代誌。
●	高金土	按呢愈拄好，我欲講的，嘛是婚姻的代誌。
◎	利旺、阿女	哈？
●	高金土	哈啥物哈，迒 (hānn) 袂過就用跳的啦。來，我問你，最近有一个少女，佮個老母做伙搬來，蹛佇咱路頭倒手爿巷仔內正手爿第二間，你知無？
◎	利旺	（拍斷）等一下，阿爸你是講……咱路尾正手爿巷仔內倒手爿第四間？

利旺：	我哪有偷你的錢。
高金土：	我當然不知道你偷我的錢，我若知道，那就叫做「搶」，我不知道，那才是「偷」。
利旺：	我……
高金土：	好，來，不然我問你，你買這套衣服的錢，哪來的？
利旺：	我……我……我賭博贏來的啊。
高金土：	賭博，你去賭博，你這不成材的傢伙，傻到不行，好的不學，去跟人賭博。你有那個賭本，為什麼不去放高利貸？我一世英名，怎麼會生出你這笨蛋，笨到抓癢都不會啊你啊。
高金土：	等一下，你在打什麼暗號？
阿女：	不是啦，老爸，其實我跟哥哥，有話要跟你說，我們是在商量，誰先講。
高金土：	正好，我也有話要跟你們說。
利旺：	老爸，其實我們想說的，是結婚的事。
高金土：	那更剛好，我要講的，也是結婚的事。
利旺、阿女：	蛤？
高金土：	蛤什麼蛤，跨不過就用跳的啦。來，我問你，最近有一個少女，和她媽媽一起搬來，住在我們這條路路頭左邊巷子右邊算過來第二間，你知道嗎？
利旺：	（打斷）等一下，老爸你是說……路尾右邊巷子左邊算過來第四間嗎？

●	高金土	欸，按呢講嘛會使。
◎	利旺	伊叫做……
●	高金土	阿麗，美麗的麗。
◎	利旺	（笑）喔。
●	高金土	嘻嘻嘻，你嘛知喔。
◎	利旺	知。
●	高金土	啊你咧？
◎	阿女	我……我有聽人講過。
●	高金土	按呢好，來，我問恁，這个查某囡仔人按怎？
◎	利旺	媠（suí），古錐。
●	高金土	名聲咧？
◎	利旺	巧，伶俐。
●	高金土	外表？
◎	利旺	雅，端莊。
●	高金土	個性？
◎	利旺	乖，大方。
●	高金土	會當講是……
◎	金土、利旺	天真美麗溫柔又閣賢慧。
●	高金土	媠喔，按呢娶入門好無？
◎	利旺	好啊。

高金土：　欸，這樣說也可以。

利旺：　她叫做⋯⋯

高金土：　阿麗，美麗的麗。

利旺：　（笑）喔。

高金土：　嘻嘻嘻，你也知道喔。

利旺：　知道。

高金土：　那你呢？

阿女：　我⋯⋯我有聽人說過。

高金土：　那好，來，我問你們，這個女孩子人怎麼樣？

利旺：　美，可愛。

高金土：　名聲呢？

利旺：　聰明，伶俐。

高金土：　外表？

利旺：　雅，端莊。

高金土：　個性？

利旺：　乖，大方。

高金土：　可以說是⋯⋯

金土、
利旺：　天真美麗溫柔又賢慧。

高金土：　好喔，那這樣娶進門如何？

利旺：　好啊。

●	高金土	這門親事有婿無？
◎	利旺	婿婿婿，one two three。
●	高金土	讚無？
◎	利旺	讚讚讚，比高鐵站閣較讚。
●	高金土	按呢好。
◎	利旺	好。
●	高金土	我欲娶伊。
◎	利旺	我欲娶……你……你……你……欲娶……伊。
●	高金土	嗯，但是，我挂著一个小小的困難。就是個兜傷過散，可能無法度攢（tshuân）嫁粧。時到若娶過門，恐驚伊無法度，予咱兜增加啥物財產。毋過嘛無要緊啦，我才閣來想辦法就好。
◎	利旺	阿爸你……
●	高金土	你是按怎？
◎	利旺	你講……你欲娶……
●	高金土	阿麗……美麗的麗，除了這以外，你的婚事，我嘛已經撨（tshiâu）好矣。有一个真好額，死翁的查某人，有車有房，父母雙亡，只賰孤單一个人，已經答應講欲嫁予你，合約我攏已經簽好矣。而且乎，伊閣答應講，毋但（m̄-nā）人欲嫁過來，連伊所有的財產攏會做伙來，讚乎？
◎	利旺	你……你……你……
●	高金土	阿女……你阿兄咧叫你。

高金土：	這門親事很妥當吧？
利旺：	妥妥妥，當當當。
高金土：	讚吧？
利旺：	讚讚讚，比高鐵站還讚。
高金土：	那好。
利旺：	好。
高金土：	我想娶她。
利旺：	我想娶⋯⋯你⋯⋯你⋯⋯你⋯⋯想娶⋯⋯她。
高金土：	嗯，但是，我遇到一個小小的困難。就是她家太窮了，可能沒有辦法準備嫁妝。要是娶進門，恐怕她無法為我們家增加什麼財富，算了，我再想辦法就好。
利旺：	老爸你⋯⋯
高金土：	你怎麼了？
利旺：	你說⋯⋯你要娶⋯⋯
高金土：	阿麗⋯⋯美麗的麗，除此之外，你的婚事，我也已經盤算好了。有一個很有錢的寡婦，有車有房，父母雙亡，只剩下她孤家寡人，已經答應嫁給你，合約我也已經簽好了。而且齁，她還答應，不只人嫁過來，連她所有的財產也會一起帶來，讚吧？
利旺：	你⋯⋯你⋯⋯你⋯⋯
高金土：	阿女⋯⋯你哥哥在叫你。

◎	利旺	我……我雄雄感覺……頭殼楞捀捀（gông-tshia-tshia），我、我、我，我先來去歇睏一下。
●	高金土	虛身荏底（hi-sin-lám-té/tué），食無照三頓，睏無準時，磕袂著（khảp-bē/buē-tiỏh）就麥當勞麥當勞，毋才會舞甲按呢規身軀虛咧咧。啊著啦，阿女，你的婚事，我嘛已經攄好矣。你這个閣愈讚，時到咱三个人婚禮做伙辦，辦一改桌，收三个紅包，按呢上省錢，我千辛萬苦，幫你找著一个人上之人，好額人中的好額人。
◎	阿女	（拍斷）阿爸，這到底是……啥人？
●	高金土	嘿嘿，就是頂港有名聲，下港有出名，轟動股市，驚動東南亞的大頭家——洪獅木，讚無？
◎	阿女	洪獅木？
●	高金土	嗯。
◎	阿女	伊毋是六十幾歲矣？
●	高金土	嗯，伊緣投閣飄撇，兼有健康的肉體，而且照新曆的算法，伊猶袂 60 歲，現此時才 59 歲過 3 個月，怎兩人的八字有提去合過，對，對，對，而且你今年嘛已經 31 歲，差 28 歲，二八年華，按呢拄拄仔好。
◎	阿女	阿爸，多謝你，我拍算欲陪你，一世人攏無欲嫁，我欲陪佇你身軀邊。
●	高金土	阿女，多謝你的孝心，我的心肝，我免你來陪，我愛你緊嫁。

利旺：	我……我突然感覺……頭好暈，我、我、我，我先去休息一下。
高金土：	體弱多病，不準時吃三餐，不准睡覺，動不動就就麥當勞麥當勞，才會搞得這樣身體虛。啊對啦，阿女，你的婚事，我也已經安排好了。你這個更讚，到時我們三個人婚禮一起辦，辦桌辦一次，收三個紅包，這樣最省錢，我千辛萬苦，幫你找到一個人上之人，有錢人中的有錢人。
阿女：	（打斷）老爸，這到底是……誰？
高金土：	嘿嘿，就是上港有名聲，下港有出名，轟動股市，驚動東南亞的大老闆——洪獅木，讚不讚？
阿女：	洪獅木？
高金土：	嗯。
阿女：	他不是六十幾歲了？
高金土：	嗯，他帥氣瀟灑，兼有健康的肉體，而且照新曆的算法，還沒滿 60 歲，現在才 59 歲又 3 個月，你們兩人的八字我有拿去合過了，和諧到不行，而且你今年也已經 31 歲，差 28 歲，二八年華，這樣真是剛剛好。
阿女：	老爸，多謝你，我打算陪你，一輩子不結婚，我想要陪在你身邊。
高金土：	阿女，多謝你的孝心，我的心肝，我不用你來陪，我要你快點嫁。

◎	阿女	阿爸，請你原諒我。
●	高金土	阿女，請你成全我。
◎	阿女	阿爸，洪獅木確實是一个勢人，但是我無可能嫁予伊。
●	高金土	阿女，你確實是一个孝女，所以你一定愛嫁予伊，而且是今仔日暗暝。
◎	阿女	今仔日暗暝？
●	高金土	著，今仔日暗暝，定金我已經收矣。
◎	阿女	阿爸，我無欲嫁。
●	高金土	阿女，你愛嫁。
◎	阿女	無欲嫁。
●	高金土	你愛嫁。
◎	阿女	我講，我無欲嫁。
●	高金土	我講，你一定愛嫁。
◎	阿女	我一世人攏予你強迫（kiông-pik），干焦結婚這件代誌我欲家己做主。
●	高金土	我一世人攏是為著你好，結婚這件代誌你嘛著愛聽我的。
◎	阿女	我甘願死，嘛無愛嫁予洪獅木。
●	高金土	就算你死，屍體嘛著愛嫁予伊，定金我已經收矣。伊閣講你人過去就好，免嫁粧，免嫁粧呢。有聘金通收閣免嫁粧，對方閣是洪獅木，你這個戇查某囝，到底是咧想啥貨。

阿女：	爸爸，請你原諒我。
高金土：	阿女，請你成全我。
阿女：	爸，洪獅木確實是一個能人，但是我不可能嫁給他。
高金土：	阿女，你確實是一個孝女，所以你一定要嫁給他，而且是今天晚上。
阿女：	今天晚上？
高金土：	對，今天晚上，定金我已經收了。
阿女：	老爸，我不嫁。
高金土：	阿女，你要嫁。
阿女：	不嫁。
高金土：	要嫁。
阿女：	我說，我不要嫁。
高金土：	我說，你一定要嫁。
阿女：	我一輩子都被你所迫，但是結婚這件事我要自己做主。
高金土：	我一輩子都是為你好，結婚這件事你也要聽我的。
阿女：	我寧願死，也不要嫁給洪獅木。
高金土：	就算你死，屍體也要嫁給他，定金我已經收了。他還說你人過去就好，免嫁妝，免嫁妝呢。有聘金可收又不用出嫁妝，對方還是洪獅木，你這傻女兒，到底是在想什麼。

◎	阿女	這个世間，敢有人按呢嫁查某囝？
●	高金土	當然是無啊，因為無人有可能像咱兜遮好運，拄著遮好空的婚事，你毋相信，清彩去叫人來問。
◎	阿女	好，我敢保證，這款婚事，絕對無人會贊成。
●	高金土	阿來仔來矣，抑無你去共問。
◎	阿女	好，阿來若是按怎講，咱就按怎做。
●	高金土	你講的喔。

阿女：	這個世界，有人這樣嫁女兒的嗎？
高金土：	當然沒有啊，因為沒人像我們家運氣這麼好，遇到這麼好的婚事，你要是不相信，隨便找人來問。
阿女：	好，我敢保證，這種婚事，絕對沒人會贊成。
高金土：	阿來仔來了，不然你問他。
阿女：	好，阿來怎麼說，我們就怎麼做。
高金土：	你說的喔。

S5

◆ 後花園，續前場，阿來上台。

●	**高金土**	阿來仔，來，抾仔好，你來做公親，看是阿女講的有道理，抑是我講的有道理。
◎	**水來**	老爺，一定是你較有道理。
●	**高金土**	你敢知影阮咧講啥。
◎	**水來**	我無需要知影怎咧講啥，以我對老爺你的了解，你的為人、你的判斷，一定是你較有道理。
●	**高金土**	無要緊，我全款講予你聽。今仔日暗暝，我拍算欲共阿女，嫁予全台灣上好額上好額的洪獅木。這馬這个死查某鬼仔，竟然講伊無欲嫁，按呢你講，這敢有道理？
◎	**水來**	伊？
●	**高金土**	嗯。
◎	**水來**	洪獅木。
●	**高金土**	對。
◎	**水來**	哎……哎。
●	**高金土**	As soon as possible，著無？
◎	**水來**	著，著，著，當然著，老爺你講的……完全攏著。但是，我想講，阿女小姐，既然會反對，敢會是因為，伊有啥物苦衷（khóo-thiong）咧？

S5

◆後花園，續前場，阿來上。

高金土： 阿來仔，來，正好，你來評評理，看是阿女講的有道理，還是我講的有道理。

水來： 老爺，當然是你有道理。

高金土： 你知道我們在說什麼嗎？

水來： 我不需要知道，以我對老爺你的了解，你的為人、你的判斷，一定是你有道理。

高金土： 沒關係，我還是講給你聽。今天晚上，我打算讓阿女，嫁給全台灣最有錢最有錢的洪獅木。現在這個死小鬼，竟然說她不想嫁，你說說看，這像話嗎？

水來： 她？

高金土： 嗯。

水來： 洪獅木。

高金土： 對。

水來： 哎……哎。

高金土： As soon as possible，對吧？

水來： 對，對，對，當然對，老爺你講的……完全都對。但是，我想，阿女小姐會反對，說不定是因為她有什麼苦衷呢？

●	高金土	苦衷？這有啥物好苦衷？你想看覓咧，洪獅木呢！伊有氣魄，講信用，上重要的是，伊開錢上大方。這閣有啥物好苦衷？敢有啥物好參詳？
◎	水來	按呢講是無毋著啦，但是小姐可能會想講，代誌來了傷緊，雄雄一時間，伊需要沓沓仔思考，沓沓仔做決定。
●	高金土	無時間矣啦，人關老爺有共洪獅木託夢，講伊今仔日一定愛辦喜事。抑若無，會對伊未來的投資非常不利，我趕緊，共阿女的八字，上網路競標。結果按怎你知無，全世界幾千人參加比賽，就干焦阿女，佮洪獅木的八字，對、對、對。這款機會，閣有啥物好參詳，而且洪獅木毋但欲娶阿女，伊閣講，咱毋免出嫁粧。
◎	水來	免嫁粧。
●	高金土	著。免嫁粧。
◎	水來	按呢，按呢我就無話講矣，免嫁粧，閣會當嫁予洪獅木……這……
●	高金土	是毋是省錢閣兼賺錢，一婿加兩婿，婿、婿、婿。
◎	水來	是啦，婿婿婿，one two three……但是，小姐敢會想講，結婚畢竟是終生大事，總是，咱愛較細膩（sè-jī/suè-lī）、較注意的……
●	高金土	免嫁粧。
◎	水來	著啦，但是結婚了後若因為年歲、觀念、家庭背景……甚至……體力，造成翁仔某（ang-á-bóo）冤家……

高金土：	苦衷？有什麼好苦衷的？你想想看，洪獅木呢！他有氣魄，講信用，最重要的是，他花錢很大方。哪有什麼好苦衷？哪有什麼要商量？
水來：	這樣說是沒錯啦，但是小姐可能會覺得，事情一時之間發生得太快，她需要慢慢思考，慢慢決定。
高金土：	沒時間了啦，人家關老爺有托夢給洪獅木，說他今天一定要辦喜事。要不然，會對他未來的投資非常不利，我才趕緊，把阿女的八字放上網路競標。結果你知道怎麼樣嗎？全世界幾千人參加比賽，就只有阿女，跟洪獅木的八字，合、合、合。這種機會，還有什麼好思量的，而且洪獅木不只要娶阿女，他還說我們不用出嫁妝。
水來：	不用嫁妝。
高金土：	對。不用嫁妝。
水來：	這樣、這樣我就無話可說了，不用嫁妝，又可以嫁給洪獅木……這……
高金土：	是不是省錢兼賺錢，一美加二美，美美美。
水來：	是啦，美美美，對對對……但是，小姐會不會覺得，結婚畢竟是終生大事，總是，我們要小心點、注意點……
高金土：	不用嫁妝。
水來：	是啦，但是結婚了後要是因為年齡、觀念、家庭背景……甚至……體力，造成夫妻不和……

●	高金土	免嫁粧。
◎	水來	好啦，我真正無話講矣。抑毋過咱嘛袂當為著省錢，毋管查某囝的幸福，結婚畢竟是一世人的代誌。
●	高金土	免嫁粧免嫁粧免嫁粧免嫁粧免嫁粧。
◎	水來	啊好啦，免嫁粧，按呢嫁矣啦！
●	高金土	（外口有炮仔聲、鑼鼓聲，伊對外口看出去）欸，外口咧迎鬧熱，村長呔會無放送（hòng-sàng），我先來去拜一下，保庇趁大錢，恁先莫走，我隨（suî）轉來。

◆ 高金土落台。

◎	阿女	阿來，你拄仔叫我嫁洪獅木，心內敢真正按呢想？
●	水來	哪有可能，但是我若無按呢講，你欲叫我按怎講？
◎	阿女	按呢阿來，咱欲按怎？
●	水來	咱……咱愛想辦法破壞。
◎	阿女	欲按怎破壞，阿爸講我今仔日就愛嫁矣呢。
●	水來	抑無，你先假影破病，叫個延一下。
◎	阿女	假破病，按呢醫生若來，毋就隨煏空（piak-khang）。
●	水來	你莫戇矣啦，醫生是捌啥？你只要假影破病，個就有法度講你破啥物病，猶無醫生是欲趁啥貨？

◆ 高金土轉來，咧食神明踅境分的糕仔。

高金土：	不用嫁妝。
水來：	好啦，我真的沒話說了。不過我們也不能為了省錢，就不管女兒的幸福，結婚畢竟是一輩子的事。
高金土：	不用嫁妝不用嫁妝不用嫁妝不用嫁妝不用嫁妝。
水來：	啊好啦，不用嫁妝，嫁了啦！
高金土：	（外面有炮聲、鑼鼓聲，他往外看）欸，外面有熱鬧看，村長怎麼沒廣播，我先去拜一下，請神明保祐我賺大錢，你們先別走，我馬上回來。

◆高金土下。

阿女：	阿來，你剛才叫我嫁洪獅木，是真心這樣想嗎？
水來：	哪有可能，但是我不這麼講，你想我又能怎麼講？
阿女：	那阿來，我們怎麼辦？
水來：	我們……我們要想辦法破壞。
阿女：	要怎樣破壞，老爸說我今天就得嫁欸。
水來：	不然，你先裝病，叫他們延期。
阿女：	裝病，但是醫生一來，不就馬上破功。
水來：	你別傻啦，醫生懂什麼？你只要裝病，他們就會想辦法說出你的病，不然醫生賺什麼？

◆高金土回來，正在吃神明繞境分的糕餅。

◎	水來	若是無法度,免煩惱,我就佮你相焄走,阿女,只要你愛我……(看著高金土)我的大小姐,你嘛較拜託一下,咱做人的查某囝,就愛聽阿爸的話嫁予洪獅木,世間上只有不孝的囝兒,煞無無情的爸母。為啥物?因為爸母的恩情較大天!
●	高金土	婿,按呢講就著矣,來,(飼查某囝食糕仔,阿女隨食落去,敢若慣勢〔kuàn-sì〕慣勢)有吃有保庇。
◎	水來	老爺,歹勢,我是看小姐毋捌代誌又閣對你無尊敬,一時擋袂牢,才會按呢罵(lé/lué),請你毋通怪罪我的不是。
●	高金土	袂袂袂,你講了真好,我聽著真佮意。不如按呢,橫直伊攏無欲聽我的,抑無我共教示(kà-sī)阿女的權利,完全攏交予你。
◎	水來	既然老爺按呢吩咐,我一定催盡磅(tsīn-pōng)。你,你看你彼啥物表情,毋聽我的話,連鞭(liâm-mi)就予你鮮沢(tshinn-tshioh)鮮沢。老爺,其實我猶未完全發揮,你若是答應,我會催甲你滿意。
●	高金土	好,按呢好,共催落去,這个囝仔已經予我倖(sīng)歹去,我需要你幫我來共教示。
◎	水來	哼!(共阿女睨〔gîn〕,阿女假做驚惶)雖然按呢真歹聽,但是一定愛閣較嚴格,共壓落底(ah-lòh-té/tué)。
●	高金土	著著著,按呢婿!
◎	水來	好,老爺,既然你對我有信心,按呢放心,小姐交予我來處理。

水來：	要是沒辦法，也別煩惱，我們就私奔，阿女，只要你愛我……（看到高金土）我的大小姐，拜託你一下，你當人家的女兒，就該聽爸爸的話，嫁給洪獅木，世上只有不孝的孩子，沒有不是的父母。為什麼？因為父母的恩情比天還高！
高金土：	很好，這樣說就對了，來，（餵女兒吃糕，阿女馬上吃了，好像很習慣這樣）有吃有保祐。
水來：	老爺，抱歉，我是看小姐不懂事又對你不敬，一時忍不住，才會這樣罵她，請你不要怪罪，是我的錯。
高金土：	不會不會，你說得很好，我聽得很中意。不如這樣，反正她都不聽我的，不然，我把訓誡阿女的權利，完全交付給你好了。
水來：	既然老爺這樣吩咐了，我一定全力以赴。你，你看你那什麼表情，不聽我的話，馬上我就把你電得亮晶晶。老爺，其實我還沒完全發揮，你若是答應，我會處理到你滿意。
高金土：	好，這樣好，放手做吧，這孩子已經被我寵壞了，我需要你幫我好好教導她。
水來：	哼！（瞪阿女，阿女假裝驚慌）雖然這樣說不好聽，但是一定要更嚴格，好好壓制她。
高金土：	對對對，太對了！
水來：	好，老爺，既然你對我有信心，那麼請放心，小姐交給我來處理。

●	高金土	好,一切交予你,我閣有代誌欲處理,連鞭轉來等你好消息。
◎	水來	(對阿女)來我共你講,這世間上有路用的,不是情,不是義,是看會著摸會著,真真正正的,錢!

◆ 高金土落台。

●	水來	(提出一蕊玫瑰花予阿女)這是佇花園挽的,我看花園有一搭的土較鬆,感覺怪怪,我就倚(uá)過去。啊!這蕊玫瑰花,花瓣全色閣平大蕊,著親像你遐爾仔十全(tsàp-tsng),一定是天公伯仔佇咧共咱祝福!

◆ 仝一個時間,高家厝內另一個空間。

◎	高金土	這個世間啊,無拍袂開的鎖,只有找袂著的寶,所以啊,咱若有,就收,收,不如鎖,鎖,不如藏。天公伯仔對我袂穩,我照三頓開錢買香來拜,真正會和(hô)。個攏毋捌,錢若開了有價值,我哪會凍霜,明明我就真大方。鎖我嘛有矣!寶我嘛有矣!上好的鎖鎖上寶貝的寶,下暗(e-àm)閣娶媌翻翻(phún-phún)的某,這就是我人生的高峰啦。

高金土：	好，一切交給你了，我還有事要忙，馬上回來，等你好消息。
水來：	（對阿女）來我跟你說，這世間上有用的，不是情，不是義，是看得到摸得到，真真實實的，錢！

◆高金土下。

水來：	（拿出一朵玫瑰花給阿女）這是在花園摘的，我看花園有一塊土比較鬆，覺得有點奇怪，我就過去看了。啊！這蕊玫瑰花，花瓣都一樣大又一樣顏色，跟你一樣，這麼完美，一定是老天在祝福我們！

◆同時，高家另一個空間。

高金土：	這個世界，沒有打不開的鎖，只有找不到的寶，所以啊，有，就收；收，不如鎖；鎖，不如藏。老天對我不薄，我照三餐花錢買香來拜，真是划算。他們不懂，如果花錢花得有價值，我就不會小氣，明明大方得很。我有鎖，也有寶，最好的鎖鎖最寶貝的寶，晚上再娶美貌的老婆，這就是我人生的高峰啦。

S6

◆ 高家附近街道。

	利旺	雞毛仔，你是走去佗死啦，害我攏揣無人，我毋是叫你佇遐等？
◎	雞毛	無啦，少爺，我是佇遐等，但是老爺一直欲共我趕出來，唱講啥物我共伊偷提錢，共我拍閣共我罵。欸，少爺面色呔會按呢青恂恂（tshenn/tshinn-sún-sún），是卡著陰喔？啊，我知矣，哈哈，你共小姐講你的戀情，予伊跩跩唸對無？
●	利旺	這擺阮小妹喔，顛倒真伨（thīn）我，我共阮小妹講我佮阿麗的代誌，伊是對我真支持。
◎	雞毛	按呢就好矣啊。
●	利旺	問題是這馬，煏一個愈大空的，阮爸講欲娶阿麗啦！
◎	雞毛	娶阿麗。是著抑毋著，伊攏幾歲矣？真正笑死人。恁老爸，娶阿麗，按呢毋就恁某變娘嬭（niû-lé），哈哈哈，伊是刁工欲共你創治（tshòng-tī）喔？
●	利旺	伊應該是毋知啦，敢講這是報應，我看這是天公伯仔，咧處罰我平常時不孝。
◎	雞毛	啊你無共講，你佮阿麗……
●	利旺	無啦，先毋通講，我聽伊講欲娶阿麗就花去矣。規个頭殼楞捙捙，毋才趕緊來揣你參詳。

S6

◆高家附近街道。

利旺：	雞毛，你死到哪去了，害我都找不到人，我不是叫你在那等我嗎？
雞毛：	不是啦，少爺，我在那等啊，但老爺一直要趕我走，嚷嚷說什麼我要偷他的錢，又打又罵的。欸，少爺你怎麼臉色這麼難看，是撞到鬼喔？啊，我知道了，哈哈，你跟小姐說你的戀情，被她唸了一頓對吧？
利旺：	這次我小妹，反而很挺我，我跟她說我和阿麗的事情，她對我很支持呢。
雞毛：	那不就好了嗎？
利旺：	問題是現在，有一個更大的危機，我爸說他要娶阿麗啦！
雞毛：	娶阿麗。真的假的，他都幾歲了？笑死欸。你老爸，娶阿麗，那這不就你老婆變你老媽，哈哈哈，他是不是故意要搞你啊？
利旺：	他應該是不知道啦，該不會這是報應吧，我看這是老天在處罰我平常不孝。
雞毛：	啊你沒跟他說，你跟阿麗……
利旺：	沒說啦，先不要說，我聽他說他要娶阿麗，我一時就反應不過來。頭昏腦脹，所以才趕快來找你。

◎	雞毛	你就共講就好矣啊。
●	利旺	先莫予伊知，代誌較好辦，抑若無阮爸絕對愈想欲娶。這馬咱知影的比伊較濟，對咱較有利，而且阿麗個兜遮散赤，應該會有變數，顛倒是我交代你的事情，處理了按怎？
◎	雞毛	少爺，講正經的，人若衰喔，種匏仔生茶瓜，我看你毋但是卡著陰，恰兼犯太歲。
●	利旺	是按怎，對方無愛借錢喔？一百萬對個來講，應該是無困難才著啊？
◎	雞毛	毋是啦，幫咱牽猴仔彼个王董的有無，伊人是袂䆀，交陪又閣闊。彼工伊看著你的穿插（tshīng-tshah）恰氣勢，馬上就答應講欲幫你撨，四界去揣金主矣。
●	利旺	按呢真好啊，是按怎重耽（tîng-tânn），揣無金主喔？
◎	雞毛	金主是有啦，但是王董講乎，這金主開的條件，你愛先答應，人才欲借你錢。
●	利旺	呔會遮麻煩啦，你呔會無愛共王董的講，予你共金主當面直接撨。
◎	雞毛	無 --nonnh，少爺，這你就外行矣，人彼金主攏嘛袂輸藏鏡人咧，呔有可能恰咱見面？橫直王董的講，這金主開的條件，你若攏答應，伊就會想辦法，予你較緊提著錢。
●	利旺	啥物條件？

雞毛：	你就跟他說就好了啊。
利旺：	先不要讓他知道，這樣比較好辦事，不然我爸絕對會越想要娶。現在我們知道的比他多，對我們比較有利，而且阿麗她家這麼窮，應該會有變數，倒是我交代你的事情，處理得怎麼樣？
雞毛：	少爺，說正經的，人要是衰喔，連種匏瓜都會長成菜瓜，我看你不只是撞鬼了，還兼犯太歲。
利旺：	怎麼說，對方不肯借錢喔？一百萬對他來講，應該是小數目啊？
雞毛：	不是啦，幫我們仲介的那個王董啊，人是不錯，人面也廣。那天他看你的穿著和氣勢，馬上就答應幫你安排，到處去找金主了。
利旺：	那很好啊，那出了什麼差錯呢？找不到金主喔？
雞毛：	金主是有啦，但是王董說喔，這金主開的條件，你得先答應，他才會借你錢。
利旺：	怎麼會這麼麻煩啦，你怎麼不跟他說，讓你跟金主當面確認就好。
雞毛：	不是啊，少爺，你這就外行了，那些金主都好像藏鏡人一樣，怎麼可能跟我們見面？總之王董說，這金主開的條件，你要是答應，他就會想辦法讓你快點拿到錢。
利旺：	條件是什麼？

◎	雞毛	（捘〔jîm/lîm〕橐袋仔）等一下喔，我一條一條唸予你聽，第一，借錢的利息，照古例，九出十三歸。
●	利旺	這啥物意思？
◎	雞毛	就是講你借 10 箍，伊予你 9 箍，但是你愛還伊 13 箍。
●	利旺	是按怎遮濟，人毋是攏講三分的三分的，應該是借 10 箍，還 13 箍啊。
◎	雞毛	古早人攏按呢啦，10%手續費愛先扣起來，所以 10 箍變 9 箍，毋才會講九出十三歸。
●	利旺	啊好啦，逼著矣，隨在伊矣啦！
◎	雞毛	等一下，啊閣有喔。
●	利旺	閣有啥？
◎	雞毛	第二，本人現金有限，為著借方（指高利旺）就是你，我不得已去佮別人借錢，嘛是九出十三歸，等於為著借方（指高利旺）你的 100 萬，我加開 40 萬，這 40 萬，嘛應該由借方（指高利旺）你，來負擔。
●	利旺	裝痟的，按呢 40 加百三，毋就變百七？我借 100 萬，提著 90 萬，閣愛還伊 170 萬，現借就隨了 80 萬。這个金主是蜈蜞（ngôo-khî），出世欲來欶（suh）人血的喔？
◎	雞毛	著矣，所以我毋才講，你卡著陰兼犯太歲，少爺，你愛三思啊。

雞毛：	（翻口袋）等一下喔，我一條一條唸給你聽，第一，借錢的利息，照古例，九出十三歸。
利旺：	這是什麼意思？
雞毛：	就是說，你借 10 元，他給你 9 元，但是你要還他 13 元。
利旺：	怎麼這麼多，一般不是都說三分三分，應該是拿 10 元，還 13 元啊。
雞毛：	古代人都這樣啦，10%手續費要先扣起來，所以 10 元變 9 元，才說是九出十三歸。
利旺：	啊好啦，被逼到了，也只能隨便他了啦！
雞毛：	等一下，還有喔。
利旺：	還有什麼？
雞毛：	第二，本人現金有限，為了借方（指高利旺）就是你，我不得已去跟別人借錢，也是九出十三歸，等於為了借方（指高利旺）你的 100 萬，我多花了 40 萬，這 40 萬，也應該由借方（指高利旺）你，來負擔。
利旺：	我又不是笨蛋，這樣 40 加一百三，不就變一百七？我借 100 萬，只拿到 90 萬，反倒要還他 170 萬，一借就先賠了 80 萬。這個金主是血蛭，活著來吸人血的喔？
雞毛：	就是啊，所以我才會說，你撞鬼兼犯太歲，少爺，你要三思啊。

S7

◆ 高家客廳。金寶姨上。

●	金寶姨	第一出名牽豬哥，只要有錢免煩惱，高矮胖瘦攏總來，多元成家嘛會使。
◎	高金土	金寶姨，遮罕行（hán-kiânn）。
●	金寶姨	哎唷，幾工無見，老爺你看起來氣色遮爾仔好，遮爾仔 giȯh，遮爾仔鵤（tshio）鵤鵤。
◎	高金土	誠實（tsiânn-sit）的喔？
●	金寶姨	誠實的 --nonnh，我看彼身分證寫 25 歲的少年人，氣色抑閣無你遮好。
◎	高金土	我，我欲 60 矣呢。
●	金寶姨	啊 60 是閣按怎，我看你閣袂輸彼雞觡（ke-kak）仔，鵤觸觸（tshio-tak-tak）。
◎	高金土	聽著真舒爽，但是若會當閣少年 20 歲，按呢是閣愈好。
●	金寶姨	毋通 --nonnh，你按呢拄拄仔好，這款身體，勇甲若牛，若是閣少年 20 歲，毋就變鐵牛？而且照你的面相，我看你絕對活超過百二歲以上。
◎	高金土	你會曉看面相？
●	金寶姨	會 --nonnh，你印堂飽滇（pá-tīnn）又閣反光，啊，足鑿目（tshȧk-bȧk）的，這就是長歲壽（tn̂g-huè/hè-siū）的保證啦！來，你手伸出來，禾壽喔，天公伯仔，你是頂世人燒啥物香？

S7

◆高家客廳。金寶姨上。

金寶姨： 第一出名牽豬哥，只要有錢沒煩惱，高矮胖瘦全列表，多元成家也很好。

高金土： 金寶姨，稀客稀客。

金寶姨： 哎唷，幾天不見，老爺你看起來氣色真好，那麼地容光煥發，那麼地雄壯威武。

高金土： 真的喔？

金寶姨： 真的啊，我看那些身分證寫 25 歲的年輕人，氣色都還沒你好。

高金土： 我，我快 60 了呢。

金寶姨： 啊 60 又怎樣，我看你很像那個公雞一般，氣勢昂揚。

高金土： 聽著真愉快，但是如果可以再年輕個 20 歲，就更好了。

金寶姨： 不行啦，你這樣剛剛好，這樣的身體，像牛一樣勇，要是再年輕 20 歲，不就變鐵牛？而且照你的面相，我看你絕對會活超過 120 歲以上。

高金土： 你會看面相？

金寶姨： 會囉，你印堂飽滿還會反光，啊，好刺眼啊，這就是長壽的保證啦！
來，你手伸出來，夭壽喔，天啊，你上輩子是燒了什麼香？

◎	高金土	是按怎諾（hioh）？
●	金寶姨	你共看這个本命線，粗粗粗，深深深，明明明，又閣按呢長長長啦！
◎	高金土	啊，啊會按怎？
●	金寶姨	歹勢，拄仔講你活超過百二歲彼句話，我先收轉來。
◎	高金土	哈？按怎講？
●	金寶姨	因為你會活過百四歲啦！
◎	高金土	百四，按呢毋就變老妖精？
●	金寶姨	無啥，啥物老妖精，是老康健，除非你共我活活挼（juê/lê）死、翕（hip）死，無我無法度相信，恁囝會活比你較久。
◎	高金土	按呢是好抑是歹……啊對啦，我頂擺央你去處理的代誌……處理了按怎？
●	金寶姨	彼抑著閣講，阿麗個兜，我平常時就有咧行踏（kiânn-tảh），咱庄頭所有無嫁、無娶、死翁、死某的人口，攏佇我的掌握（tsióng-ak）之中。
◎	高金土	啊個老母按怎講？
●	金寶姨	個老母當然嘛爽，我一報出你的名字，個老母是歡喜甲險仔欲中風。閣講，當時欲過去娶攏無要緊，甚至今仔日暗時嘛無關係。對矣，你講你彼个了尾仔囝（liáu-bué/bé-á-kiánn）……王梨？
◎	高金土	利旺啦，高利旺啦！

高金土：	怎麼說？
金寶姨：	你來看，這條本命線，粗粗粗，深深深，明明明，又這樣長長長呢！
高金土：	那，那會怎樣？
金寶姨：	抱歉，剛才說你會活超過 120 歲，那句話我先收回。
高金土：	蛤？為什麼？
金寶姨：	因為你會活過超過 140 歲啦！
高金土：	一百四，那不就變成老妖精了？
金寶姨：	哪是，什麼老妖精，是老康健，就算你把我活活捏死、悶死，我也不相信，你的孩子會活得比你久。
高金土：	這樣到底是好還是不好……啊對啦，我上次請你去處理的事……處理得怎麼樣？
金寶姨：	那還用說，阿麗她家，我平常時就常去拜訪，我們附近所有還沒嫁娶、或是鰥寡孤獨的人口，都在我的掌握之中。
高金土：	那她媽媽怎麼說？
金寶姨：	她媽媽當然很開心，我一報出你的名字，她媽媽是高興到差點中風。還說，什麼時候要娶都可以，甚至今晚也沒問題。對了，你說你那個不肖子……旺來？
高金土：	利旺啦，高利旺啦！

●	金寶姨	你叫我幫利旺仔揣的好額老查某，我嘛處理妥當矣。閣加上恁阿女佮彼个洪獅木，按呢暗時一過，你毋但嫁一个查某囝，娶兩个新婦，老的予囝，幼的予爸爸，一頓飯食煞，你就馬上做丈人、做大官、閣兼做駙馬爺。
◎	高金土	哈哈哈。但是重點，你敢有共我的未婚丈姆（tiūnn-ḿ）講嫁粧的代誌？欲予伊知影，做人爸母，就算賣鼎賣灶，嘛愛想辦法，替查某囝攢一个仔嫁粧，愛知影，無嫁粧，一般人是無可能會娶的。
●	金寶姨	老爺你愛知影。這个阿麗，伊三頓攏食番薯簽，胃口比小鳥胃閣較細，根本就是雛鳥胃，飯食無半碗就咧喊飽，飲料較啉攏白滾水透白滾水。伊的眠床睏啥你知無？柴枋（pang）舒（tshu）飼料袋仔崁（khàm）報紙，你若是娶過門，連新娘床攏免裝。閣講這个穿插，阿麗攏固定兩軀衫咧替換，鞋仔較穿就彼雙中國強，無像隔壁庄阿槌個新婦，厝內鞋仔欲到成百雙，袂輸咧娶著蜈蚣（giâ-kang）。抑閣上重要的，跋筊，咱這庄頭啥人袂跋筊，啥物攏有人咧跋，但是咱阿麗自細漢就感（tsheh/tshueh）跋筊，聽著跋筊就過敏兼倒彈。我按呢幫你三算四算，娶著阿麗，就算無嫁粧，上起碼閣現趁兩千萬以上。「種著歹田望後冬，娶著歹某一世人」，人講：「娶一个好某，較贏過三个天公祖。」娶某就愛娶賢、娶德、娶家教、氣質，這，才是天下間上好上好，上貴上貴的嫁粧啦！
◎	高金土	你這道理我知啦，但是無看著啥物件，我就感覺礙虐（gāi-gi̍oh）礙虐咧。

金寶姨：	你叫我幫利旺找的有錢老太太，我也處理妥當了。再加上你們阿女和那個洪獅木，這樣今天晚上過後，你不但嫁了一個女兒，還娶兩個媳婦，老媳婦給兒子，年輕媳婦給爸爸，吃完一頓飯，你就馬上做丈人、做公公、還兼做駙馬爺。
高金土：	哈哈哈。但是重點是，你有沒有跟我的未婚丈母娘提到嫁妝的事？要讓她知道，做人父母的，就算賣鍋賣灶，也要想辦法，幫女兒準備嫁妝，天知道，沒嫁妝的話，一般人是不可能會娶的。
金寶姨：	我說老爺，這個阿麗，三餐都吃番薯簽，胃口比小鳥胃還小，根本就是雛鳥胃，飯吃不到半碗就喊飽，飲料喝來喝去都是白開水配白開水。她睡什麼床你知道嗎？木板鋪飼料袋蓋報紙，你要是娶她進門，連新娘床都不用準備。再說到打扮，阿麗只有固定兩套衣服在替換，鞋子穿來穿去就是那雙中國強，不像隔壁村那個阿槌的媳婦，家裡有上百雙鞋子，好像娶到蜈蚣。還有最重要的是，賭博。我們這附近每個人都愛賭，什麼都有人賭，但是我們阿麗自小就痛恨賭博，聽到賭博就過敏兼噁心。我這樣幫你三算四算，娶到阿麗，就算沒嫁妝，也至少現賺兩千萬以上。「種到爛田還能等明年，娶到壞老婆卻是一輩子的事。」俗語說：「有個好妻子勝過三尊天公的庇佑。」娶太太就要娶賢、娶德、娶家教、氣質，這才是天下間最好最好，最貴最貴的嫁妝啦！
高金土：	你這道理我知道啦，但是沒看到實體東西，我就覺得很彆扭啊。

●	金寶姨	老爺,這有入,是趁,免出,是守,人講勢趁嘛著愛勢守,食老才好過閣清幽。
◎	高金土	但是你共以後免開的錢當做嫁粧,就親像人講欲送物件來,啥物攏無就欲叫我簽收據,我哪有法度接受?敢講個兜,啥物祖公仔屎攏無留?
●	金寶姨	這是有淡薄仔聽講啦,阿麗個老爸,以早敢若真好額,但是毋知按怎,到今幾仔年,嘛攏無消無息。
◎	高金土	我感覺這有需要了解一下,無定著,我這個未婚丈人現此時真好額嘛無的確。抑閣有一件代誌,才是我上煩惱的。
●	金寶姨	啥物代誌?
◎	高金土	你嘛知,龍交龍,鳳交鳳,我驚阿麗過門,若嫌我老,無合伊氣口……
●	金寶姨	哎唷,老爺,這才是你上無需要煩惱的,有人愛行棋,有人愛釣魚,有人興(hìng)燒酒,有人興土豆,阿麗小姐啥物攏無愛,就是上愛你這味。
◎	高金土	我?味?(鼻)敢有影?
●	金寶姨	彼抑就閣講,阿麗自細漢,無超過 50 歲的男性,共問啥物話攏袂應,四個月前,一個兄哥本來欲佮阿麗成親,唱(tshiàng)講伊 60 歲,到鄉公所,看身分證才 59 歲 3 個月,阿麗當場就目屎流目屎滴,當場佮彼个兄哥拆破面,解除婚約。
◎	高金土	遮嚴重喔?

金寶姨：	老爺，這有入，是賺，免出，是守，人家說會賺也要會守，老了才會好過又清幽。
高金土：	但是你把以後不用花的錢當做嫁妝，就好像有人說要送東西來，但是沒拿到東西就叫我先簽收據，我怎麼能接受？難道她家，一丁點祖產都沒留下？
金寶姨：	我是有稍微聽說啦，阿麗的爸爸，以前很像很有錢，但是不知道怎麼了，好幾年來，都沒消息。
高金土：	我覺得有需要了解一下，說不定，我這個未來的丈人現在很富有。還有一件事，我更煩惱。
金寶姨：	什麼事？
高金土：	你也知道，龍配龍，鳳配鳳，我怕要是阿麗過門以後，嫌我老，不合她的口味……
金寶姨：	哎唷，老爺，這才是你最不需要煩惱的，有人愛下棋，有人愛釣魚，有人愛喝酒，有人愛土豆，阿麗小姐什麼都不愛，就是最愛你這味。
高金土：	我？這味？（聞）真的？
金寶姨：	那還用說，阿麗自小，沒超過 50 歲的男性，問她什麼話她都不回應。四個月前，一個小哥本來想和阿麗成親，吹噓說自己 60 歲，到鄉公所，看身分證才 59 歲 3 個月，阿麗當場淚如雨下，當場跟那個小哥撕破臉，解除婚約。
高金土：	這麼嚴重喔？

●	金寶姨	你毋知喔？頂年一个兄哥，視力 2.0，煞無配老花眼鏡，阿麗看攏無看，就共戽（hòo）出去，你這款的，才是伊夢中的情人。
◎	高金土	按呢伊算內行的，講實在，我若是查某人，我才無愛噗噗跳（pho̍k-pho̍k-thiàu）的少年人。
●	金寶姨	就是講 meh，少年人嚓嚓趒（tshia̍k-tshia̍k-tiô），一看就知影袂倚靠（uá-khò）。彼是欲按怎佮你比，定著、體面，閣有智慧。
◎	高金土	真的乎。
●	金寶姨	真的 --nonnh，飄撇的個性、迷人的眼神，來，請你踅一輾，（高金土踅一輾）喔，婧！行看覓咧（高金土行），bravo bravo ！
◎	高金土	感謝天公伯，好佳哉我身體健康，才有法度娶阿麗，是講有時陣，肺部會淡薄仔癢癢呢。
●	金寶姨	彼哪有啥，你嗽起來的時陣，才真正有男性的氣概。
◎	高金土	你敢是講按呢（咳）。
●	金寶姨	喔婧！
◎	高金土	啊按呢咧（咳）？
●	金寶姨	喔你莫嗽矣，老爺，抑無我會愛著你。
◎	高金土	嘿嘿，啊著啦，這幾工我攏有特別經過個兜，阿麗到今來應該有看過我矣乎？
●	金寶姨	拄仔來這經過個兜，我有入去共問，嘛是無看過，但是我攏有照 schedule 咧行，一四七拜訪、三六九講好話、十工就有六工佇個兜催（tshui）你的好聽話。

金寶姨：	你不知道喔？前年有一個大哥，視力 2.0，就沒配老花眼鏡，阿麗看都不看，就把他轟出去，你這種的，才是她夢中的情人。
高金土：	這樣她算很內行喔，老實說，我若是女人，我才不喜歡蹦蹦跳的年輕人。
金寶姨：	就是說啊，年輕人太輕浮了，一看就知道不可靠。怎麼比得過你，沉著、體面，又有智慧。
高金土：	真的齁。
金寶姨：	真的啊，瀟灑的個性、迷人的眼神，來，請你轉一圈，（高金土轉一圈）喔，帥！走走看（高金土走），bravo bravo！
高金土：	感謝老天，好在我身體健康，才能娶阿麗，是說有時候，我肺部會有點癢癢的呢。
金寶姨：	那算什麼，你咳起來的時候，正好有男性的氣概。
高金土：	像這樣嗎（咳）。
金寶姨：	喔帥！
高金土：	那這樣呢（咳）？
金寶姨：	喔你別咳了，老爺，不然我會愛上你。
高金土：	嘿嘿，啊對啦，這幾天我都有特別經過她們家，阿麗現在應該有看過我了吧？
金寶姨：	剛來這以前經過她家，我有進去問，還沒看過你。但我都有照 schedule 進度，一四七拜訪、三六九講好話、十天就有六天在她家讚美你。

◎	高金土	按呢讚，做了真好，辛苦你矣。
●	金寶姨	是講老爺，人選舉嘛有一個行路工，我最近無拄好去卡著官司，可能需要淡薄仔錢（高金土當做無聽著）……我去找阿麗，一講著你，伊就愈來愈歡喜（高金土歡喜），因為我，阿麗對你有佫爾仔痴迷，尤其這款<u>老派啾啾</u>，就是阿麗上佮意的熟男單品……老爺我無共你騙，對方告我詐欺，這場官司若拍輸去，我恐驚（高金土當做無聽著）……阿麗聽著我講你，伊就喙笑目笑，你若是看會著就好矣（高金土又閣歡喜）毋但按呢，我佮個母仔囝講今仔日暗時過門，個隨聽就隨答應。
◎	高金土	金寶姨，你實在予我真歡喜，我真正毋知欲按怎感謝你。
●	金寶姨	按呢老爺拜託你相佮，你若肯，我一生一世感謝你。（高金土當做無聽著）
◎	高金土	啊著啦，雄雄想著幾張批，欲寫寫甲袂記得。
●	金寶姨	老爺，我真正是不得已才會對你開喙，無這條錢，我真正會出代誌。
◎	高金土	啊著，啊閣愛叫阿塗去準備車，通好下晡予你佮阿麗，做伙去踅街。抑閣有暗頓（àm-tng）的飯菜，嘛愛叫人緊去攢。
●	金寶姨	我真正走投無路矣啦，老爺。
◎	高金土	代誌遮濟，我先來去，欸，是毋是閣有神明咧迎鬧熱？
◆ 高金土落台。		
●	金寶姨	迎恁祖公祖媽咧膨肚短命（phòng-tōo-té-miā）啦，柝（khok）死無人。神明？上好是牛頭馬面共你掠掠去啦。

高金土：	這樣讚，做得很好，辛苦你了。
金寶姨：	是說老爺啊，要選舉也要有個走路工，我最近不巧去卡到一個官司，可能需要一小筆錢（高金土當做沒聽到）……我去找阿麗，一講到你，她就越來越高興（高金土喜），因為我，阿麗才對你如此痴迷，尤其這款老派領結，就是阿麗最喜歡的的熟男單品……老爺我沒騙你，對方告我詐欺，這場官司若打輸了，我恐怕（高金土當做沒聽到）……阿麗聽我提起你，她就眉開眼笑，你要是能看到就好了。（高金土又喜）不只這樣，我跟她們母女說今晚過門，她們一聽就馬上答應了。
高金土：	金寶姨，你真讓我開心，我真的都不知道怎麼感謝你了。
金寶姨：	那麼就拜託老爺你相挺，你要是肯幫我，我一生一世都感謝你。（高金土當做沒聽到）
高金土：	啊對啦，突然想到要寫幾封信，寫到都忘了。
金寶姨：	老爺，我真的是不得已才會對你開口，沒這筆錢，我真的會出事。
高金土：	啊對，還要叫阿塗去準備車，下午讓你和阿麗，一起去逛街。還有晚餐的飯菜，也要叫人快去張羅。
金寶姨：	我真的走投無路了啦，老爺。
高金土：	事情好多，我先去忙，欸，好像又聽到迎神明熱鬧的聲音？

◆ 高金土下。

| 金寶姨： | 迎你祖公祖媽咧，早死短命鬼，小氣得要死。神明？最好是牛頭馬面來把你抓去啦。 |

S8

◆ 高家客廳。

● **王董**	頭家，好消息，彼个少年仔真正是逼著矣！你開的條件，伊完全攏答應，而且連彼个集點的紀念品，我一定會予個攏無意見。風險？這你放心啦，穩妥當的啦，這門我做遮久矣，閣毋捌重耽過。啥物款人、底才偌厚、內胎氣偌飽，我目睭清彩眼（gán）一下就知。這齒（khí）的喔，絕對百分之百是一个了尾仔囝，我干焦看伊穿插就知矣。個兜絕對毋但好額，而且有現金、有厝、有土地。我閣聽伊咧講喔，個老母已經死矣，頂頭賰一个老爸，而且個老爸這馬身體的狀況，絕對活袂過，三個月！是啦，只要安全、無風險，其實少年人若需要現金走跳，咱做序大（sī-tuā）的，當然嘛著愛共鬥相共，為青年揣出路嘛。

S8

◆高家客廳。

王董：　老闆，好消息，那個年輕人真的被逼到了！你開的條件，他全盤接受，而且連那個集點的紀念品，我也一定會讓他都沒意見。風險？這你放心啦，都妥當的啦，這行我做很久了，沒有出過差錯。他是怎樣的人、底細如何、有沒有料，我眼睛隨便瞄一下就知道了。這傢伙喔，絕對百分之百是一個敗家子，我只要看他的穿著打扮就知道。他家絕對不只有錢，而且有現金、有房、有土地。我還聽他說，他媽媽已經過世，只剩爸爸，而且他老爸現在身體的狀況，絕對活不過，三個月！是啦，只要安全、沒風險，其實年輕人若需要現金走跳，我們做長輩的，當然也要幫他們的忙，為青年找出路嘛。

S9

●	**雞毛**	喔！食甲真飽，羹麵天壽大碗，干焦五十箍爾爾。
◎	**利旺**	雞毛的，我共你講，阿麗寫予我一張批信，我想，伊的心猶原踮（tiàm）佇我遮。
●	**雞毛**	批內底寫啥？
◎	**利旺**	我抑毋甘看，想欲予這款歡喜閣期待的心情延續落去。
●	**雞毛**	（反白睚〔píng-pe̍h-kâinn〕，頓蹬〔tùn-tenn/tinn〕）少爺你看，我佇花園發現這蕊玫瑰花，你看，花瓣毋但全色水，閣平大蕊呢。
◎	**利旺**	所以咧？
●	**雞毛**	送予你啊（淡薄仔歹勢）。
◎	**利旺**	送予我……送予阿麗？
●	**雞毛**	喔……對啦對啦。
◎	**利旺**	雞毛仔你真正對我足好的。（共花提過來鼻），足芳的，就佮阿麗全款，阿麗一定會足佮意的。
●	**雞毛**	你……你有歡喜就好。（頓蹬）啊對啦，少爺，頂擺王董講的，金主開的條件，我猶未唸完呢。（批提出來唸）第三，本人為著幫助借方（指高利旺），其中四十萬，用以下的物件代替，保證會當予借方用<u>文創</u>交朋友，轉踅出愈濟的現金。

S9

◆街上。

雞毛：	喔！吃好飽，羹麵超大碗，只要五十元。
利旺：	雞毛，我跟你說，阿麗寫一封信給我，我想，她的芳心還是屬於我。
雞毛：	信裡寫什麼？
利旺：	我還捨不得看，想要把這種歡喜期待的心情延續下去。
雞毛：	（翻白眼，頓）少爺你看，我在花園發現這朵玫瑰花，每片花瓣都同樣顏色而且一樣大片呢。
利旺：	所以咧？
雞毛：	送給你啊（有點不好意思）。
利旺：	送給我……送給阿麗？
雞毛：	喔……對啦對啦。
利旺：	雞毛你對我真的好好。（把花拿來聞）好香，跟阿麗一樣，阿麗一定會喜歡。
雞毛：	你……你高興就好。（頓）啊對了，少爺，上次王董說的金主開的條件，我還沒念完喔。（拿信出來念）第三，本人為了幫助借方（指高利旺），其中四十萬會用以下的物件代替，保證能讓借方用文創交朋友，週轉出越多的現金。
利旺：	什麼意思？

◎	利旺	這是啥物意思？
●	雞毛	（繼續唸）這个物件有，可口可樂紀念款 BB CALL 掛金頂電池 2 粒、NOKIA 8250，充電器、說明書掛原廠電池（看高利旺），其實伊寫全配就會使矣。
◎	利旺	我提這是欲創啥啦？
●	雞毛	閣有喔，麥當勞絕版 Hello kitty 一組 5 隻攏無全色彩（攑頭對高利旺），這恁兜敢若嘛有，星巴克美國原裝進口絕版 alice and olivia 聯名馬克杯一組兩个。
◎	利旺	我提這是要創啥啦？
●	雞毛	（躊躇，繼續唸）誠品經典書籤一套八款，seven 絕版法國藍帶水晶杯一套四款。
◎	利旺	是煞未啦？
●	雞毛	（嗽）周杰倫 CD 全套，周杰倫牛仔真無閒 2008 年桌曆……
◎	高利旺	（拍斷）好矣好矣，後壁莫唸矣，直接講重點。
●	雞毛	以上照市價已經超過 50 萬，考慮著借方急欲用錢，拍八折算 40 萬，掛現金 50 萬，借方若是同意以上條件，必須佇提著錢了後 30 工之內，還本金加利息 170 萬。
◎	利旺	阮老爸就咧粗殘（tshoo-tshân）矣，想袂到有人比伊較夭壽，利息懸準拄煞，彼冇銅舊錫（pháinn-tâng-kū-siah）我倒貼嘛無可能脫手。

雞毛：	（繼續唸）這些東西包括，可口可樂紀念款 BB CALL 附贈金鼎電池 2 粒、NOKIA 8250，充電器、說明書加原廠電池（看高利旺），其實他寫全配就可以了。
利旺：	我拿這些要幹嘛？
雞毛：	還有喔，麥當勞絕版 Hello kitty 一組 5 隻全套不同色（抬頭對高利旺）這你家好像也有，星巴克美國原裝進口絕版 alice and olivia 聯名馬克杯一組兩個。
利旺：	我拿這些要幹嘛？
雞毛：	（猶豫，繼續唸）誠品經典書籤一套八款，seven 絕版法國藍帶水晶杯一套四款。
利旺：	有完沒完？
雞毛：	（咳）周杰倫 CD 全套，周杰倫牛仔很忙 2008 年桌曆……
利旺：	（打斷）好了好了，後面不用唸了，直接講重點。
雞毛：	以上照市價已經超過 50 萬，考慮借方急需用錢，打八折算 40 萬，加上現金 50 萬，借方若是同意以上條件，必須在獲得借款後 30 天之內，還本金加利息 170 萬。
利旺：	我老爸已經那麼過分了，想不到有人比他還兇狠，利息高就算了，那些破銅爛鐵我倒貼都脫不了手。

●	雞毛	就是啊，少爺，我看這步棋你毋通行，這步若是行出去，你百面（pah-bīn）會予人笑是了尾仔囝。
◎	利旺	我呔有法度啊，為著阿麗，我一定欲提著錢，較閣按怎艱苦，我嘛著愛答應，誰叫阮老爸遮凍霜，明明就有錢，煞逼我行到這款地步，莫怪，這个無情的世間，有人會咒讖（tsiù-tshàm）家己的老母跟老爸。
●	雞毛	像老爺彼款，虯閣儉，枵鬼閣雜唸，我敢保證，就算耶穌拄著伊，嘛甘願爬轉去十字架予人釘。（利旺看一下仔雞毛）歹勢，按呢講恁老爸。

雞毛：	就是啊，少爺，我看這步棋你不要走，這步若是走出去，你一定會笑是敗家子。
利旺：	我沒辦法啊，為了阿麗，我一定得有錢，再怎麼痛苦，我也得答應，誰叫我老爸這麼小氣，明明就有錢，還逼我走到這地步，難怪，這個無情的世間，會有人詛咒自己的父母。
雞毛：	像老爺那種，小氣摳門，貪心又囉唆的，我敢保證，就算耶穌遇到他，也情願爬回去十字架上。（利旺看一下雞毛）抱歉，這樣說你爸。

S10

<table>
<tr><td colspan="2">◆ 高家。高金土集合所有的員工。</td></tr>
<tr>
<td>●</td>
<td>高金土</td>
<td>來，聽我講，開始分配工課，oo-bá-sáng，來，提你的家私，共厝內底摒（piànn）予清氣，桌仔椅仔玻璃門窗天篷塗跤攏愛拭（tshit），尤其是桌仔椅仔愛特別注意，拭予清氣，但是毋通傷著剾（khau）著割（kuah）著挵（lòng）著靠（khò）著知無？另外，人客食暗頓的時陣，你負責管理酒杯茶杯碗盤筷佮湯匙仔，若是有減著靠著剾著必巡（pit-sûn）缺角（khih-kak）甚至破去，攏愛你負責，直接扣你的工錢，知無？</td>
</tr>
<tr>
<td>◎</td>
<td>阿來</td>
<td>厲害厲害。</td>
</tr>
<tr>
<td>●</td>
<td>高金土</td>
<td>阿火阿木恁兩兄妹，負責洗杯仔佮倒酒，酒先莫倒，等人客有喊欲啉才倒。莫一開始就共酒筅（tshāi）出來，袂輸叫人一定愛啉，這是台灣人上穤上穤的歹習慣。</td>
</tr>
<tr>
<td>◎</td>
<td>阿來</td>
<td>是啦，啉酒過多對身體無好。</td>
</tr>
<tr>
<td>●</td>
<td>高金土</td>
<td>閣有，人客第一擺喊欲啉酒，恁先假無閒假無聽著，喊甲第二遍，才代表人客真正有想欲啉，恁才提出來幫伊倒。抑閣有，酒先提去透白滾水，啉厚酒，對身體毋好。</td>
</tr>
<tr>
<td>◎</td>
<td>阿來</td>
<td>是啦，啉酒蓋毋好。</td>
</tr>
<tr>
<td>●</td>
<td>阿塗</td>
<td>老爺，阮敢愛穿制服？</td>
</tr>
<tr>
<td>◎</td>
<td>高金土</td>
<td>有人客來才穿就好，但是愛注意，毋通用垃圾去。</td>
</tr>
<tr>
<td>●</td>
<td>阿火</td>
<td>老爺，我的制服胸坎頂擺滒（kō）著豆油，你講袂當送焦洗，現此時閣烏烏一片。</td>
</tr>
</table>

S10

◆高家。高金土集合所有的員工。

高金土：	來，聽我講，開始分配工作，歐巴桑，來，帶著你的工具，把家裡打掃乾淨，桌椅玻璃門窗天花板地板都要擦，尤其是桌椅要特別注意，擦乾淨，但是不能傷到刮到割到撞到敲到知道嗎？另外，客人吃晚餐的時候，你負責管理酒杯茶杯碗盤筷子和湯匙，若是有少了敲了刮了裂了缺角了甚至破了，你都要負責，直接扣你的工錢，知道嗎？
阿來：	厲害厲害。
高金土：	阿火阿木你們兩兄妹負責洗杯子和倒酒，酒先不急，等客人說想喝你才倒。不要一開始就把酒端出來，好像叫人一定要喝似的，這是台灣人最糟最糟的壞習慣。
阿來：	是啦，飲酒過量對身體不好。
高金土：	還有，客人第一次說要喝酒的時候，你們先裝忙假裝沒聽到，客人說第二遍，才代表是真的想喝，你們再幫他倒。還有，酒先用白開水稀釋，酒精濃度太高，對身體不好。
阿來：	是啦，喝酒不好。
阿塗：	老爺，我們要穿制服嗎？
高金土：	客人來再穿，但是要注意，不要用髒了。
阿火：	老爺，我的制服胸口上次沾到醬油，你說不能送乾洗，現在都還是黑黑的一片。

◎	高金土	袂當送焦洗，你袂曉家己洗？
●	阿火	有啊，我家己洗就洗袂清氣。
◎	高金土	袂清氣就洗第二擺、第三擺，一直洗、一直洗、一直洗，洗到清氣為止。
●	阿塗	老爺，我的褲底破一空，會予人看著內底褲。
◎	高金土	恁是煞未？代誌袂曉家己先處理喔？我是開錢來予恁共我氣死的是無？（教個按怎解決問題）你（阿火），頭前擋咧，徛咧壁邊，你（阿塗），後壁擋咧，徛咧頭前。來，阿女，你嘛有工課，收入去灶跤的菜尾，你愛負責顧予好，抑閣有，下晡你先陪我的未婚妻，你的未婚阿母，做伙去趖街，我咧講話你有聽著無？
●	阿女	有啦阿爸，我知。
	◆ 阿女落台。	
◎	高金土	抑閣有，了尾仔囝，今仔日咱兜三喜臨門，只要你莫共我激（kik）屎面（sái-bīn），你佇外口舞的見笑代，我就暫時佮你準挂煞。
●	利旺	我？激屎面？我是按怎欲激屎面？
◎	高金土	莫閣假矣啦，我央金寶姨幫你處理的老查某，就是我未來的老新婦，暗時全款欲娶入門矣，但是我一看就知影你無佮意，講為著你好，你嘛毋相信。
●	利旺	我相信啊，阿爸，而且我真歡喜呢。

高金土：	不能送乾洗，你不會自己洗？
阿火：	有啊，但我自己洗就洗不乾淨。
高金土：	洗不乾淨就洗第二遍、第三遍，一直洗、一直洗、一直洗，洗到乾淨為止。
阿塗：	老爺，我的褲底破洞，會被人看到內褲。
高金土：	夠了沒？這些瑣事不會自己先處理嗎？我是花錢來氣死我自己的嗎？（教他們怎麼解決問題）你（阿火），遮住前面，站在牆邊，你（阿塗），遮住後面，站在前面。來，阿女，你也有工作，收回廚房的剩菜，你要負責顧好，還有，下午你先陪我的未婚妻，你的未婚媽媽，一起去逛街，我講話你有聽到嗎？
阿女：	有啦爸，我知道。

◆阿女下。

高金土：	還有，敗家子，今天我們家三喜臨門，只要你不要給我擺臭臉，你在外做的丟臉事，我就暫時跟你算了。
利旺：	我？擺臭臉？我為什麼要擺臭臉？
高金土：	少裝啦，我拜託金寶姨幫你處理的老太婆，也就是我未來的老媳婦，晚上也要娶進門了，但是我一看就知道你不喜歡，說是為你好，你也不相信。
利旺：	我相信啊，爸，而且我還很高興呢。

◎	高金土	啊好啦，就算你真歡喜，按呢逐个人攏嘛知，一个老爸欲閣娶，佗一个囝兒序細會替伊拍噗仔兼贊聲，你只要莫激一个屎面，我就阿彌陀佛矣。
●	利旺	無啦，阿爸，無講你毋相信，我真正真希望，阿麗小姐會當嫁來咱兜。
◎	高金土	啊好啦，你莫講講遐五四三的，橫直你莫激屎面就好。
●	利旺	我絕對喙笑目笑，笑甲喙䫀（tshuì-phué）裂獅獅（lih-sai-sai）。
◎	高金土	按呢上好，阿塗，過來，你的上重要，我才留佇上尾仔講。
●	阿塗	老爺，你是欲講司機，抑是廚子？
◎	高金土	兩个攏是你啊，佗一个先講毋是攏全款？
●	阿塗	全款但是無全師傅啊，你愛先講佗一个？
◎	高金土	無我先講廚子好矣。
●	阿塗	好（戴廚子帽）。
◎	高金土	啊就遮功夫？
●	阿塗	這是阮廚子的規矩。
◎	高金土	好啦，你歡喜就好，重點，今仔日暗時我欲辦桌請人客。
●	阿塗	真無簡單。
◎	高金土	你先講看覓，欲攢啥物手路菜（tshiú-lōo-tshài）？
●	阿塗	魚肉雞鴨粉鳥斑鴿（pan-kah），老爺，只要有錢，我攏有法度處理。

高金士：	啊好啦，就算你真高興，但每個人都知道，老爸要續絃，哪個兒女會拍手說讚的，你只要不擺譜，我就阿彌陀佛矣。
利旺：	不是啦，爸，我不講你也不會相信，我真的很希望，阿麗小姐能嫁來我們家。
高金士：	啊好啦，少說那些五四三的，反正你不要臭臉就好。
利旺：	我絕對眉開眼笑，笑到嘴都要裂開。
高金士：	那最好，阿塗，過來，你的任務最重要，我才留到最後講。
阿塗：	老爺，你是要講司機，還是要講廚師？
高金士：	兩個都是你啊，先講後講不是一樣？
阿塗：	一樣但不同師傅啊，你要先講哪個？
高金士：	不然我先講廚師。
阿塗：	好（戴廚師帽）。
高金士：	有這麼講究？
阿塗：	這就是我們廚師的規矩。
高金士：	好啦，你高興就好，重點，今晚我要辦桌請客。
阿塗：	不容易啊。
高金士：	你先講看看，要上什麼拿手菜？
阿塗：	魚肉雞鴨鴿子斑鳩，老爺，只要有錢，我都能處理。

◎	高金土	你是咧看著鬼，錢錢錢，啥物攏錢錢錢，一日到暗就欲共我討錢，我是請恁來做工課，毋是請恁來共我討錢。
●	水來	是啊，老爺，我來講一句公道話，有錢，啥物山珍海味，攏無稀奇，叫三跤貓來煮就聽好（thìng-hó）處理，但是真正一等一的廚子就應該愛大聲講：「我欲用上少的錢做出上腥臊（tshenn/tshe-tshau）的料理。」
◎	阿塗	用上少的錢，做出上腥臊的料理？
●	水來	著。
◎	阿塗	勢，你有影勢，咱的管家阿來大人，你毋但啥物攏管，而且閣啥物攏捌。
●	高金土	莫佇遐練痟話，這馬到底欲按怎？
◎	阿塗	這就愛請教阿來師，我看我規氣做伊的水跤（tsuí-kha）仔，負責幫伊揀菜就好。
●	高金土	莫佇遐咧捾喙溜（kuānn tshuì-liu）矣，較正經咧。
◎	阿塗	偌濟人欲來？
●	高金土	八个至十个，我看算八个就好，按呢若十个人來食，逐家扛仔好八分飽，較健康。
◎	水來	老爺體貼、高明。
●	阿塗	好，按呢就三種湯，九項菜，用 魷魚螺肉蒜，鳳尾炒牛屧， 雞仔豬肚鱉，排骨淋魚翅， 鮑魚四神湯，白鯧幼母卵， 蒜頭烘羊跤，山豬滷斑鴿， 牛鞭燖（tīm）烏鱉，冷盤七仙女， 干貝烏魚子，鵝肝鴨肉捲鱈魚。

高金土：	見鬼啦，錢錢錢，什麼都錢錢錢，一天到晚只想跟我討錢，我是請你們來工作，不是請你們來跟我要錢。
水來：	是啊，老爺，我來講一句公道話，有錢，什麼山珍海味，都不稀奇，叫三腳貓就可以處理，但是真正一等一的廚師就應該要大聲說：「我要用最少的錢，做出最豐盛的料理。」
阿塗：	用最少的錢，做出最豐盛的料理？
水來：	對。
阿塗：	行，你真行，我們管家阿來大人，你不只什麼都管，還什麼都懂。
高金土：	少廢話，現在到底怎樣？
阿塗：	這要請教阿來師，我看我不如做他的下手，負責幫他挑菜就好。
高金土：	少在那邊耍嘴皮子了，正經點。
阿塗：	多少人要來？
高金土：	八到十個，我看算八個就好，這樣要是十個人來吃，大家剛好吃八分飽，比較健康。
水來：	老爺體貼、高明。
阿塗：	好，那麼就三種湯，九樣菜，用 魷魚螺肉蒜，鳳尾炒牛丸， 雞仔豬肚鱉，排骨淋魚翅， 鮑魚四神湯，白鯧處女蟳， 蒜頭烘羊腳，山豬滷斑鴿， 牛鞭燖烏鱉，冷盤七仙女， 干貝烏魚子，鵝肝鴨肉捲鱈魚。

◎	高金土	你是咧南部七縣市辦桌請好兄弟喔？
●	水來	就是講啊，遮濟菜，較濟人客嘛食袂完，老爺是欲請人客，不是欲脹死人客，啥物魷魚螺肉蒜，人嫁婆叫做起家，頭一項菜攏嘛愛有雞，<u>有雞食材</u>你捌無？
◎	阿塗	我的喙無你的捌，好啊，按呢換掉，換出一項，閹雞趁鳳飛（iam-ke thàn hōng pue）（指水來）。
●	水來	啥物閹雞，閹雞遮貴著，一台斤就愛百偌箍呢。
◎	高金土	（驚）是喔，按呢，抑閣欲起家，閣無愛閹雞，按呢是欲按怎？
●	水來	用火雞啊，老爺，頭一項菜，就出咱嘉義的火雞肉飯。
◎	高金土	無，我看用肉雞就好。
●	水來	老爺英明！而且咱三喜臨門，一擺起三个家，就一人出三碗雞肉飯全部食完了後，才來出第二項菜。
◎	高金土	啥物第二項菜？你放心，我就毋相信，有人有法度，一改食完三碗咱嘉義的火雞肉飯！
●	水來	是是是，人是為著活落去才食，毋是為著食落去才活。
◎	高金土	乎，讚讚讚，阿來仔你這句講了讚，我真正這世人毋捌聽過遮婿的話。呃……人是為著活落去才食，不是為著活落去才……你扭仔按怎講的？閣講一擺。
●	水來	人是為著活落去才食，毋是為著食落去才活。

高金土：	你是南部七縣市辦桌請好兄弟嗎？
水來：	就是說啊，這麼多道菜，客人再多也吃不完，老爺是要請客吃飯，不是要脹死他們，什麼魷魚螺肉蒜，人家嫁娶叫做「起家」，第一道菜都要有諧音的「雞」，有雞食材你懂嗎？
阿塗：	我的嘴沒你懂，好啊，那換掉，改出，閹雞趁鳳飛（指水來）。
水來：	什麼閹雞，閹雞那麼貴，一台斤就要一百多呢。
高金土：	（驚）是喔，那，又要起家，又不要閹雞，該怎麼辦？
水來：	用火雞啊，老爺，頭一道菜，就出我們嘉義的火雞肉飯。
高金土：	不，我看用肉雞就好。
水來：	老爺英明！而且我們三喜臨門，一次起三個家，就一人出三碗雞肉飯全部吃完後，才來出第二道菜。
高金土：	什麼第二道菜？你放心，我就不相信，有人有辦法一次吃完三碗我們嘉義的火雞肉飯！
水來：	是是是，人是為了活下去才吃，不是為了吃下去才活。
高金土：	哇，讚讚讚，阿來你這句說得好，我真的這輩子沒聽過這麼美的話。呃……人是為了活下去才吃，不是為了活下去才……你剛才怎麼說的？再說一次。
水來：	人是為了活下去才吃，不是為了吃下去才活。

◎	高金土	著著著，就是按呢，這句話，我愛閣刻佇我的墓牌，我看，暗頓這件事情，不如就交予阿來仔去處理，按呢我嘛比較較安心。
●	水來	是，老爺，一切交予我處理，保證你妥當又四序（sù-sī）。
◎	高金土	（金土用雙手共水來的肩胛頭抑〔tshih〕牢咧）阿來，我實在足需要你的，按呢阿塗仔，廚房無你的代誌，你先去共車洗予乾淨。
●	阿塗	等一下，這是司機的工課，（伊閣改做伊的司機裝扮）好，老爺請說（sueh）。
◎	高金土	我講，你去共車洗予清氣，油加兩百就好。啊！今仔日現金降價，加予滇，然後，下晡載我的未婚婿某佮阿女，去百貨公司吹冷氣「看」人 shopping。
●	阿塗	但是老爺，你彼台銅管仔車，恐驚無法度出門，伊鈑金退色、雨捽仔（hōo-sut-á）故障、玻璃必巡、輪仔攏無風，加上引擎漏油、輪框歪一爿、大燈袂著、方向燈袂爍（sih）、烏油會漏、冷氣袂行、壓縮機 siooh-tooh、天篷生鉎（sian）閣會漏水。
◎	高金土	啥物時陣矣，你閣敢講，阮老爸留予我的車，你是按怎顧的？
●	阿塗	不是我無欲顧，是我無錢通好顧，我嘛是愛車的人，看恁老爸留予你的彼隻 62 年的 Ferrari 變做按呢，我也真不甘，有的我是剝（pak）家己的零件去鬥，勉強閣會用得，但是真濟零件就愛原廠才有法度……

高金土：	對對對，就是這麼說，這句話，我要刻在我的墓牌上，我看，晚餐這件事情，不如就交給阿來去處理，我也比較安心。
水來：	是，老爺，一切交給我，保證妥當舒適。
高金土：	（金土用雙手緊緊抓著水來的肩膀）阿來，我實在太需要你了，那阿塗，廚房沒你的事，你先去把車洗乾淨。
阿塗：	等一下，這是司機的工作，（他改做司機裝扮）好，老爺請說。
高金土：	我說，你去把車洗乾淨，油加兩百就好。啊！今天現金降價，加滿好了，然後，下午載我的未婚愛妻和阿女，去百貨公司吹冷氣「看」人 shopping。
阿塗：	但是老爺，你那台拼裝車，恐怕無法出門，它鈑金退色、雨刷故障、玻璃破裂、輪胎沒氣，加上引擎漏油、輪框歪一邊、大燈不會亮、方向燈不會閃、黑油會漏、冷氣不運轉、壓縮機秀斗、屋頂生鏽又會漏水。
高金土：	都什麼時候了，你還敢說，我老爸留給我的車，你是怎麼顧的？
阿塗：	不是我不想顧，是我沒錢好顧，我也是愛車的人，看你老爸留給你的那台 62 年的 Ferrari 變成這樣，我也捨不得，有的我是拔自己的零件去組，勉強還可以用，但是很多零件要原廠才可以……

◎	高金土	原廠原廠原廠，原廠的攏貴參參（kuì-som-som）誰毋知？會行就好矣，我是叫你載個去趨街，毋是叫你載個去山頂 pheh。
●	阿塗	老爺，真正袂使啦，彼台車是老古董，你強強欲駛上路，一定會顧路（kòo-lōo），車雖然袂曉講話，但是伊佮人仝款，你愛對伊好，伊才會對你好，你無開錢開時間去顧，臨時臨曜（lîm-sî-lîm-iāu），不如開錢去另外租。
◎	水來	又閣欲開錢，你是欲開老爺偌濟錢？無要緊，你不敢駛，我叫阿火去駛，你留落來幫我攢暗頓就好。
●	阿塗	唉，老老爺的老古董，你若是予人操歹去，千萬毋通怪我無情，是有人對你無義啊。
◎	水來	你這支喙閣真勢嘛。
●	阿塗	我較按怎勢，嘛無你勢。
◎	高金土	莫閣吵矣，恁是咧家己人相殺趁腹內喔？
●	阿塗	老爺，我實在看袂落去，伊為著扶你的 LP，不管時攏咧共阮監視，驚阮偷啉地下室的酒，偷食灶跤的米，就袂輸掠賊仔全款，伊甚至檢查我煮菜用偌濟鹽，燒偌濟瓦斯，就親像枵兩百工的狗全款，看著人就愛吠。
◎	高金土	按呢……真好啊。
●	阿塗	按呢有啥物好，其實老爺，我綴你遮久矣，除了老老爺彼台 62 年的 Ferrari，我對你加減嘛是有感情，但是聽到外口人按呢講你，我實在吞袂落去。

高金土：	原廠原廠原廠，原廠的都超貴誰不知道？能開就好了，我是叫你載她們去逛街，不是叫你載她們去山上飆車。
阿塗：	老爺，真得不行啦，那輛車是老古董，你硬要上路，一定會拋錨，車子雖然不會講話，但跟人一樣，你要對它好，它才會對你好，你不花錢花時間去照顧，臨時要用，不如花錢另外租。
水來：	又說要花錢，你是要花老爺多少錢？沒關係，你不敢開，我叫阿火去開，你留下來幫我準備晚餐就好。
阿塗：	唉，老老爺的老古董，你若是被人操壞了，千萬不要怪我無情，是有人對你無義啊。
水來：	你這嘴很能說嘛。
阿塗：	我再怎麼能說，也沒你能說。
高金土：	別再吵了，你們在自相殘殺喔？
阿塗：	老爺，我實在看不下去，他為了諂媚你，隨時都在監視我們，怕我們偷喝地下室的酒，偷吃廚房的米，就像在防小偷樣，他甚至檢查我煮菜用多少鹽，用多少瓦斯，就好像餓了兩百天的狗一樣，看到人就要吠。
高金土：	這樣……很好啊。
阿塗：	這樣哪裡好，其實老爺，我跟著你這麼久，除了老老爺那台62 年的 Ferrari，我對你也多少有感情，但是聽到外人那樣說你，我也實在吞不下去。

◎	高金土	外口人按怎講我？
●	阿塗	唉，莫講好矣，我驚你會受氣。
◎	高金土	哪有可能，我絕對袂受氣。
●	阿塗	會，你絕對會受氣。
◎	高金土	你是咧，阿塗仔，我毋但袂受氣，而且我真歡喜，我最佮意聽的，就是別人講我的不是。
●	阿塗	既然老爺你堅持，我嘛只好無客氣，街頭巷尾全嘉義，個是按怎講著你： 你啊你啊你啊你—— 食飯得看農民曆，曆內枵甲強欲死， 熱天攏啉白滾水，從來毋捌開冷氣， 寒天火炭毋甘添，大大細細流鼻水， 出門雙跤行到位，毋捌開錢坐 taxi， 貓仔偷食灶跤米，予你拍甲強欲死， 狗仔看你毋敢吠，尾溜挾咧做伊去， 雞仔看你不敢啼，恬恬（tiām-tiām）走去樹跤覕， 囡仔看你一直笑，大人看你一直齪（tshoh）， 笑你愛錢愛欲死，規氣予人蓋畚箕（pùn-ki）， 齪你黑心放重利，早晚變做路亡屍， 去予野狗咬咬去，跤骨咬甲大小支， 死了無人通做忌（tsò/tsuè-kī），後世去做枵死鬼啊，枵，死鬼！
◎	高金土	（拍伊）你這个糞埽、毋成囡仔、袂見袂笑，無彩我逐個月發薪水予你。

高金土：	外人怎麼說我？
阿塗：	唉，別說吧，我怕你會生氣。
高金土：	哪有可能，我絕對不生氣。
阿塗：	會，你絕對會生氣。
高金土：	是在哭！阿塗，我不只不氣，而且我還很開心，我最喜歡聽的，就是別人講我的不是。
阿塗：	既然老爺你堅持，我也只好不客氣，街頭巷尾全嘉義，人們是怎樣議論你： 你啊你啊你啊你—— 吃飯得看農民曆，家裡餓到快死去， 熱天都喝白開水，從來不曾開冷氣， 寒天火炭不願添，大大小小流鼻水， 出門雙腳走到底，不曾花錢坐 taxi， 貓仔偷吃廚房米，被你打到快斷氣， 狗仔看你不敢叫，挾著尾巴趕快逃， 雞仔看你不敢啼，默默走到樹下去， 小孩看你一直笑，大人看你一直罵， 笑你愛錢愛到死，不如讓人蓋畚箕， 咒你黑心放重利，早晚變做路倒屍， 去讓野狗咬走去，咬到腳骨大小支， 死後無人幫做忌，後世去做餓死鬼啊，餓，死鬼！
高金土：	（打他）你這個垃圾、臭小鬼、不要臉，枉費我每個月發薪水給你。

●	阿塗	我早就講過矣，你一定會受氣，你就毋相信，這馬我對你講實在話，你顛倒來牽拖我。
◎	高金土	哼，氣身惱命（khì-sin-lóo-miā）。
◆ 高金土落台。		
●	水來	阿塗喔，我看你是好心予雷唚喔。
◎	阿塗	新來的外地人，你莫佇遐鵲趒（tshio-tiô），囂俳無落魄的久，你爸隨予你知影，啥物叫做嘉義人，啥物叫作「落人」（làu-lâng）。（假做欲敲電話）我共你講，你若予人甃（tsàm），欲按怎笑隨在你，我予人甃的時陣，你共恁爸恬去。
●	水來	你莫按呢啦，總舖師アニキ（aniki）先生。
◎	阿塗	莫來這套，アニキ先生咧，叫甲遮好聽，來啊，輸贏啊，正面啊，乎，你毋是真鵲，恁爸馬上予你鮮沢鮮沢。
◆ 畫外音：您的電話是空號。		
●	水來	（阿來逼阿塗退後，親像頭前伊逼阿來全款）啊你這馬是按怎？恁爸假影驚你，你就大尾矣喔？莫袂記得，廚子就是廚子，你的<u>考績</u>，是恁爸咧拍的，袂爽，恁爸就扣你的<u>年終</u>，看你多囂俳（hiau-pai）。
◎	阿塗	我……我哪有囂俳？
●	水來	落人？你拄仔彼啥物態度啥，我虎袂咬人，你共恁爸當貓諾（hioh），看貓無點諾？我共你講，你較閣按怎，廚子就是廚子啦，你拄仔講啥？欲共我損？共我拍？

阿塗：	我早就說過，你一定會生氣，你就不相信，我對你說實話，你又反而怪罪我。
高金土：	哼，氣死我。

◆高金土下。

水來：	阿塗喔，我看你是好心被雷親喔。
阿塗：	新來的外人，你少狐假虎威，囂張沒落魄的久，老子馬上就會讓你知道，什麼叫做嘉義人，什麼叫作「動員」。（假裝打電話）我跟你講，你要是被踹了，你要怎麼笑都隨便你，但我被踹的時候，你給老子閉嘴。
水來：	你別這樣嘛，總舖師大哥先生。
阿塗：	少來這套，大哥先生咧，叫得這麼好聽，來啊，輸贏啊，對決啊，舸，你不是很囂張嗎，老子馬上電得你亮晶晶。

◆畫外音：您的電話是空號。

水來：	（阿來逼阿塗退後，像前面他逼阿來那樣）你現在是怎樣？老子假裝怕你，你就大尾了喔？別忘了，廚子就是廚子，你的考績，是老子在打的，不爽，老子就扣你的年終，看你多囂張。
阿塗：	我⋯⋯我哪有囂張？
水來：	動員？你剛才那什麼態度啊，我老虎不咬人，你把老子當病貓，你看不起人是嗎？我告訴你，你再怎麼樣，廚子就是廚子啦，你剛才說啥？要揍我？要打我嗎？

◎	阿塗	無啦無啦，講要笑啦。
●	水來	無，鵝較大隻鴨啦！我共你講，我毋是咧共你講要笑，而且你的笑話，真歹笑（提棍仔拍阿塗），你知無，真歹笑（拍），真歹笑（拍）……
◆ 燈光切過去舞台的另外一爿。		
◎	利旺	（唸批）「親愛的利旺： 『人若是失戀，就會痛苦』，這句話你嘛是知，所以我才會寫這張批予你。阮阿母講，伊已經共我配予一個好額人，今仔日暗暝就欲出嫁，我知影這是為著我好，嘛是為著伊的後世人好，所以我實在袂當反背（huán-puē）伊。熟似你的日子我實在真歡喜，多謝你。希望你好好仔照顧自己，莫傷愛就袂傷痛。愛過你的阿麗」。
●	雞毛	少爺，你呔會看甲失神失神，王董的彼條錢，我攏鋪排（phoo-pâi）好勢矣呢。
◎	利旺	阿麗欲佮我分手矣啦。
●	雞毛	呔有可能，伊敢無欲等你，敢會是誤會？
◎	利旺	毋是誤會，是，死會啦。
●	雞毛	伊是按怎講的？
◎	利旺	（提批予雞毛）佇遮啦。
●	雞毛	哼，虛華（hi-hua）。
◎	利旺	我不准你按呢講阿麗。

阿塗：	沒啦沒啦，開玩笑啦。
水來：	沒，沒你的大頭啦！我告訴你，我可沒在開玩笑，而且你的笑話，真難笑（拿棍子打阿塗），你知道嗎，真難笑（打），有夠難笑（打）……

◆燈光切過去舞台的另一邊。

利旺：	（唸信）「親愛的利旺： 『人若是失戀，就會痛苦』，這句話你也知道，所以我才會寫這封信給你。我媽說，她已經把我許配給一個有錢人，今晚就得出嫁，我知道這是為我好，也是為了她的下半輩子好，所以我實在無法背叛她。認識你的日子我真的很快樂，多謝你。希望你好好照顧自己，不要太愛就不會太痛。 愛過你的阿麗」。
雞毛：	少爺，你怎麼看到恍神，王董的那筆錢，我都準備好了呢。
利旺：	阿麗要跟我分手了啦。
雞毛：	怎麼可能，她不等你嗎，是不是誤會？
利旺：	不是誤會，是死會啦。
雞毛：	她怎麼說的？
利旺：	（拿信給雞毛）你看。
雞毛：	哼，虛榮。
利旺：	我不准你這樣說阿麗。

●	雞毛	啊好啦少爺，橫直阿麗就是需要錢，按呢咱只要傱（tsông）著錢就解決矣，王董的遐……
◎	利旺	王董的彼條無夠啦，這馬對手是阮老爸呢。
●	雞毛	好啦少爺，你先莫吼（háu）啦，我閣來想辦法。我今仔日啊，去挽彼蕊花的時陣，感覺有一屑仔龜怪（ku-kuài）。
◎	利旺	佗位龜怪？
●	雞毛	玫瑰園內底干焦有一个所在無種玫瑰花。
◆ 燈光轉轉去阿塗彼區。		
◎	阿塗	哼，山中只有直直樹，世間煞無條直（tiâu-tit）人，真心講出實在話，顛倒無好尾，規氣指甲修予齊，看誰扶了較徹底，哼！予頭家拍就準抹，連你這個管家，攏共我壓落底，若是予我掠著好機會，這條數（siàu），我一定共你討到底。
◆ 金寶姨、阿麗上台。		
●	金寶姨	欸，阿塗矣，恁頭家敢有佇咧啊。
◎	阿塗	猶袂死咧，閣佇咧啦。
●	金寶姨	按呢請你寄一个話講阮來矣。
◎	阿塗	喔。
◆ 阿塗落台。		

雞毛：	啊好啦少爺，總之阿麗就是需要錢，那我們只要有錢就能解決了，王董那邊……
利旺：	王董那筆不夠啦，我現在的對手是我老爸呢。
雞毛：	好啦少爺，你先別哭啦，我再想辦法。我今天啊，去摘那朵花的時候，感覺有一點古怪。
利旺：	哪裡古怪？
雞毛：	玫瑰園裡只有一個地方沒種玫瑰花。

◆燈光轉轉去阿塗那區。

| 阿塗： | 哼，山中有直樹，世間無直人，真心講出實在話，反而沒好報，乾脆指甲修齊，拍馬屁的時候讓他感覺更舒服，哼！老闆打我就算了，連你這管家，也這樣欺壓我，若是讓我逮到好機會，這筆帳，我一定討到底。 |

◆金寶姨、阿麗上。

金寶姨：	欸，阿塗，老闆在嗎？
阿塗：	還沒死，還在啦。
金寶姨：	請你幫我通報說我們來了。
阿塗：	喔。

◆阿塗下。

S11

◆ 續前場，高家客廳。

●	阿麗	金寶姨，我人來到遮，煞雄雄會感覺驚驚。
◎	金寶姨	驚啥啦，第一改驚驚，第二改疼疼，第三改就殘殘（tshân-tshân）佮伊拚。
●	阿麗	你按呢講，我顛倒愈驚，你看我按呢一个查某人。
◎	金寶姨	我知啦，你又閣咧痟想彼个少年家，著無？阿麗，聽阿姨的話，我干焦聽你講，就知影彼款人袂倚靠。連正名攏無留，無我嘛聽好幫你探聽講是啥人、厝內條件、人品如何。干焦留一个英語名，這款查甫人，靠不住啦。
●	阿麗	金寶姨，是法國名啦，伊叫做 Leon。
◎	金寶姨	我插插（tshap-tshap）伊啥物 li，啥物 on，橫直攏全款啦。干焦留一个外國名，就代表伊無誠意欲佮你交往，一定是咧共你戲弄，欺騙你的感情、肉體，這款人乎，浮浪貢（phû-lōng-kòng），阿姨看太濟矣啦……（陷入家己悲傷的回憶）
●	阿麗	阿姨，你呔會按呢講，無定著是伊正名無好唸，才另外號一个法國名，叫著較順喙，嘛較好聽啊。人伊嘛幫我號呢，攏嘛叫我，R-le，予人聽著佮舒爽咧。而且伊來阮兜的時陣，伊攏真有禮貌，風度嘛真好，講話又閣真笑詼（tshiò-khue/khe），（偷偷仔笑）我見擺佮伊開講的時陣，攏嘛親像著癌（gâm）全款。

S11

◆續前場，高家客廳。

阿麗：	金寶姨，我人來到這裡，卻突然覺得很怕。
金寶姨：	怕什麼，第一次怕怕，第二次痛痛，第三次就老娘跟你拼了。
阿麗：	你這樣說，我更怕，你看我這樣一個弱女子。
金寶姨：	我知道啦，你又在妄想那個年輕人對吧？阿麗，聽阿姨的話，我光是聽你說，就知道那種人不可靠。連本名都不留，不然好歹我也可以幫你打聽他是誰、家裡條件、人品如何。留一個英語名，這種男人，靠不住啦。
阿麗：	金寶姨，是法文名啦，伊叫做 Leon。
金寶姨：	我管他什麼梨，什麼甕，都一樣啦。只留一個外國名字，就代表他沒誠意跟你交往，一定是想玩弄你，欺騙你的感情、肉體，這種人啊，浪子，阿姨看太多了啦……（陷入自己悲傷的回憶）
阿麗：	阿姨，你怎麼這樣說，說不定是他本名不好念，才另外取一個法國名，叫起來比較順口，也比較好聽啊。他也幫我取名呢，他都叫我，R-le，聽起來好美妙啊。而且他來我們家的時候，都很有禮貌，風度也很好，講話又很幽默，（偷偷笑）我每次和他講話的時候，都好像得了癌症一樣。

◎	金寶姨	哈？
●	阿麗	<u>很有話聊。</u>
◎	金寶姨	<u>很有話聊</u>，按呢你敢知影個厝內的背景，財產到佗位？
●	阿麗	我是毋知影細節，但是我看伊的範勢佮氣質，厝內的環境應該是真好，予人的印象嘛真安心啊。無定著，伊以早閣捌佇法國讀過冊咧，抑無呔有法國名？若是講會當揀，我甘願揀伊，嘛無愛揀你這个。
●	金寶姨	三揀四揀，你全予去揀著賣龍眼的。我共你講，鱸鰻囝娶婿某，少年家別項袂曉，拐查某囡仔上勢，悾就緊做公，敢就緊做媽。聽金寶姨的話就無毋著，阿姨啥物攏會曉，就是袂曉共人騙，嫁予這款欲死毋死的老歲仔，確實講，無好過。但是痛苦是暫時的，等一下看著伊你就知矣，保證免三个月伊就會掣（tshuah）起來。若是活超過三个月，彼真正是拍歹行情矣。時到，伊所有的財產就攏是你的。只要咱手頭有錢，你欲找一个如意郎君，甚至<u>小鮮肉</u>對你來講就親像桌頂拈柑（toh-tíng-ni-kam），簡單簡單啦。
◎	阿麗	但是我為著家己的幸福，煞咒讖未來的翁婿早死，按呢予我感覺真失德呢。

金寶姨：	蛤？
阿麗：	很有「話聊」。
金寶姨：	很有話聊，那你知道他身世背景、身家財產多少嗎？
阿麗：	細節不清楚，但是我看他的架勢和氣質，家裡環境應該很好，也給人很安心的印象。說不定，他以前還去法國讀過書喔，不然怎麼會有法文名字？若是可以挑，我寧願挑他，也不想要挑你推的這個。
金寶姨：	三挑四選，你最後會挑到一個賣龍眼的。我告訴你，流氓小孩取美麗老婆，年輕人什麼不會，最會誘拐女孩子，傻就快當爸，敢就快當媽。聽金寶姨的話沒錯，阿姨什麼都會，就是不會騙人，嫁給這種快死快死的老頭，說實在的，不好過。但是痛苦是暫時的，等一下看到他你就知道，保證不到三個月他就掛了。若是活超過三個月，他真的是打壞市場行情。到時，他所有的財產就都是你的了。只要你手上有錢，你要找一個如意郎君，甚至小鮮肉對你來講，手到擒來那麼簡單。
阿麗：	但是我為自己的幸福，詛咒未來的夫婿早死，這樣感覺也很沒品呢。

●	金寶姨	你呔會按呢想咧，看代誌，愛用無仝款的角度去看，比如講一个大學生，暗時攏去酒店坐檯趁錢，逐家就講這大學生愛錢又閣虛華，但是咱若講有一个酒店奵仔（tshit-á），日時攏會去大學上課讀冊，欸，逐家煞講這个酒店奵仔上進閣打拚，仝款的道理嘛，你莫想講咧咒讖未來的翁婿，你愛想講高老爺，一个欲死的人矣，佇咧伊死進前，上大的願望，就是會當來娶一个嬌某，按呢，佇你的能力範圍之內，你敢袂同情，敢袂想講，欲共鬥相共？
◎	阿麗	聽你按呢講，閣敢若有道理呢。
●	阿塗	金寶姨，阮老爺準備好矣，來，這爿請。
◆ 高金土戴 3 D 目鏡上台。		
◎	阿麗	但是……伊看起來真正足奇怪的。
●	高金土	阿麗，你來矣，我特別掛 3D 目鏡，欲出來共你看，這是美國 NASA 做的目鏡，專門提來看天星、月娘、太陽。因為你就是我的天星、月娘、太陽，哈哈哈，（頓蹬）金寶姨，阿麗是按怎攏無反應，敢是無歡喜？
◎	金寶姨	無啦，彼是因為阿麗較閉思（pì-sù），雄雄講袂出話，你嘛知，第一改嘛。
●	高金土	喔喔喔，我知，第一改，第一改，嘿嘿（對阿麗）阿麗，這是阮查某囝，阿女。
◆ 阿女上台。		
◎	阿麗	你好，這个時陣才來拜訪，實在真失禮。
●	阿女	千萬莫按呢講，照理，是我愛去共你拜訪才對。

金寶姨：	你怎麼會這樣想呢，看事情，要用不同的角度去看，比如說一個大學生，晚上都去酒店坐檯賺錢，大家就說這大學生愛錢又虛榮，但是換成有一個酒家女，白天都去大學上課讀書，欸，大家反而會說這個酒家女好學又努力，同樣的道理嘛，你不要想說那是詛咒未來的丈夫，你要想成高老爺這樣一個垂死之人，在死之前，最大的願望，就是娶一個漂亮太太，這樣，在你的能力範圍之內，你不覺得很同情，很想幫他這個忙嗎？
阿麗：	聽你這樣說，又好像有道理。
阿塗：	金寶姨，老爺準備好了，來，這邊請。

◆高金土戴３Ｄ眼鏡上。

阿麗：	但是……他看起來真的好奇怪。
高金土：	阿麗，你來啦，我特別戴 3D 眼鏡來給你看，這是美國 NASA 做的眼鏡，專門用來看星星、月亮、太陽。因為你就是我的星星、月亮、太陽，哈哈哈，（頓）金寶姨，阿麗怎麼沒反應，是不是心情不好？
金寶姨：	不是啦，那是因為阿麗比較內向，一時講不出話，你也知道，第一次嘛。
高金土：	喔喔喔，我知，第一次，第一次，嘿嘿（對阿麗）阿麗，這是我女兒，阿女。

◆阿女上。

阿麗：	你好，現在才來拜訪，實在很失禮。
阿女：	千萬別這樣說，照理，是我應該去拜訪你才對。

◎	高金土	歹勢啦，我這个查某囝，就罕呢佮人出門，無咧佮人濫（lām）啦，社會事較毋捌，宅女啦，哈哈，但是算真乖啦。
●	阿麗	（輕聲，對金寶）伊看起來真正足奇怪的。
◎	高金土	阿麗，恁咧講啥物？
●	金寶姨	伊講你共囝仔顧了真好勢。
◎	高金土	哈哈哈，呔有啦，你毋甘嫌啦。
●	阿麗	（對觀眾）清彩講講伊就信。
◎	高金土	後擺咱的囝仔，我會顧了愈好勢。
●	阿麗	（對觀眾）我欲擋袂牢矣。
◎	高金土	（利旺上）阿麗，這我的後生，利旺仔，喙笑目笑你看。
●	阿麗	（向金寶姨）啊，金寶姨，是伊、就是伊！伊就是我跟你講的 Leon，彼个少年人，就是伊，Leon，啊，我的 Leon。
◎	金寶姨	（向阿麗）啥物，Leon，高利旺，Leon，啊，呔會遮拄好，我呔攏無想著。
●	高金土	嘿，歹勢，我囝仔攏遮大漢矣，但是無要緊，無偌久我就會共個厚厚出去，然後，這个厝內底，就賰你跟佮我爾爾。
◎	利旺	阿麗小姐，坦白講無偌久進前，阮老爸才對我講伊欲娶你，我嘛感覺非常意外。
●	阿麗	啊，我嘛是仝款，今仔日會佇遮拄著，我嘛攏無心理準備。

高金土：	抱歉啦，我這女兒，很少跟人出門，沒在跟人來往，社會事比較不懂，宅女啦，哈哈，但是算很乖啦。
阿麗：	（輕聲，對金寶）他看起來真的好奇怪。
高金土：	阿麗，你們在說什麼？
金寶姨：	她說你把孩子照顧得很好。
高金土：	哈哈哈，哪有啦，你不嫌棄啦。
阿麗：	（對觀眾）隨便說說就信。
高金土：	以後我們的孩子，我會照顧得更好。
阿麗：	（對觀眾）我快受不了了。
高金土：	（利旺上）阿麗，這是我的兒子，利旺，眉開眼笑你看。
阿麗：	（向金寶姨）啊，金寶姨，是他、就是他！他就是我跟你講的 Leon，那個年輕人，就是他，Leon，啊，我的 Leon。
金寶姨：	（向阿麗）什麼 Leon，高利旺，Leon，啊，這麼剛好，我怎會沒想到。
高金土：	嘿，不好意思，我孩子都這麼大了，但是沒關係，沒多久我就會把他們全趕出去，然後，這個家裡就只剩我和你。
利旺：	阿麗小姐，坦白說沒多久前，我爸才說他要娶你，我也覺得非常意外。
阿麗：	啊，我也是，今天在這遇到，我也都沒有心理準備。

◎	利旺	阿麗小姐,阮阿爸的眼光一向攏真扭捔,予伊相著的查某囡仔,一定是人中之鳳,會當佇遮看著你,是我的榮幸。但是講實在,恭喜的話,我實在講袂出喙,叫一聲阿母,我嘛無希望你接受,阿麗小姐,我相信你知影這門親事對我的傷害,對我來講是偌爾仔悲哀,我嘛相信你會了解,這間厝阮老爸若予我做主,我絕對會反對這件親事。
●	高金土	你講彼啥物話,人是你未來的阿母,閣毋緊會失禮。
◎	阿麗	免會失禮,我的想法跟你全款,若毋是不得已,我嘛無想欲做你的娘嬭,莫講我刁工予你艱苦,你艱苦,我比你較艱苦,你傷心,我比你較傷心。
●	高金土	按呢共唱(tshiàng)就著矣,這囡仔就是欠教示,後擺你嫁過來,咱做伙共電予金鑠鑠(kim-siak-siak)。
◎	阿麗	我甘願伊講真心的歹聽話,嘛無愛歹心的好聽話,伊按呢講,代表伊閣有真心,我會原諒伊。
●	高金土	你按呢就原諒伊,代表你腹腸開闊閣慈悲,希望你嫁過來了後,這咧了尾仔囝會當了解咱序大的苦心。
◎	利旺	未婚阿母,就算我是了尾仔囝,我嘛無可能騙你,更加無可能改變心意。
●	高金土	你真正是愈來愈超過,你莫軟塗深掘(nńg-thôo-tshim-kùt)喔。
◎	利旺	既然按呢,好啦,我來換一個方式,我來代表你,對伊講出你的心內話。

利旺：	阿麗小姐，我爸的眼光一向很準，他看中的女孩，一定是人中之鳳，能在這裡看到你，是我的榮幸。但是說真的，恭喜的話，我實在講不出口，叫你媽媽，我也不希望你接受，阿麗小姐，我相信你知道這門親事對我的傷害，對我有多麼悲哀，我也相信你會了解，這個家若由我來做主，我絕對會反對這件親事。
高金土：	你說那什麼話，人家是你未來的媽媽，還不快道歉。
阿麗：	不用道歉，我的想法跟你一樣，要不是不得已，我也不想當你的母親，別說我故意讓你痛苦，你痛苦，我比你更痛苦，你傷心，我比你更傷心。
高金土：	這樣嗆他就對了，這孩子就是欠教訓，等你嫁過來，我們一起把他電得亮晶晶。
阿麗：	我寧願他說真心的難聽話，也不要壞心的好聽話，他這樣說，代表他有真心，我會原諒他。
高金土：	你這樣輕易原諒他，代表你心胸寬大又慈悲，希望你嫁來以後，這個敗家子可以了解我們長輩的苦心。
利旺：	未婚的媽，就算我是敗家子，我也不可能騙你，更不可能改變心意。
高金土：	你真是愈來愈超過，你不要得寸進尺喔。
利旺：	既然這樣，好啦，我來換一個方式，我來代表你，對她說出你的心聲。

●	高金土	好啊！
◎	利旺	像你這款美麗的女子，就應該愛有一个法國名，R-le，R-le，會當予你歡喜，就是我這世人上大的榮幸，會當娶著你，是人世間上大的福氣，會當做你的翁，所有的金銀財寶攏會當放棄，R-le，R-le，山會崩，地會裂，但是我對你的愛永遠袂後悔。
●	高金土	好矣，按呢有夠矣。
◎	利旺	我是代替你講出你的心內話。
●	高金土	我家己有喙，毋免你代理。
◎	金寶姨	老爺，我看時間無早，不如咱現此時就出發，來去街仔蹓蹓咧。
●	高金土	按呢好，R-le，實在歹勢，攏無攢點心，予你在蹓街進前聽好（thìng-hó）閣食迌迌（tshit-thô）。
◎	利旺	阿爸，免煩惱，我攏為你攢好矣，已經用你的名，去訂點心來予人客食。
●	高金土	遮濟喔！這我攏無食過呢！
◎	利旺	阿爸，你若是閣感覺無夠，我相信未婚阿母，一定會體諒。
●	阿麗	千萬莫按呢講，實在無需要遮厚工。
◎	利旺	未婚阿母，你敢有看過，阮阿爸手頭這跤手指，這璇仔遮爾金，色緻（sik-tī）遮爾婚。
●	阿麗	確實真婚，我毋捌看過。
●	利旺	（伊共璇石〔suān-tsióh〕手指對老爸的指頭仔拔〔pueh〕落來，提予阿麗）來，你看覓。

高金土：	好啊！
利旺：	像你這麼美麗的女子，就應該要有一個法文名，R-le，R-le，讓你開心，就是我這輩子最大的榮幸，能娶到你，是世界上最大的福氣，能當你的丈夫，所有的金銀財寶都能放棄，R-le，R-le，山會崩，地會裂，但是我對你的愛永遠不後悔。
高金土：	好了，這樣夠了。
利旺：	我是代替你講出你的心聲。
高金土：	我自己有嘴，不用你代理。
金寶姨：	老爺，我看時間不早了，不如現在就出發去逛街。
高金土：	好，R-le，實在對不起，沒準備點心，讓你逛街前有零嘴可以吃。
利旺：	阿爸，不用煩惱，我都打點好了，我已經用你的名義，去訂點心來給客人吃了。
高金土：	這麼多喔！這我都沒吃過呢！
利旺：	阿爸，你要是覺得不夠，我相信我未過門的媽媽，一定會體諒。
阿麗：	千萬別這樣說，實在不需要這麼麻煩。
利旺：	未婚的媽媽，你有看過嗎，我爸手上這個戒指，鑽石這麼亮，色澤這麼美。
阿麗：	確實很美，我沒看過。
利旺：	（他把鑽石戒指從父親的手指上拔下來，給阿麗）來，你看看。

◎	阿麗	有影金爍爍（kim-sih-sih），有夠嬌的。
●	利旺	（阿麗拍算還璇石手指，他向前闖〔tsảh〕咧）只有你白拋拋幼綿綿的手才配會起這跤嬌噹噹金爍爍的手指，這是阿爸欲送予你的。
◎	高金土	喂、喂！
	◆ 阿木上台。	
●	阿木	老爺，外口有人講欲揣你。
◎	高金土	共講我咧無閒。
●	阿木	伊講伊姓王，是欲來送錢的。
◎	高金土	歹勢，我先來無閒（落台）。
●	阿火	（上台，拚倒高金土）啊，老爺，歹勢。
◎	高金土	有啥物代誌緊講啦。
●	阿火	你的車完全袂行。
◎	高金土	叫阿塗來修理啊。
●	利旺	阿爸，阿公彼台車，你上了解，我看為著省錢，你猶是先去看一下，無定著無啥物大問題，你的人客，我先炁來後花園蹘蹘咧，享受你攢的點心，欣賞你種的玫瑰花。
◎	高金土	阿來仔，（阿來上台）阿來我共你講啦，彼人客食點心的時陣，食予規个。賰的攏共提去退掉。抑閣有，後壁玫瑰園種的玫瑰花，毋通予個共我烏白振動（tín-tāng），知無？
●	水來	好！知，老爺你免煩惱。
	◆ 高金土、水來落台。	

阿麗：	真的很亮，很美。
利旺：	（阿麗打算還鑽石戒指，他向前擋住）只有你白嫩細緻的手才配得上這美麗閃亮的戒指，這是老爸要送給你的。
高金土：	喂、喂！

◆阿木上。

阿木：	老爺，外面有人要找你。
高金土：	說我沒空。
阿木：	他說他姓王，是來送錢的。
高金土：	抱歉，我先去忙（下）。
阿火：	（上，撞倒高金土）啊，老爺，對不起。
高金土：	有什麼事快說。
阿火：	你的車完全不會動。
高金土：	叫阿塗來修理啊。
利旺：	阿爸，阿公那輛車，你最了解，我看為了省錢，你還是先去看一下，說不定沒什麼大問題，你的客人，我先帶去後花園繞繞，享受你買的點心，欣賞你種的玫瑰花。
高金土：	阿來仔，（阿來上）阿來我跟你說，客人吃點心的時候，要讓他們吃整個的，剩下的拿去退掉。還有，後面玫瑰園種的玫瑰花，不要讓他們給我亂動，知道嗎？
水來：	好！知道，老爺你不用煩惱。

◆高金土、水來下。

◆ 高家後花園。

	角色	台詞
●	阿女	來，緊入來，你看，這徛爾仔好咧，無遐有的無的，咱就會當安心講話矣。阿麗小姐，阮阿兄對你的愛，伊攏已經講予我知，拄著這款代，看伊為你煩惱，為你受苦難，我嘛感覺足同情，感覺真無奈。
◎	阿麗	阿女小姐，你嘛知，我的命底穩，你的支持，予我感覺真安慰，鬱卒的心肝頭，總算有感覺淡薄仔四序。
●	金寶姨	是講正經的啦，恁兩个人嘛咧夯枷（giâ-kê），無代無誌，號啥物英語名。
◎	阿麗、利旺	是法國名啦。
●	利旺	R-le。
◎	阿麗	Leon。
●	金寶姨	好啦，攏全款。
◎	利旺	R-le，攏是我運氣穩，才害咱分東西，你遐爾聰明，敢有啥物好辦法？
●	阿麗	我會當有啥物辦法，你是運氣穩，我是命底穩，自細漢到大漢，我干焦會當看人的面色，才有辦法活到這款，如今除了嫁予恁老爸，我真正毋知欲如何。
◎	阿女	敢講天公伯攏無愛予恁淡薄仔同情？敢講現實的社會真正遐爾仔無情，一定欲將大家拆兩爿？

S12

◆高家後花園。

阿女：	來，快進來，你看，這裡多好，沒那些紛紛擾擾，我們就可以安心聊天了。阿麗小姐，我哥對你的愛，他已經告訴我，遇到這種事，看他為你煩惱，為你受苦，我也覺得好同情、好無奈。
阿麗：	阿女小姐，你也知道我命苦，你的支持，讓我覺得好安慰，憂鬱的心，總算感覺舒服一點。
金寶姨：	說正經的，你們兩個人還真是沒事找事，取什麼英文名。
阿麗、利旺：	是法文名啦。
利旺：	R-le。
阿麗：	Leon。
金寶姨：	好啦，都一樣。
利旺：	R-le，是我運氣不好，才害我們各分東西，你這麼聰明，有沒有什麼好辦法？
阿麗：	我能有什麼辦法，你是運氣差，我是命苦，自小到大，我只能看人臉色，才有辦法活到現在這樣子，如今除了嫁給你爸，我也不知道能怎麼辦。
阿女：	難道老天都不給你們一點出路？難道現實的社會真的這麼無情，一定要把大家拆散？

●	阿麗	而且 Leon，你嘛愛淡薄仔為我設想，我的名聲，嘛著愛留寡仔予人探聽，除了這以外，你若是有啥物辦法，你欲叫我創啥，我一定照你的吩咐落去行。
◎	利旺	我最近去撨一筆錢，但是抑袂提到手，而且對方真龜毛，我若提著錢，咱就連鞭訂婚，做伙相炁走，從今以後，免閣受阮阿爸凍霜的拖磨。
●	阿麗	相炁走？我無可能答應。
◎	阿女	高利旺，透早你共我罵講啥物訂婚千萬不可！這馬就欲佮人訂婚？而且你按呢錢提咧按呢走路，傳出去是會聽得喔？對方若來咱兜討數（thó-siàu），叫阮留落來的人是欲按怎？
●	利旺	（無確定）阿爸會幫忙還啦！（對阿麗）你拄才講欲照我的吩咐行。唉，若閣愛顧你的名聲，我是會當閣創啥啦？
◎	阿麗	就算我無顧著家己的名聲，嘛著愛顧著阮老母的心情，自細漢伊共我飼到大，二十年來共我惜命命，如今愛叫我忤逆（ngóo-gik）伊，我實在無彼个勇氣。抑是你去說服我的阿母，叫伊回心轉意？代誌行到這款地步，掠準（liàh-tsún）有啥物簡單幾句話，就會當予咱兩人做伙，按呢，你共我教，你共我教，我隨來去找阮阿母，自頭到尾，對伊講詳細。
●	利旺	金寶阿姐，抑是你敢有啥物步數（pōo-sòo），我拜託你替阮揣出路啦。

阿麗：	而且 Leon，你也要為我設想，我的名聲，要留一點讓人探聽，除此以外，你若是有辦法，你叫我做什麼，我一定照你的吩咐去做。
利旺：	我最近去湊了一筆錢，但是還沒到手，而且對方很龜毛，一拿到錢，我們就馬上訂婚，一起私奔，從今以後，不再受我爸小氣的折磨。
阿麗：	私奔？我不可能答應。
阿女：	高利旺，早上還說我訂婚千萬不可！現在換你要跟人訂婚？而且你帶著錢跑路，傳出去能聽嗎？對方若來我們家討債，叫我們這些留下來的人怎麼辦？
利旺：	（不確定）老爸會幫忙還啦！（對阿麗）你剛才不是說要照我的吩咐。唉，如果還要顧及你的名聲，我還能怎樣啦？
阿麗：	就算我不顧自己的名聲，也要顧我媽的心情，她把我從小養到大，疼我二十年，如今叫我忤逆她，我實在沒那勇氣。或是你去說服我媽，讓她回心轉意？事情來到這地步，要是有什麼簡單幾句話，就能讓我們兩人在一起，那，你教教我，你教教我，我馬上來去找我媽，從頭到尾，詳細說明。
利旺：	金寶姐姐，還是你有什麼招數，我拜託你替我們找出路啦。

◎	金寶姨	唉唷,彼抑就閣講,看恁按呢,我心肝頭足艱苦,恁毋通看姐仔按呢,袂輸鐵拍的心,閣較按怎講,我嘛是<u>越過山丘</u>的人,看恁按呢郎有情女有意,煞袂當結連理,好啦,請講,若有啥物,我會當鬥跤手(tàu-kha-tshiú),只要恁有夠「誠意」,阿姐一定徛佇恁這爿。
●	阿女	是啊,金寶阿姐,我拜託你,幫阮阿兄出主意。
◎	阿麗	拜託阿姐,做阮的明燈。
●	利旺	阿姐你人婧又閣聰明,我拜託你做阮的明燈。
◎	金寶姨	欸……其實我按呢講好矣,阿麗,恁老母嘛毋是無講理,既然伊願意共查某囝,嫁予高老爺來成親,我相信伊嘛無道理,反對你佮高利旺鬥陣,所以,照我看來……(伸手)(阿女予金寶姨一寡〔tsit-kuá〕錢)嗯,這件代誌,上困難的所在,應該是高老爺的想法。
●	利旺	就是講啊。
◎	金寶姨	照我看來,高老爺這款人……其實(閣再伸,其他三人錢窮窮咧〔khîng-khîng--leh〕予金寶姨)你若是刁工佮伊做對,阻礙伊的婚事,伊一定會共這條數記牢牢,愈無可能予恁兩个人成親,顛倒若予伊家己講出喙,家己來喝停,伊無願意娶阿麗,恁才有可能通脫身。
●	阿麗	有道理。

金寶姨：	唉唷，那還用說，看你們這樣，我心也很痛，別看姐這樣，好像鐵石心腸，再怎麼說，我也是越過山丘的人，看你們郎有情妹有意，卻不能結連理，好啦，請說，若有什麼我幫得上忙的，只要你們夠「誠意」，姐一定站你們這邊。
阿女：	是啊，金寶姐，我拜託你，幫我哥出主意。
阿麗：	拜託姐，做我們的明燈。
利旺：	姐你又美又聰明，我拜託你做我們的明燈。
金寶姨：	欸……其實我這樣講好了，阿麗，你媽也不是不講理，既然她願意把女兒嫁給高老爺來成親，我相信她也沒理由，反對你跟高利旺在一起，所以，照我看來……（伸手）（阿女給金寶姨一些錢）嗯，這件事，最困難的，應該是高老爺的想法。
利旺：	就是說啊。
金寶姨：	照我看來，高老爺這種人……其實（再伸手，三人湊錢給金寶姨）你若是故意跟他做對，阻礙他的婚事，他一定會牢記這筆帳，更不可能讓你們兩個結婚，反而是要讓他自己講出口，自己喊停，自己不願意娶阿麗，你們才有可能脫身。
阿麗：	有道理。

◎	**金寶姨**	我看，愛揣一个查某人，愛老不老，閣有我的才調，假鬼假怪，假影一个貴夫人，揣幾个虎仔配佇伊身軀邊，手頭假影有地、有厝、閣有現金，全心全意想欲嫁予高老爺鬥陣，而且所有的財產，攏會過予伊，我相信這款婚事，高老爺就算半暝用爬的，嘛會爬過去頓印（tǐng-ìn）仔。當然，老爺是佮意阿麗無毋著，但是我相信伊閣較愛錢，事後伊若發現彼个貴夫人是假的，按呢就是伊一好加三好，四（死）好，哈哈，這件事就我來辦。
●	**利旺**	金寶阿姐，感謝你，予阮烏暗的世界，又閣看著光彩。另外，阿麗，恁老母彼爿，我看猶是拜託你，你的口才遮爾扭掠，千萬毋通浪費，利用恁阿母對你的愛，溫柔共講，司奶共說，我相信伊一定會答應。
◎	**阿麗**	嗯……好……我，我盡量去試。
◆ 金寶姨落台，利旺、阿麗相攬。			

金寶姨：	我看，要找一個女人，說老不老，又有我的能力，假扮成一個貴夫人，找幾個手下配在她身邊，假裝手中有地、有房、有現金，全心全意想嫁給高老爺，而且所有的財產，都會轉移給他，我相信這門婚事，高老爺就算半夜用爬的，也會爬過去蓋印章。當然，老爺是喜歡阿麗，但是我相信他更愛錢，事後等他發現那個貴夫人是假的，也是他一好加三好，四（死）好，哈哈，這件事就我來辦。
利旺：	金寶姐，感謝你，讓我們黑暗的世界，又看到了光彩。另外，阿麗，你媽那邊，我看還是拜託你，你的口才那麼好，千萬別浪費，利用你媽對你的愛，溫柔地說，撒嬌地說，我相信她一定會答應。
阿麗：	嗯……好……我，我盡量試試。

◆金寶姨下，利旺、阿麗相擁。

S13

◆ 續前場。高家後花園。高金土上。阿女聽著高金土的嗽聲，共揣牢牢的利旺、阿麗分予開。

●	高金土	毋成款，我家己的後生，共我的未婚妻揣（mooh）牢牢，我的未婚妻，閣無共拒絕，敢講，這內底有啥物問題？
◎	高金土	車攏創好矣，恁隨時會當出門。
●	阿女	好！（趕緊毛阿麗落台）
◎	利旺	阿爸，你若是無閒，我毛個去踅踅咧就好矣。
●	高金土	免，你留落來，我有代誌欲揣你參詳。（頓蹬）老實講，你感覺阿麗按怎？
◎	利旺	我感覺伊按怎？
●	高金土	著，阿麗的風度、體格、面模仔（bīn-bôo-á）、屈勢（khut-sè）、才情、性地，你講，你感覺按怎？
◎	利旺	平平。
●	高金土	喔？是為啥物？
◎	利旺	阿爸我先講喔，是你叫我講，我才講的，我感覺伊無我原底所想的遐好，我感覺伊風度輕浮，體格薄板，面模消瘦，性地驕傲，阿爸，你莫想講是欲破壞你對伊的感情，其實，啥人做我的後母，佮我一點仔關係攏無啦。
●	高金土	等一下，但是你進前有講，會當娶著伊，是人生上大的福氣。
◎	利旺	彼是因為我欲代表你，愛講幾句仔好聽話，才袂去削著你的面子。

S13

◆續前場。高家後花園。高金土上。阿女聽見高金土的咳嗽聲,把相擁的利旺、阿麗分開。

高金土:	不像話,我的兒子,抱著我的未婚妻,我的未婚妻,還不拒絕,該不會,這裡面有什麼問題?
高金土:	車修好了,你們隨時可以出門。
阿女:	好!(趕緊拉著阿麗下)
利旺:	阿爸,你要是沒空,我帶她們去繞繞就好了。
高金土:	不用,你留下,我有事找你商量。(頓)老實講,你覺得阿麗怎麼樣?
利旺:	我覺得她怎麼樣?
高金土:	對,阿麗的風度、體格、長相、姿態、才情、個性,你說,你覺得怎樣?
利旺:	平平。
高金土:	喔?為什麼?
利旺:	阿爸我先說喔,是你叫我說,我才說的,我覺得她沒有我原本想的那麼好,我覺得她風度輕浮,體格太薄,長相消瘦,個性驕傲,阿爸,你不要認為我是想破壞你對她的感情,其實,誰做我的後母,跟我一點關係都沒有啦。
高金土:	等一下,但是你之前有說,能娶到她,是人生最大的福報。
利旺:	那是因為我要代表你講幾句好話,才不會讓你失面子。

●	高金土	若照你按呢講，按呢，你，對伊……無意思。
◎	利旺	我，我當然嘛無意思，拜託咧，伊生甲遮穗著。
●	高金土	唉，按呢就可惜矣，我原底有一個想法，如今想起來，也罷。
◎	利旺	哈？
●	高金土	我是看阿麗遮少年，閣想著家己的歲數，就咧煩惱外口人毋知會按怎講，唉，一定是長短跤話（tn̂g-té-kha-uē）一大堆，想來想去，就想講不如莫娶好矣。但是咱嘛已經佮人講好矣，無娶，是失信，娶嘛，又閣失德，實在是兩難矣。我又閣想講，既然你佮伊歲數差不多，不如就予你來娶，毋就兩全其美矣，守德閣守信，但是，如今你煞無佮意，唉，各人造業各人擔，抑是我來娶好矣。
◎	利旺	等一下，阿爸，你講你，欲將阿麗讓予我娶？
●	高金土	是啊。
◎	利旺	予我娶。
●	高金土	予你娶？
◎	利旺	阿爸，按呢講好矣，雖然阿麗小姐伊是無蓋理想，但是你嘛知，我這世人攏毋捌對你有孝過，如今總算有機會來共你有孝，我看，我就殘殘來共娶就好矣啦。
●	高金土	無 --nonnh，恁老母欲死進前，千交代萬叮嚀，叫我著愛照顧恁兄妹，袂當勉強恁為我來犧牲。

高金土：	照你說來，那，你，對她……沒意思。
利旺：	我，當然沒意思，拜託，她生得那麼醜。
高金土：	唉，那就可惜了，我原本有一個想法，如今想起來，也罷。
利旺：	蛤？
高金土：	我是看阿麗這麼年輕，又想到我的歲數，就煩惱外人不知道會怎麼說，唉，一定是說長道短一大堆，想來想去，就想，不如不要娶好了。但是我們又已經跟人家講好了，不娶，是失信，娶了，又失德，實在是兩難。我又想，既然你和她歲數差不多，不如讓你來娶，不就兩全其美了，守德又守信，但是，如今你既然不中意，唉，各人造業各人擔，還是我來娶好了。
利旺：	等一下，阿爸，你是說，要把阿麗讓給我娶？
高金土：	是啊。
利旺：	給我娶。
高金土：	給你娶？
利旺：	爸，這麼說吧，雖然阿麗小姐不太理想，但是你也知道，我這輩子對你不孝，如今總算有機會來孝順你，我看，我就硬著頭皮娶了吧。
高金土：	不要吧，你媽死前，千交代萬叮嚀，叫我要照顧你們兄妹，不能勉強你們為我犧牲。

◎	利旺	袂啦，阿爸，真正無要緊，只要是為著你好，欲愛我按怎，我攏願意。
●	高金土	袂使，袂使，你若是無愛阿麗，就無可能有美滿的婚姻，我袂當遮爾仔無情。
◎	利旺	會使啦，阿爸，無定著我佮阿麗結婚了後，我就會開始愛伊，古早人毋是攏，攏嘛先結婚，才閣開始來談戀愛。
●	高金土	無--nonnh，你無聽人講，「種著歹田望後冬，娶著歹某一世人」，結婚是人生大事，你若是無熟似阿麗就準拄煞，如今你已經熟似，煞無佮意，我若是閣勉強你共娶，按呢就是我咧共你害，囡仔，阿爸毋甘啊，我閣活嘛無幾年，我看阿麗這條數，我猶是家己去面對，咱就照原底計畫，我捏咧，殘殘共阿麗娶落去。
◎	利旺	啊好啦，阿爸，事到如今，我只好對你坦白，其實我頂个月，出去散步的時，路裡看著阿麗，就煞著伊，我本來想欲叫你將伊嫁予我，但是我又閣驚你無歡喜，才毋敢開喙。
●	高金土	所以，你有去過個兜。
◎	利旺	逐工。
●	高金土	人嘛歡迎你。
◎	利旺	愛甲欲死。
●	高金土	伊敢知影你是我的……
◎	利旺	伊啥物攏毋知，我毋敢講我是你的後生……因為你的名聲……（毋敢講）

利旺：	不會啦，爸，真得不要緊，只要是為你好，要我怎樣，我都願意。
高金土：	不行，不行，你要是不愛阿麗，就不可能有美滿的婚姻，我不能這麼無情。
利旺：	可以啦，爸，也許我和阿麗結婚後，我就會開始愛她，古人不也是，都是先結婚，才開始談戀愛。
高金土：	不行啦，你沒聽說，種到壞田還能指望隔年，娶到壞老婆是賠上一輩子，結婚是人生大事，你若是不認識阿麗就算了，如今你已經認識她，卻不喜歡，我若是再勉強你娶，那就是在害你了，孩子，爸爸捨不得啊，我再活也沒幾年，我看阿麗這債，我還是自己去面對，我們就照原計畫，我忍耐著，把阿麗娶下去。
利旺：	啊好啦，阿爸，事到如今，我只好坦白了，其實我上個月出去散步時，路上看到阿麗，就一見鍾情，我本來想叫你將她嫁給我，但是我又怕你不高興，才不敢開口。
高金土：	所以，你有去過她家。
利旺：	每天。
高金土：	人家也歡迎你。
利旺：	愛得要死。
高金土：	她知道你是我的……
利旺：	她什麼都不知道，我不敢說我是你的兒子……因為你的名聲……（不敢說）

●	高金土	乎……按呢……你敢有對伊講過，你愛伊，而且閣想欲娶伊？
◎	利旺	當然，而且連個老母，我嘛小可仔（sió-khuá-á）共暗示。
●	高金土	啊個老母按怎講？
◎	利旺	伊是微微仔笑，看起來是對我嘛真滿意。
●	高金土	啊阿麗的意思咧？
◎	利旺	阿麗免講，伊是愛我愛甲欲死。
●	高金土	啊好啊，這个毋成囝，按呢你敢知影欲按怎做？
◎	利旺	我知！
●	高金土	好！你著愛共對阿麗的愛，好好仔囥佇咧你的心肝內，上好用保鮮膜封起來，留予你彼个死翁的老查某。阿麗我家己欲娶，以後你愛共伊放袂記，莫俗你的老母按呢膏膏纏（kô-kô-tînn）。
◎	利旺	阿爸，你是咧裝痟（tsng-siáu--ê）的？
	◆ 王董上台。	
●	金土、利旺	（仝這個時陣）王的，你哪會閣佇遮？
◎	王董	（對金土）可能是恁兜傷大，我拄著聖誕老公公的好朋友，迷路去矣。（對利旺）恁是咧急啥啦，我毋是共恁講過矣，袂當俗金主見面，而且，是啥人共恁講高老爺住佇遮，（對金土）老爺，歹勢，我真正毋知影，個是安怎知影你的身分跟住址，這絕對毋是我共個講的……啊其實，其實這，這嘛無要緊啦，對方看起來，嘛算古意人，咱大家當面撨，其實攏全款。

高金土：	齁⋯⋯這樣啊⋯⋯你有對她說過，你愛她，而且還想娶她？
利旺：	當然，而且連她媽，我也有小小暗示過。
高金土：	那她媽怎麼說？
利旺：	她對我微笑，看起來是對我也很滿意。
高金土：	那阿麗的意思咧？
利旺：	阿麗不用說，她是愛我愛得要死。
高金土：	啊好啊，這個不成材的兒子，那你知道該怎麼做了嗎？
利旺：	我知道！
高金土：	好！你要把對阿麗的愛，好好放在你的心裡，最好用保鮮膜封起來，留給你那個死了丈夫的老女人。阿麗我自己要娶，以後你要忘了她，別糾纏你的後母。
利旺：	爸，你要我？

◆ 王董上。

金土、利旺：	（同時）王董，你怎麼還在？
王董：	（對金土）可能是你家太大，我遇到聖誕老公公的好朋友，迷路。（對利旺）你是在急什麼啦，我不是說過，不能跟金主見面，而且，是誰跟你說高老爺住這的？（對金土）老爺，抱歉，我真的不知道他怎麼查到你的身分跟住址，這絕對不是我透露的⋯⋯啊其實，其實這，這也沒關係啦，對方看起來，也算老實人，大家當面談，也一樣。

●	高金土	攄？攄啥物？
◎	王董	攄貸款啊。
●	高金土	貸款？攄？伊？
◎	王董	嘿啊。
●	高金土	啊你啊，你這篏了尾仔囝，飼甲你加了米，這……竟然是你。彼人開啥物條件，你就烏白答應，你是頭殼歹去喔？你借遐呢濟錢創啥？
◎	利旺	（受氣）我欲娶阿麗！彼人當咧艱苦，你九出十三歸變做五出十七歸，做彼款生意，蹧躂（tsau-that）名聲，袂輸蜈蚣，吸（khip）散赤人的血水，敢對會起祖先？攏是因為你啦，虯閣儉，枵鬼閣雜唸，惡質，粗殘，你袂見笑！
●	高金土	（氣甲夯起來）按呢佮恁爸講話，共恁爸跪落。
◎	利旺	欲跪你家己跪啦。
●	高金土	（真正跪落）好！後擺我無你這个了尾仔囝！
◎	利旺	我甘願做龜仔囝，嘛無愛做你的囝！
●	高金土	好，按呢咱從今以後，田無交，水無流！
◎	利旺	我共你 FB 好友刪掉，我顛倒快活！
●	高金土	好，我一仙五厘攏袂予你，無錢我看你有法度偌快活！阿麗我百面欲娶，恁爸閣真勇咧！以後我欲佮阿麗逐工生。（做伊行）
◎	利旺	你……

高金土：	談？談什麼？
王董：	談貸款啊。
高金土：	貸款？談？他？
王董：	嘿啊。
高金土：	啊你啊，你這敗家子，把你養大浪費米，這……竟然是你。人家開什麼條件，你就亂答應，你是頭殼壞去喔？你借那麼多錢幹嘛？
利旺：	（生氣）我要娶阿麗！人家就已經在受苦了，你還九出十三歸變成五出十七歸，做這種生意，糟蹋名聲，像是吸血鬼一樣，吸窮人的血水，對得起列祖列宗嗎？都是因為你啦，摳門小氣，貪心又囉唆，惡質，殘忍，你不要臉！
高金土：	（超氣）這樣跟你爸講話，給你爸跪下。
利旺：	要跪你自己跪啦。
高金土：	（真的跪下）好！以後我沒你這個敗家子！
利旺：	我寧願做龜兒子，也不要做你兒子！
高金土：	好，那我們從今以後，一刀兩段！
利旺：	我把你ＦＢ好友刪掉，我反而快活！
高金土：	好，我一毛錢都不會給你，沒錢我看你能多快活！阿麗我一定會娶，你爸還很勇咧！以後我跟阿麗每天生。（下）
利旺：	你……

S14

◆ 續前場，高家後花園。

◆ 利旺看著批，阿麗的話又在耳邊響起。

◆ 雞毛上台。

●	**雞毛**	（提著盒仔，對花園另外彼月出來）少爺，緊咧，綴我行，行！
◎	**利旺**	啥物代誌啦？
●	**雞毛**	你的奅（phānn）姼仔基金啦！
◎	**利旺**	啥物狀況？
●	**雞毛**	老爺佇花園藏的錢，我已經揣到手矣，緊咧，緊綴我行啦！
◎	**利旺**	毋閣頂頭鎖的呢！
●	**雞毛**	這我會曉開啦！緊，老爺咧咻（hiu）矣，咱先走！

S14

◆續前場，高家後花園。

◆利旺看著信，阿麗的話又在耳邊響起。

◆雞毛上。

雞毛： （拿著盒子，從花園另一邊出來）少爺，快，跟我走，走！

利旺： 什麼啦？

雞毛： 你的把妹基金啦！

利旺： 什麼狀況？

雞毛： 老爺在花園藏的錢，我已經弄到手了，快，快跟我走啦！

利旺： 但是鎖著欸！

雞毛： 這我會開啦！快，老爺在叫了，我們先走！

S15

◆ 高家後花園。

◆ 高金土喝掠賊。

● 高金土	啥人偷提我的寶貝！啥人偷提我的寶貝！啥人偷提我的寶貝……啥人？是誰？共我死出來。（伊共家己的手掠牢咧）啊！是你（對家己的手），是你偷提我的寶貝，乎？（開始拍家己的手）你咧笑啥？共我的寶貝交出來！你是誰！（順家己的手摸起去，摸著家己的面）啊！是我！我偷提家己的寶貝？是喔？我？我是誰？我咧創啥？遮是啥物所在？ 我的寶貝啊！人共你搶走，對我的身軀邊搶走，予我無依無倚無快樂，我啥物攏無矣，我有耳空聽無聲，有目睭看袂著未來，有雙手摸袂著物件，有雙跤煞無路通走，我活佇這個世間，敢若孤魂野鬼，無人拜，無人問，無人共我鬥相共，無人，呔會攏無人？ 厭氣（iàn-khì）啦！我死矣，共我扛去種，種佇無人的所在。呔會攏無人來啦？呔有可能無人啦？ （細聲）一定有人，一定有人欲共我咒讖，欲予我死，予我死不如生生不如死！ 等一下，利旺，我的不孝子，我咧佮伊講話，寶貝就無去矣，飼鳥鼠咬布袋，我叫警察來啦，共厝內所有的人攏掠起來！雞毛、阿塗、阿火、阿木、利旺、阿女，抑閣我家己，對！我家己，我家己嘛有嫌疑。

S15

◆高家後花園。

◆高金土喊抓賊。

高金土：

誰偷了我的寶貝！誰偷了我的寶貝！誰偷了我的寶貝！……是誰？是誰？給我死出來。（抓著自己的手）啊！是你（對自己的手），是你偷了我的寶貝嗎？（開始打自己的手）你笑什麼？把我的寶貝交出來！你是誰！（順著自己的手摸上去，摸到自己的臉）啊！是我！我偷了自己的寶貝？是嗎？我？我是誰？我在幹嘛？這是哪裡？

我的寶貝啊！有人把你搶走，從我的身邊搶走，讓我無依無靠無快樂，我什麼都沒了，我有耳朵聽不到聲音，有眼睛看不到未來，有雙手摸不到東西，有雙腳卻無路可走，我活在這個世間，有如孤魂野鬼，沒人拜，沒人問，沒人幫我，沒人，怎麼都沒人？

我恨啊！我死了，把我扛去埋了吧，埋在沒人的地方。怎麼會都沒人來？怎麼可能沒人啦？

（小聲）一定有人，一定有人在詛咒我，要我死，要我死不如生生不如死！

等一下，利旺，我的不孝子，我跟他講完話，寶貝就不見了，養老鼠咬布袋，我要報警，把家裡所有的人都抓起來！雞毛、阿塗、阿火、阿木、利旺、阿女，還有我自己，對！我自己，我自己也有嫌疑。

高金土	各位觀眾,我共恁拜託!共我講,共我講賊仔藏佇佗位啦!抑是賊偷(tshàt-thau)藏佇恁內底?恁咧笑啥?笑我衰潲(sue-siâu),是毋? 我知影,恁看我予人偷,恁就笑,恁一定是共犯,恁一定攏有分著,警察大人緊來喔,共個攏總掠起來,共個灌水,灌予個承認,灌予死啊! 我用阮阿公的名,<u>金田一</u>來咒誓,我一定愛共犯人揣出來,無,規去共我灌予死,over my dead body 啦!

高金土： 各位觀眾，我拜託你們！跟我說，跟我說小偷藏在哪啦！還是賊就藏在你們之間？你們笑啥？笑我衰，對不對？

我知道，你們看我被偷，你們就笑，你們一定是共犯，你們一定都有分到贓，警察大人快來啊，把他們都抓起來，灌他們水，灌到他們承認，灌死他們啊！

我用我阿公的名，金田一來發誓，我一定要把犯人糾出來，不然，不如把我灌死，over my dead body 啦！

S16

◆ 高家後花園。

●	警察	處理我ＯＫ啦，恁爸出世來做警察的，掠過的人比三月二三迎媽祖的閣較濟，若是過手的紅包嘛有遐濟就好矣。
◎	高金土	你講會到愛做會到，若是無法度破案，共我的寶貝揣轉來，我就去共你檢舉共你告，連法官、檢察官，我攏做伙告。
●	警察	我叫啥你知無？破案聰仔，嘉義破案聰仔就是我啦！咦，懷疑喔？看起來無發揮一下，你毋知影恁爸的厲害，（對替代役）來，記咧，（對高金土）來，你講，你拍毋見（合音 phàng-kìnn）啥物？
◎	高金土	一个盒仔。
●	警察	盒仔內底有啥？
◎	高金土	有……一个寶貝。
●	警察	啥物寶貝？金條璇石？珍珠瑪瑙？
◎	高金土	寶貝。
●	警察	我恁老師咧，啥物寶貝你毋講，我是欲按怎做筆錄？what is 寶貝？我 12 歲初戀的情批嘛是寶貝，（對替代役）伊寫到一半的博士論文嘛是寶貝，（對高金土）啊你咧？你的寶貝是啥物？講，莫佇遐咧烏龍踅桌。
◎	高金土	我……
●	替代役	<u>學長，他有權保持緘默。</u>

S16

◆高家後花園。

警察：	處理我ＯＫ啦，老子生來當警察的，抓過的人比三月二三迎媽祖的信眾還多，若是經手的紅包也有那麼多就好了。
高金土：	你說到要做到，若是無法破案，把我的寶貝找回來，我就檢舉你告你，連法官、檢察官，我都一起告。
警察：	我叫什麼你知道嗎？破案聰仔，嘉義破案聰仔就是我啦！咦，懷疑喔？看起來不發揮一下，你不知到我的厲害，（對替代役）來，記好，（對高金土）來，你說，你什麼東西不見？
高金土：	一個盒子。
警察：	盒子裡面有什麼？
高金土：	有……一個寶貝。
警察：	什麼寶貝？金條讚石？珍珠瑪瑙？
高金土：	寶貝。
警察：	我你老師咧，什麼寶貝你不說，我是怎麼做筆錄？What is 寶貝？我12歲初戀的情書也是寶貝，（對替代役）他寫到一半的博士論文也是寶貝，（對高金土）你呢？你的寶貝是什麼？講，有話直說。
高金土：	我……
替代役：	學長，他有權保持緘默。

◎	警察	（對替代役）你是捌一箍芋仔蕃薯喔？好啊，抑無大家攏來緘默啊。
	◆ 全部的人攏恬去。	
●	高金土	（雄雄講話）大人啊，你莫按呢啦。
◎	警察	啥物我莫按呢，你才莫按呢咧。你毋講，無就大家攏莫講，看誰較囂俳啊？
●	高金土	拜託咧啦，盒仔內底的物件，真正足貴重的，我所有的一切，攏愛靠伊。
◎	警察	啊無是偌貴重，十萬箍有無？
●	高金土	啥物才十萬，彼超過千萬，甚至愛幾若億。
◎	警察	（敢若咧想代誌）幾若億？按呢，遮厲害，哎唷，抑無，你敢有懷疑啥人偷的？
●	高金土	啥物人攏有可能，你去共全嘉義的人攏叫出來，一個一個，吊起來共問。
◎	警察	嘿，若照我看來，啥人攏有可能，就是啥人攏無可能，這有影歹處理矣，幾若億，這毋是小數目！照我的經驗，咱先按兵不動，等伊牛腳趖（sô）出來，予咱找著證據，按呢應該就會……嘿嘿嘿。
	◆ 阿塗上台。	
●	阿塗	（舞台外）時到共放血剖（thâi）掉，跤吊起來，擲落去滾水煮予熟。
◎	高金土	放血，剖掉，吊起來，啥人？，是誰？抓著人矣是喔？

| 警察： | （對替代役）你懂個香蕉芭樂喔？好啊，不然大家都來緘默啊。 |

◆全部的人都不說話。

| 高金土： | （突然講話）大人啊，你不要這樣啦。 |

| 警察： | 什麼我不要這樣，你才不要這樣咧。你不講，就大家都不講，看誰比較囂張啊？ |

| 高金土： | 拜託啦，盒子裡的東西，真的很貴重，我所有的一切都靠它。 |

| 警察： | 不然是多貴重，價值有十萬元嗎？ |

| 高金土： | 什麼十萬，超過千萬，甚至要好幾億。 |

| 警察： | （好像在思考）好幾億？這樣，這麼厲害，哎唷，好吧，你有懷疑誰偷的嗎？ |

| 高金土： | 誰都有可能，你去把全嘉義的人都叫出來，一個一個吊起來問。 |

| 警察： | 嘿，照我看來，誰都有可能，就是誰都不可能，這確實難處理，好幾億，這不是小數目！照我的經驗，我們先按兵不動，等他露出馬腳，讓我們找到證據，這樣應該就會……嘿嘿嘿。 |

◆阿塗上。

| 阿塗： | （舞台外）到時放血殺掉，腳吊起來，丟進去熱水煮熟。 |

| 高金土： | 放血，殺掉，吊起來，是誰？，是誰？抓到人了嗎？ |

●	阿塗	啥物人，我是咧講雞，我打算欲好好仔展一下仔（tsit-ē-á）料理工夫。予恁知影啥物叫做正港，腿肉帶皮蒜泥多多荷包蛋半熟，嘉義火雞肉飯。
◎	高金土	我毋是咧講彼啦，來，大人佇遮，你愛講老實話。
●	警察	來，莫驚，照實講就好，我袂漏洩（lāu-siáp）你的身分，時到你的筆錄，會當簽假名。除了法官以外，無人會知影你是抓耙仔（jiàu/liàu-pê-á）（看規場的觀眾）。
◎	阿塗	阿 sir，你是咧講啥？（對高金土）老爺，這兩位敢欲做伙食暗頓？
●	警察	兄弟，欲按怎稱呼？
◎	阿塗	人攏叫我阿塗。
●	警察	阿塗兄，我看你就巷仔內的，莫佇遐咧講外行話。啥物代誌，查甫囝較アサリ（asari）咧，恁老爺嘛講矣，有啥物料，做伙倒倒出來。
◎	阿塗	我若是有攢啥物好料，一定會共恁講。但是今仔日上腥臊的，嘛干焦肉雞爾。
●	高金土	一个講東，一个講西，一个講這，一个講彼。
◎	阿塗	老爺，請你相信我，下暗的料理，你若是無滿意，絕對毋是我的責任，這完全是阿來仔毋著，伊干焦會曉省錢，我實在無物件通煮，就算我有天大的本領，嘛變袂出其他山珍海味。

阿塗：	什麼人，我是在說雞，我打算好好施展一下料理工夫。讓你們知到什麼叫做正港，腿肉帶皮蒜泥多多荷包蛋半熟，嘉義火雞肉飯。
高金土：	我不是在說那個啦，來，大人在這，你老實講。
警察：	來，別怕，照實講就好，我不會洩漏你的身分，你的筆錄，可以簽假名。 除了法官以外，沒人會知到你是告密的人（看全場的觀眾）。
阿塗：	阿 sir，你在講啥？（對高金土）老爺，這兩位要一起吃晚餐嗎？
警察：	兄弟，怎麼稱呼？
阿塗：	大家叫我阿塗。
警察：	阿塗兄，我看你是內行的，不要講外行話。有什麼事，男人乾脆點，你家老爺也說了，有什麼料，一次倒出來。
阿塗：	我若是有什麼好料，一定會跟你們說。但是今天最豐盛的，也只是肉雞而已。
高金土：	一個講東，一個講西，一個講這，一個講那。
阿塗：	老爺，請你相信我，今晚的料理，你要是不滿意，絕對不是我的責任，這完全是阿來的錯，他只會省錢，我實在沒東西可煮，就算我有天大的本領，也變不出其他山珍海味。

●	高金土	你是咧講啥啦,阮母是咧講暗頓啦!阮咧講我的寶貝,我的寶貝予人偷提去矣啦!這馬大人欲來幫我調查,你共講,最近敢有看到啥物可疑?
◎	阿塗	有人偷提你的寶貝?
●	高金土	我喊甲遮大聲,你閣無聽著,喔,莫非,是你偷提去的?
◎	警察	(發現有人做歹人,馬上改做好人)莫遮歹啦。(對阿塗)阿塗兄,我看你就古意人啊,阮袂共你為難,恁老爺,甚至閣會予你獎金喔。
◆ 阿塗聽著,偷偷奸笑。		
●	高金土	你咧笑啥。
◎	阿塗	老爺,其實這真簡單,免想嘛知,一定是阿來仔偷提,無別人矣啦!
●	高金土	阿來?
◎	阿塗	著。
●	高金土	呔有可能,伊對我遮死忠著。
◎	阿塗	真的啦,就是伊啦,百面的,老爺,知人知面不知心啊。
●	高金土	按怎講?你欲按怎證明?
◎	阿塗	證明?
●	高金土	著啊。
◎	阿塗	啊橫直就是伊啦!

高金土：	你是在講啥啦，我們不是在說晚餐啦！是在說我的寶貝，我的寶貝被偷走了啦！警察大人來幫我調查，你跟他說，最近有沒有看到什麼可疑？
阿塗：	有人偷你的寶貝？
高金土：	我喊得這麼大聲，你還沒聽到，喔，莫非，是你偷的？
警察：	（發現有人做黑臉，馬上改做白臉）別這麼兇啦。（對阿塗）阿塗兄，我看你是老實人，我們不會為難你，你老爺，甚至還會給你獎金喔。

◆阿塗聽了，偷偷奸笑。

高金土：	你笑什麼。
阿塗：	老爺，其實這很簡單，不用想也知道，一定是阿來偷拿的，沒別人了！
高金土：	阿來？
阿塗：	對。
高金土：	哪有可能，他對我那麼死忠。
阿塗：	真的啦，就是他啦，絕對肯定，老爺，知人知面不知心啊。
高金土：	怎麼說？你怎麼證明？
阿塗：	證明？
高金土：	對啊。
阿塗：	啊反正就是他啦！

●	警察	你愛有證據啊。
◎	高金土	抑是你有看著伊,佇我藏寶貝的所在,走來走去,才感覺可疑?
●	阿塗	著……著啊,我看過幾若擺 --nonnh,你是毋是攏共寶貝藏佇彼號(hit-lō)啥物所在?
◎	高金土	花園。
●	阿塗	就是花園啊,我看伊三不五時就走花園,踅過來,閣踅過去。而且,你是毋是共寶貝,藏佇咧花園的彼號,啥物,著無?
◎	高金土	盒仔內底。
●	阿塗	按呢就著矣啦,莫怪我看伊揹一個盒仔,按呢揹牢牢。
◎	警察	彼个盒仔生做啥款,你敢有確定是恁老爺的?
●	阿塗	啥款?
◎	高金土	著啊。
●	阿塗	啊就盒仔款啊!
◎	警察	你講看覓咧,抑無若掠毋著人,我破案聰仔就歹看矣。
●	阿塗	盒子就……小可仔……大?(雙手比咧)
◎	高金土	但是我彼个是小盒仔。
●	阿塗	對啦,小可仔大的小盒仔(雙手勾〔kiu〕倚來,比原底比的閣較細)。
◎	高金土	(確定)嗯,差不多按呢。

警察：	你要有證據啊。
高金土：	還是你有看到他，在我藏寶貝的地方，走來走去，才覺得可疑？
阿塗：	對……對啊，我看過好幾次喔，你是不是都把寶貝藏在那個什麼地方？
高金土：	花園。
阿塗：	就是花園啊，我看他三不五時就在花園，繞過來，又繞過去。而且，你是不是把寶貝，藏在花園的那個什麼有沒有？
高金土：	盒子裡。
阿塗：	那就對了啦，難怪我看他抱一個盒子，抱得緊緊的。
警察：	那個盒子什麼樣子，你確定是你們老爺的？
阿塗：	什麼樣子？
高金土：	對啊。
阿塗：	啊就盒子的樣子啊！
警察：	你說說看，要不然抓錯人，我破案聰仔就丟臉了。
阿塗：	盒子就……有點……大？（雙手比劃）
高金土：	但是我那個是小盒子。
阿塗：	對啦，有點大的小盒子（雙手縮進來，比原本比得小）。
高金土：	（確定）嗯，差不多這樣。

●	警察	盒仔啥物色的？
◎	阿塗	呃……毋是紅色。
●	高金土	著，毋是紅色，是烏色的才著。
◎	阿塗	規欉好好，無錯，彼个就是烏色的。
●	高金土	按呢免問矣，百分之兩百就是阿來仔，我飼鳥鼠咬布袋喔。天啊，地啊，世間上敢閣有啥人通相信？天下之間敢講無一个人老實，我實在驚惶，甚至懷疑我家己，攏會偷提我家己。
◎	阿塗	老爺，阿來仔來矣，你毋通講是我講的喔。
●	◆ 水來上台。	
◎	高金土	歷史的罪人，快快認罪，這款傷天害理的代誌，你嘛做會出來。
●	水來	老爺啥物吩咐？
◎	高金土	莫假啦，知知啦。
●	水來	老爺，你到底咧講啥？
◎	高金土	袂見袂笑，（模仿）「老爺，你到底咧講啥」，哼，袂輸你啥物攏毋知咧，假鬼假怪，無彩我對你重情重義，你竟然食碗內看碗外。竟然對我的寶貝，下這款無天無良的毒手。你這个諞仙仔（pián-sian-á）！警察先生，我厝邊敲電話叫人去拖怹的車，恁上好趕緊去徙一下。（警察、替代役落台）阿火！阿木！共吊起來拍。
	◆ 看轉去舞台另外一个空間。	
●	替代役	<u>車子明明停在停車格啊！</u>

警察：	什麼顏色的？
阿塗：	呃……不是紅色。
高金土：	對，不是紅色，是黑色的。
阿塗：	正是，沒錯，就是黑色的。
高金土：	那不用問了，百分之兩百就是阿來，我養老鼠咬布袋喔。天啊，地啊，世間上還有人可以相信嗎？天下之間難道沒有一個老實人，我實在驚惶，甚至懷疑我自己，都會偷我自己。
阿塗：	老爺，阿來來了，你別說是我講的喔。

◆水來上。

高金土：	歷史的罪人，快快認罪，這種傷天害理的事，你也做得出來。
水來：	老爺有什麼吩咐？
高金土：	別裝啦，我都知道啦。
水來：	老爺，你到底在講什麼？
高金土：	不要臉，（模仿）「老爺，你到底在講什麼」，哼，好像你什麼都不知道咧，裝模作樣，枉費我對你重情重義，你竟然吃裡扒外。竟然對我的寶貝，下這種無天無良的毒手。你這個騙子！警察先生，我鄰居打電話叫人去拖你們的車，你們最好趕快去移一下。（警察、替代役下）阿火！阿木！把他吊起來打。

◆轉往舞台另外一个空間。

| 替代役： | 車子明明停在停車格啊！ |

◎	警察	庄跤哪有可能有人拖車？
	◆ 看轉來大廳。	
●	水來	啊好啦，既然代誌已經煏空，高先生，我嘛無需要對你隱瞞，橫直早晚我攏會對你坦白。
◎	阿塗	這註死，按呢攏予我臆著。
●	水來	你先莫受氣，請聽我講出心內話，請你原諒我的……情不自禁。
◎	高金土	你偷提我的寶貝，閣敢痟想愛我原諒，你講啥痟話？
●	高金土	阿火、阿木，去請警察轉來。
	◆ 阿火、阿木落台。	
◎	高金土	山中只有直直樹，世間煞無條直人，我無愛聽，無啥物好講的。
●	水來	高先生，你無需要共話講甲遮歹聽。著，是我對不起你，但是我的錯誤嘛毋是袂當原諒，畢竟，阮是歡喜甘願的。
◎	高金土	歡喜甘願？
●	水來	著。
◎	水來	你聽我講完，自然會了解，其實這款代誌，抑無啥物大不了。
●	高金土	這厚面皮的話，你抑講會出喙。敢講你毋知，彼是我的肉，我的血，我所有的一切。

警察：	鄉下哪有可能拖吊？

◆轉回大廳。

水來：	啊好啦，既然事跡已經敗露，高先生，我也不需要對你隱瞞，反正早晚我也會對你坦白。

阿塗：	真剛好，都被我猜到。

水來：	你先別生氣，請聽我講出心聲，請你原諒我的⋯⋯情不自禁。

高金土：	你偷拿我的寶貝，還妄想我原諒，你說什麼瘋話？

高金土：	阿火、阿木，去請警察轉來。

◆阿火、阿木下。

高金土：	山中有直樹，世間無直人，我不想聽，沒什麼好說的。

水來：	高先生，你不需要把話講得這麼難聽。對，是我對不起你，但是我的錯誤也不是不能原諒，畢竟，我們是歡喜甘願的。

高金土：	歡喜甘願？

水來：	對。

水來：	你聽我講完，自然會了解，其實這事也沒什麼大不了。

高金土：	這麼厚臉皮的話，你也說得出口。難道你不知道，它是我的肉，我的血，我所有的一切。

◎	**水來**	高先生，我當然知，但是你嘛愛知影，你的寶貝，不是落佇歹人的手頭，上起碼，我嘛是有頭有面的人，我絕對會負起責任。
●	**高金土**	愈講愈離經（lī-king），我聽無啦，較規氣咧，我的寶貝，交出來。
◎	**水來**	高先生，你聽我講，我袂拍歹你的名聲。
●	**高金土**	這佮我的名聲無關係，顛倒是你，你呔會落手，你真正是……
◎	**水來**	是一个神明叫我做的。
●	**高金土**	神明？
◎	**水來**	這个神明的力量真大，伊叫人做啥，啥人攏會去做，而且攏會得著原諒，甚至呵咾，這个神明，就叫做……愛情。
●	**高金土**	愛情？
◎	**水來**	著，愛情。
●	**高金土**	你……你……你佮我的寶貝，發生，愛情？
◎	**水來**	你放心，你的寶貝予我照顧，你攏免煩惱。
●	**高金土**	見著鬼咧，你承認偷，煞無愛還。
◎	**水來**	這呔會是偷？
●	**高金土**	這猶閣毋是偷？
◎	**水來**	這當然毋是偷，著，這是你的寶貝無毋著，但是若留佇身軀邊，你早晚會無去，規氣交予我，按呢你嘛較安心，而且有我共照顧，隨時你欲看攏無要緊。

水來：	高先生，我當然知道，但是你也要知道，你的寶貝，不是落在壞人的手上，起碼，我也是有頭有臉的人，我絕對會負起責任。
高金土：	越講越誇張，我聽不懂啦，乾脆一點，我的寶貝，交出來。
水來：	高先生，你聽我說，我不會打壞你的名聲。
高金土：	這跟我的名聲無關，倒是你，你怎麼會下得了手，你真的是……
水來：	是一位神明叫我做的。
高金土：	神明？
水來：	這位神明的力量很大，叫人做什麼，人都會去做，而且都會得到原諒，甚至誇獎，這個神明，就叫做……愛情。
高金土：	愛情？
水來：	對，愛情。
高金土：	你……你……你跟我的寶貝，發生，愛情？
水來：	你放心，你的寶貝讓我照顧，你不用操心。
高金土：	見鬼咧，你承認偷，卻不願意還。
水來：	這怎麼是偷？
高金土：	這還不是偷？
水來：	這當然不是偷，對，這是你的寶貝沒錯，但是若留在身邊，你早晚會死，不如交給我，這樣你也比較安心，而且有我照顧，你隨時想看也可以。

●	**高金土**	我欲看閣愛問你？
◎	**水來**	我拜託你，阮有過山盟海誓，一世人袂變心。
●	**高金土**	山盟海誓，你是欲笑死人喔？
◎	**水來**	毋管別人按怎笑，攏無要緊，我恰你的寶貝，欲一世人做伙。
●	**高金土**	你食較穩咧，有我佇咧，彼是無可能的代誌。
◎	**水來**	你莫逼我，現此時，只有死，才有可能將阮分開。
●	**高金土**	我看你是愛錢愛甲起痟矣你！
◎	**水來**	高先生，我絕對毋是為著錢，我按呢做完全是為著愛情，世間上美麗上高貴的感情啊。
●	**高金土**	歪的攏予你講做直的。莫佇遐牽拖，貪就是貪，啥物愛情，偷就是偷，有我佇咧免痟想。
◎	**水來**	你欲遮絕我無話講，橫直我早就有準備。但是最後一個要求，這件代誌，我查甫囝一個人擔，你袂當怪罪阿女。
●	**高金土**	牽拖到阮查某囝去，你嘛較差不多咧，我看你是想傷濟矣，這免你拜託，較アサリ（asari），莫廢話，我的寶貝佇佗位，共我交出來。
	◆ 警察、替代役轉來。	
◎	**水來**	我無共毛走，伊一直佇恁兜。
●	**高金土**	哎唷喂呀，好佳哉，閣佇阮兜。等一下，你有共按怎無？

高金土：	我想看還要問你？
水來：	我拜託你，我們有過山盟海誓，一輩子不變心。
高金土：	山盟海誓，你是要笑死人喔？
水來：	不管別人怎麼笑都沒差，我和你的寶貝，要一輩子在一起。
高金土：	你想得美，有我在，那是不可能的。
水來：	你別逼我，現在，只有死，才有可能將我們分開。
高金土：	我看你是愛錢愛到瘋了你！
水來：	高先生，我絕對不是為了錢，我這麼做完全是為了愛情，世界上最美麗最高貴的感情啊。
高金土：	歪的都說成直的。別再胡扯，貪就是貪，什麼愛情，偷就是偷，有我在不可能。
水來：	你要這麼絕我也沒話講，反正我早就有準備。但是最後一個要求，這件事，我好漢一人承擔，你不要怪罪阿女。
高金土：	牽拖到我女兒去，你也差不多一點咧，我看你是想太多了，不用你拜託，有魄力一點，別廢話，我的寶貝在哪，給我交出來。

◆警察、替代役回來。

水來：	我沒帶走，她一直在你家。
高金土：	哎唷喂呀，好險，還在我家。等一下，你有對它怎樣嗎？

◎	水來	這……該做的猶是有做……但我是真心欲佮伊做伙,我為伊痴迷,為伊甘願放棄一切。
●	高金土	為伊痴迷,為伊甘願放棄一切?
◎	警察	(對替代役)照我看來,這應該是一種,<u>戀,物,癖</u>。
●	水來	伊是遮爾仔婧,遮爾仔自重,自愛。
◎	高金土	自重,自愛,我的盒仔?
●	水來	見擺看著伊的眼神,我就魂不附體。
◎	高金土	我的盒仔有眼神,你是咧共我驚是毋。
●	警察	(對替代役)記起來,這可能是一種「<u>間歇性偏差戀物癖</u>」。抑無就伊為著脫罪,假影著病。
◎	水來	高先生,你若毋相信,oo-bá-sáng 會當幫我證明。
●	高金土	啥物,連 oo-bá-sáng 攏佮你徛全陣,我真正是飼兩隻鳥鼠,做伙咧咬布袋。
◎	水來	你莫按呢講,是我拜託伊的,伊嘛是看我可靠,才答應幫我佮阿女證婚。
●	高金土	等咧,你講啥?證婚?共阮查某囝證婚?
◎	水來	高先生,想袂到乎?我嘛是千辛萬苦,才得著阿女的心,其實這無遮簡單……
●	高金土	(拍斷)你講誰的心?
◎	水來	阿女的心,你的千金,昨日暗,阮已經訂婚矣。

水來：	這……該做的還是有做……但我是真心和她在一起，我為她痴迷，為她甘願放棄一切。
高金土：	為她痴迷，為她甘願放棄一切？
警察：	（對替代役）照我看來，這應該是一種，戀，物，癖。
水來：	她是這麼美，這麼自重自愛。
高金土：	自重，自愛，我的盒子？
水來：	每次看到她的眼神，我就魂不附體。
高金土：	我的盒子有眼神，你是在嚇我是不是。
警察：	（對替代役）記起來，這可能是一種「間歇性偏差戀物癖」。不然就是他為了脫罪，裝病。
水來：	高先生，你要是不相信，歐巴桑可以幫我證明。
高金土：	什麼，連歐巴桑都跟你同陣營，我真的是養兩隻老鼠一起咬布袋。
水來：	你不要這樣說，是我拜託她的，她也是看我可靠，才答應幫我跟阿女證婚。
高金土：	等一下，你說什麼？證婚？為我女兒證婚？
水來：	高先生，想不到吧？我也是千辛萬苦，才得到阿女的心，其實這不簡單……
高金土：	（打斷）你說誰的心？
水來：	阿女的心，你的千金，昨晚，我們已經訂婚了。

	高金土	你佮我的查某囝訂婚？
◎	水來	著。
●	高金土	我你咧真正是一波未平一波起。
	◆ 阿女、阿麗、金寶姨趄街轉來。	
●	高金土	我的不孝查某囝，你痟轉來矣喔？哈！佮人咧下流、風騷、袂見袂笑、失德，我是按怎共你教的？你啥物人無愛，去佮一個下跤手人，一個散鬼鬥陣，你是欲散一世人喔？閣無經過我同意，佮人偷來暗去，訂婚，恁食較穩的啦！
◎	水來	高先生，請你莫衝碰，欲怪罪我進前，請你聽我講。
●	阿女	（跪佇父親面頭前）阿爸，我求你，千萬莫予好事變歹事，婚事變喪事。我知影你當咧受氣，但是我拜託你先冷靜，好好仔考慮一下。彼邊彼个，得失你的人，你看著的伊，並毋是真真正正的伊。當初時，我參加畢業旅行，枵甲欲死，想欲買一粒茶葉蛋。身軀干焦你予我的五箍銀，啥人知影茶葉蛋起價，若毋是拄好阿來佇遐咧打工，幫我補三箍銀，我可能就枵死佇基隆路邊，你可能就⋯⋯就無我這個查某囝矣。阿爸，我的命是你予我無毋著，但是當我面對死亡的時陣，是阿來救我轉來這個世間⋯⋯阿爸⋯⋯
◎	高金土	三箍是毋？（真細膩提出三箍銀交予水來）好，恁會當扯（tshé）矣。
●	金寶姨	呔會亂甲按呢，我緊來去揣少爺。

高金土：	你跟我的女兒訂婚？
水來：	對。
高金土：	他媽的，真的是一波未平一波又起。

◆阿女、阿麗、金寶姨逛街回來。

高金土：	我的不孝女，你瘋回來了喔？啊！你這樣下流、風騷、不要臉、失德，我是怎麼教你的？你誰不愛，去跟一個下人，一個窮鬼在一起，你是要窮一輩子喔？還不經過我同意，跟人偷偷摸摸，訂婚，你想得美啦！
水來：	高先生，請你不要衝動，在怪罪我之前，請你先聽我說。
阿女：	（跪在父親面前）阿爸，我求你，千萬別讓好事變壞事，婚事變喪事。我知道你在氣頭上，但是我拜託你先冷靜，好好考慮一下。那邊那個得罪你的人，你看到的他，並不是真正的他。當初，我參加畢業旅行，好餓，想買一顆茶葉蛋。身上只有你給我的五塊錢，沒想到茶葉蛋漲價，要不是剛好阿來在那打工，幫我補三塊錢，我可能就餓死在基隆路邊，你可能就……就沒我這女兒了。爸，我的命是你給我的沒錯，但是當我面對死亡的時候，是阿來救我回到這個世界……爸……
高金土：	三塊錢嗎？（小心翼翼拿出三塊錢給水來）好，可以分手了。
金寶姨：	怎麼亂成這樣，我快去找少爺。

	◆ 金寶姨落台。利旺、雞毛上台。	
◎	**雞毛**	這是啥物碗糕鎖啦，吰會遮歹開。
●	**利旺**	你有法度無啦。
	◆ 兩人拍開盒仔。	
◎	**雞毛**	吰會按呢？
●	**利旺**	這是啥物碗糕啦，我真正無路通走矣啦。
	◆ 金寶姨上台。	
◎	**金寶姨**	恁兩个咧創啥啦？王梨仔，恁小妹出大代誌矣啦，緊咧啦，緊綴我來啦。
	◆ 三人落台。	
	◆ 舞台頂的畫面轉來到高金土、阿女、阿來個遮。	
●	**阿女**	阿爸，我拜託你帶念咱爸仔囝的情份。
◎	**高金土**	無愛，我一句話攏無愛聽。
●	**阿塗**	哼，報應。
	◆ 洪獅木上台。	
◎	**洪獅木**	高老爺，我的未婚丈人，啥物代誌，看你氣甲按呢。
●	**高金土**	洪老爺，你總算來矣，你共看，我真正是衰尾道人（sue-bué/bé-tō-lîn），本來欲幫你好好仔安排婚禮，這馬煞亂七八糟，我實在活袂落去矣。上重要的寶貝予人偷提，名聲予人掃落地，攏是這个毋成囝害的，假影好人，允（ín/ún）來阮兜食頭路，煞偷提我的物件，拐我的查某囝。

◆金寶姨下。利旺、雞毛上台。

雞毛：　這是什麼怪鎖啦，怎麼這麼難開。

利旺：　你行不行啦。

◆兩人打開盒子。

雞毛：　怎麼這樣？

利旺：　這是什麼啦，我真正走投無路了啦。

◆金寶姨上。

金寶姨：　你們兩個在幹嘛？旺來，你妹出事了！快點，跟我走！

◆三人下。

◆舞台轉回高金土、阿女、阿來。

阿女：　爸，我拜託你念在我們父女一場。

高金土：　不要，我不想聽。

阿塗：　哼，報應。

◆洪獅木上。

洪獅木：　高老爺，我的未婚丈人，怎麼了，看你氣成這樣。

高金土：　洪老爺，你總算來了，你看，我真的是衰尾道人，本來幫你好好安排了婚禮，現在搞得亂七八糟，我實在活不下去了。最重要的寶貝被偷，名聲也被污蔑，都是這小混混害的，裝好人，來我家工作，卻偷我東西，拐我女兒。

◎	水來	你是講煞袂,我除了愛阿女,自頭到尾,根本就無偷提你的物件。
●	洪獅木	高老爺,恁查某囝若是有家己的想法,我嘛無欲共勉強。但是你講啥物物件予人偷提,這是是非的問題,對付這款人,咱就愛報警察,共掠起來,共制裁,予伊好看,以後才毋敢烏白來。
◎	水來	我愛你的查某囝,是犯啥物罪?你閣咧想講,我佮阿女做伙是痟想你的財產是毋?我根本就無看在眼內,總有一工,你就會知影我是啥人。
●	高金土	別佇遐炸(tsuànn)甲規大堆啦。少年人較實在咧,莫啥物攏想欲用拐的、用騙的、用偷的。
◎	水來	是我的就是我的,毋是我的,我閣攏袂閣一个。我敢按呢講,是因為我的身分、地位、財產、規个釣魚台攏會當證明。
●	高金土	釣魚台抑(iàh)無人啊,你是咧起痟喔,敢講你欲叫魚仔幫你證明?
◎	水來	你錯囉,釣魚台以早有蹛人,你對釣魚台,完全無了解。
●	洪獅木	等一下,少年人你講話愛細膩,徛佇你的面頭前,就有一个人對釣魚台比你較了解。你若是虎孱(hóo-lān)歕雞胿(pûn-ke/kue-kui),我三兩下仔就予你好看。
◎	水來	(真驕傲的款)既然敢唱聲,按呢我問你,你敢知影,趙魚台?

水來：	你說夠沒，我除了愛阿女，從頭到尾，根本沒偷你的東西。
洪獅木：	高老爺，你女兒若是有自己的想法，我也不想勉強。但是你說東西被偷，這就是是非的問題，對付這種人，就要報警抓人，制裁他，給他好看，以後才不敢亂來。
水來：	我愛你的女兒，是犯了什麼罪？你以為，我跟阿女在一起是貪圖你的財產嗎？我根本沒看在眼裡，總有一天，你就會知道我是什麼身分。
高金土：	少在那邊吹牛，年輕人實在一點，不要什麼都想用拐的、用騙的、用偷的。
水來：	是我的就是我的，不是我的，我根本不屑一顧。我敢這麼說，是因為我的身分、地位、財產。整個釣魚台都能當證明。
高金土：	釣魚台上又沒人，你神經喔，你要叫魚幫你證明嗎？
水來：	你錯了，釣魚台以前有住人，你對釣魚台，完全不了解。
洪獅木：	等一下，年輕人你講話小心點，在你面前，就有一個對釣魚台比你更了解的人，你若是吹牛不打草稿，我三兩下就給你好看。
水來：	（驕傲地）既然敢嗆聲，那我問你，你有聽過刁魚台嗎？

●	高金土	你是咧講啥？
◎	洪獅木	伊咧講一个人，姓趙，名魚台，趙魚台這个人，我當然知，而且絕對比你較熟似。
●	高金土	我插插伊趙魚台啊釣魚台，這攏佮我無底代。
◎	洪獅木	等一下，予伊繼續講，我顛倒想欲聽看覓，伊對趙魚台有偌了解。
●	水來	我就是趙魚台的後生，本名，趙水來。
◎	洪獅木	你？
●	水來	無錯。
◎	洪獅木	無可能，你烏白講。
●	水來	我無講白賊，愛叫我證明，真簡單。
◎	洪獅木	哼，證明？趙魚台一口灶，二十外年前，因為國際壓力，離開釣魚台。規口灶大大細細坐船欲轉來台灣，出帆無偌久就拄著大風颱。29 个人，全部攏沉落去茫茫的大海。

高金土：	你說什麼？
洪獅木：	他在說一個人，姓刁，名魚台，刁魚台這個人，我當然知，而且絕對比你更熟。
高金土：	我管他刁魚台還是釣魚台，這都與我無關。
洪獅木：	等一下，讓他繼續講，我倒想聽聽，他對刁魚台有多了解。
水來：	我就是刁魚台的兒子，本名，刁水來。
洪獅木：	你？
水來：	沒錯。
洪獅木：	不可能，你亂講。
水來：	我從不說謊，要我證明，很簡單。
洪獅木：	哼，證明？刁魚台一家，二十多年前，因為國際壓力，離開釣魚台。全家大小坐船要轉進台灣，沒想到開船沒多久就遇到大颱風。29 個人，全部沉進去茫茫的大海裡。

●	水來	有人浮起來，就是我，佮我的下跤手人。阮予基隆的漁船救起來，為著生活，四界做穡（sit）。但是我相信，我閣有親人猶袂死，就佮下跤手人四界去探聽，一直到阿女畢業旅行，阮佇基隆，一見鍾情，我才暫時走來嘉義食頭路，啊無嘉義人口外流遮嚴重，高老爺拍的薪水閣遮低著，啥人欲來？最近我的下跤手人，對基隆寄批來，天公疼戇人，我的阿母佮小妹，應該猶無死，只是個四界流浪，最近若毋是佇雲林，就應該是佇嘉義，只要我揣著個，閣揣著阮阿爸，我就欲開記者會，主張釣魚台，是阮趙家的。時到恁就知影，阮兜有偌好額，恁愛知，釣魚台四周圍，不是干焦魚仔，閣有挖袂完的石油咧等我。
◎	洪獅木	你恬去，欲轉去釣魚台，無你想的遮簡單。顛倒我問你，就算你知影遮濟，嘛無法度證明，你就是趙魚台的囡仔。
●	水來	阮趙家有阮趙家的方法。
◎	洪獅木	啥物方法？
●	水來	……對對句。
◎	洪獅木	啥物魚上鮮（tshinn）？
●	水來	台灣上鮮。
◎	洪獅木	啥物魚上大？
●	水來	中國上大。
◎	洪獅木	魚仔有幾種？
●	水來	青白紅三種。

水來：	有人浮起來了，就是我，和我的隨從。我們被基隆的漁船救起來，為了生活，到處打工。但是我相信，我還有親人沒死，就跟隨從到處探聽，直到阿女畢業旅行，我們在基隆，一見鍾情，我才暫時來嘉義賺錢，不然嘉義人口外流這麼嚴重，高老爺給的薪水又這麼低，誰會來？最近我的隨從，從基隆寄信來，老天有眼，我的媽媽和小妹，應該還活著，只是她們四處流浪，最近應該是在雲林或嘉義，只要我找到她們，再找到我爸，我就要開記者會，主張釣魚台，是我們刁家的。到時候你們就知道，我家有多有錢，你們知道吧，釣魚台四周，不是只有魚，還有挖不完的石油在等我。
洪獅木：	你閉嘴，要回去釣魚台，沒有你想的那麼簡單。我倒要問你，就算你知道這麼多，也證明不了，你就是刁魚台的孩子。
水來：	阮刁家有刁家的方法。
洪獅木：	什麼方法？
水來：	……快問快答。
洪獅木：	什麼魚最鮮？
水來：	台灣最鮮。
洪獅木：	什麼魚最大？
水來：	中國最大。
洪獅木：	魚有幾種？
水來：	青白紅三種。

◎	洪獅木	熱天的魚仔幾點起床？
●	水來	5 點 40。
◎	洪獅木	寒天的魚仔幾點去睏？
●	阿麗	7 點 80。
◎	洪獅木	啥物！
●	水來	啥物！
◎	洪獅木	魚仔會死無？
●	水來、阿麗	魚仔永遠攏袂死。
◎	洪獅木	釣魚台是啥人的？
●	水來、阿麗	釣魚台是，咱、兜、的……阿爸！
◎	洪獅木	囡仔，我的乖囡仔！是，我就是趙魚台，當初時受政治迫害，不得已才離開釣魚台，命運對我遮爾穤，孤帆駛船拄風颱，囝兒序細沉落海，好佳哉，日本商船共我救起來，只是無親無情無財產。趙魚台這个名，留佇這个險惡世間，只有日日夜夜的危險佮悲哀，我才另外去號一个名，洪獅木，重新起造我的人生。經過二十外年的奮鬥、打拚、努力，才有今仔日的成就。但是這二十幾年來，雖然我離開釣魚台，告別趙魚台，心肝頭的痛苦佮悲傷，煞無一工因為按呢減少。

洪獅木：	夏天的魚幾點起床？
水來：	5點40。
洪獅木：	冬天的魚仔幾點去睡？
阿麗：	7點80。
洪獅木：	什麼！
水來：	什麼！
洪獅木：	魚會死嗎？
水來、阿麗：	魚永遠不死。
洪獅木：	釣魚台是誰的？
水來、阿麗：	釣魚台是，我、家、的……爸！
洪獅木：	孩子們，我的乖孩子們！是，我就是刁魚台，當初受政治迫害，不得已才離開釣魚台，命運對我這麼壞，孤帆開船遇風災，妻兒子女沉落海，好在，日本商船把我救起來，只是舉目無親沒財產。刁魚台這名字，留在這個險惡的世界，只有日日夜夜的危險和悲哀，我才改名洪獅木，重新建設我的人生。經過二十多年的奮鬥、打拚、努力，才有今日的成就。但是這二十幾年來，雖然我離開釣魚台，告別刁魚台，心頭的痛苦和悲傷，卻無一日因此減少。

洪獅木	一直到關老爺來託夢，叫我往嘉義揣，自然就會得著幸福。我想講伊是欲叫我閣娶，想袂到啊想袂到，伊是咧共我講，我的親人，我上愛上愛的親人，攏猶閣活佇咧這个世間上啊。（跪）關老爺，感謝你的慈悲，感謝你的指示……	
● 高金土	所以……按呢，伊，真正是恁囝。	
◎ 洪獅木	無毋著，彼个對對句，干焦阮兜的人知。	
● 高金土	按呢真好，伊偷提我的寶貝，伊無愛賠，你愛負責。	
◎ 洪獅木	無可能，我的乖囝無可能做這款代誌，一定是誤會，抑無就是交著歹朋友。	
● 水來	是啥人共你講我偷提？	
◎ 高金土	阿塗。	
● 水來	伊佮我有冤仇，你呔會當清彩相信。	
◎ 高金土	我毋管，你（對水來）毋還，你（對獅木）就愛負責。	

◆ 雙方搝搝搦搦（khiú-khiú-la̍k-la̍k），高利旺、雞毛、金寶姨上台。

● 利旺	阿爸，你莫誣賴別人，嘛免遮艱苦。你的寶貝，我知影放佇佗位。	
◎ 高金土	佇佗位？	
● 利旺	你放心，佇一个真安全的所在，這馬，就看你按怎做決定矣。	
◎ 高金土	你有共按怎無？	

洪獅木：	一直到關老爺來託夢，叫我往嘉義找，自然就會得到幸福。我以為祂是叫我續絃，沒想到啊沒想到，祂是要說，我的親人，我最愛最愛的親人，都還活在這個世界啊。（跪）關老爺，感謝你的慈悲，感謝你的指示……
高金土：	所以……這樣，他，真的是你兒子。
洪獅木：	沒錯，那個快問快答，只有我家的人知道。
高金土：	很好，他偷我的寶貝，他不賠，你負責。
洪獅木：	不可能，我的乖兒子不可能做這種事，一定是誤會，不然就是交到壞朋友。
水來：	是誰說我偷拿？
高金土：	阿塗。
水來：	他跟我有仇，你怎麼可以隨便相信他。
高金土：	我不管，你（對水來）不還，你（對獅木）就要負責。

◆雙方拉拉扯扯，高利旺、雞毛、金寶姨上。

利旺：	爸，你不要誣賴別人，也不用難過。 你的寶貝，我知道在哪。
高金土：	在哪？
利旺：	你放心，在一個很安全的地方，現在，就看你怎麼決定了。
高金土：	你有對它怎樣嗎？

●	利旺	我呔會共按怎，你的盒仔內底，干焦有一隻臭毛毛（tshàu-moo-moo）的知蟬。
◎	高金土	了尾仔团，我就知影是你偷提的。悾甲無尾，啥物臭毛毛，彼个就是錢的味，你是捌無？愛開錢閣嫌錢臭，真正是戀鴨你啊，彼是知蟬火……夭壽，差一點點仔講講出來，啊橫直，你還予我就著矣。
●	洪獅木	喔，高老爺，莫非是江湖傳說中，天頂的知蟬佮地獄的火金蛄，相愛生出來的知蟬火金蛄。良辰吉時，算好方位，共埋佇塗跤底七七四十九點鐘，予伊受地氣的滋養，靠伊的致蔭，就算乞食嘛會當東山再起的，知蟬火金蛄？聽講知蟬火金蛄佮蘋果的賈伯斯做伙埋落土矣，莫非……
◎	高金土	（想欲掩崁〔am-khàm〕）喔，有遮厲害喔，哈哈哈，我呔會攏毋知。啊無啦，洪老爺你誤會矣啦，我這隻小蛄蛄是飼迌迌的，寵物啦。死蹺蹺矣，我想講可憐，愛予伊入土為安啦，哈哈哈。
●	洪獅木	喔喔喔，當然當然，是我想傷濟矣，哈哈，歹勢歹勢。
◎	利旺	彼無差啦，橫直你只要答應予我娶阿麗，我就共彼个臭毛毛的知蟬還予你。
●	阿麗	這馬毋但老母，天公伯仔閣還我一个阿兄佮老爸，我的婚事，嘛就愛阿爸同意才會使哩。

利旺：	我能對它怎樣樣，你的盒子裡，只有一隻超臭的蟬。
高金土：	敗家子，我就知道是你偷的。又笨又傻，臭什麼臭，那個就是錢味，你懂不懂？愛花錢又嫌錢臭，真正是傻子啊你，那是知蟬火……夭壽，差一點點全說出來了，啊反正，你還給我就對了。
洪獅木：	喔，高老爺，莫非那是江湖傳說中，天上的知蟬和地獄的火金蛄，相愛生出來的知蟬火金蛄。良辰吉時，算好方位，把牠埋在土裡七七四十九小時，讓牠受地氣的滋養，靠牠的庇蔭，就算乞丐也能東山再起，的，知蟬火金蛄？聽說知蟬火金蛄和蘋果的賈伯斯一起入土了，莫非……
高金土：	（想遮掩）喔，有這麼厲害嗎，哈哈哈，我怎麼不知道。啊沒啦，洪老爺你誤會啦啦，我這隻小蛄蛄是養好玩的寵物啦。死翹翹了，我想說可憐，要讓牠入土為安啦，哈哈哈。
洪獅木：	喔喔喔，當然當然，是我想太多了，哈哈，抱歉抱歉。
利旺：	沒差啦，反正你只要答應讓我娶阿麗，我就把這超臭的知蟬還你。
阿麗：	現在不只媽媽，老天還我一個哥哥和爸爸，我的婚事，就要爸爸同意才行了。

◎	洪獅木	我的乖查某囝，天公伯仔將恁還予我，毋是欲叫我來阻擋恁的愛，你愛嫁啥人，你欲娶啥人，只要恁歡喜，阿爸攏支持。高老爺，我嘛真心苦勸你，這個世間啊，無拍袂開的鎖，只有揣袂著的寶，查某囝仔人欲嫁翁，當然是揀少年人，袂癮咱這款老歲仔。歹聽話我就講到遮，雖然我做袂成你的囝婿，但是咱顛倒變雙頭親家，阮查某囝嫁恁囝，恁查某囝嫁阮囝，按呢毋是嘛真好？
●	高金土	（共盒仔揸牢牢）但是我無錢予阮囝落訂，嘛無錢予阮查某囝做嫁粧。
◎	洪獅木	好啦，這你免煩惱，錢的問題，我來處理就好。
●	高金土	辦桌的錢嘛你出？
◎	洪獅木	一句話，無問題。
●	高金土	你愛照古禮行喔，而且婚禮袂當做伙請，愛一个一个來。猶閣有，我欲做新衫，嘛愛算佇婚禮的費用……猶閣……
◎	洪獅木	（拍斷）好啦好啦好啦，攏我處理，行，趁今仔日逐家歡喜，來去餐廳食飯，我請。
●	警察	喂！等一下，莫走，我筆錄抑袂做完。
◎	高金土	應……應該毋免矣啦。
●	警察	啥物免，我按呢空手轉去，破案聰仔毋就予人叫假的。
◎	高金土	（指阿塗）啊無遮有一个人，這個予你掠轉去交差。

洪獅木：	我的乖女兒，老天把你們還給我，不是叫我來阻擋你們的愛，你愛嫁誰，你想娶誰，只要你們喜歡，爸爸都支持。高老爺，我也真心勸你，這世界啊，沒有打不開的鎖，只有找不到的寶，女孩子嫁人，當然要挑年輕人，不喜歡我們這種老頭子。難聽話我就講到這，雖然我做不成你的女婿，但是我們可以變雙頭親家，我女兒嫁你兒子，你女兒嫁我兒子，這樣不也是很好？
高金土：	（抱緊盒子）但是我沒錢下聘金，也沒錢做嫁妝。
洪獅木：	好啦，這你不用煩惱，錢的問題，我來處理就好。
高金土：	辦桌的錢也是你出？
洪獅木：	一句話，沒問題。
高金土：	你要照古禮來喔，而且婚禮不能一起請，要一個一個來。還有，我要做新衣，也要算在婚禮的費用裡面……還有……
洪獅木：	（打斷）好啦好啦好啦，都算我的，走吧，趁今天大家心情好，去餐廳吃飯，我請。
警察：	喂！等一下，別走，我筆錄還沒做完。
高金土：	應……應該不用了啦。
警察：	什麼不用，我這樣空手回去，不就有損我破案聰仔的名號。
高金土：	（指阿塗）不然這有一個人，這個給你抓去交差。

●	阿塗	哪會按呢,我講實在話予人拍,講白賊話予人關喔?(共獅木使目尾,獅木窒〔that〕紅包)
◎	警察	(共紅包收落來,對獅木)我就毋是這个意思你嘛好矣。
●	水來	無啦大人,這予恁買涼水,止喙焦啦。
◎	警察	喔,按呢喔,哈哈哈,好啦好啦,按呢恭喜呢。
●	洪獅木	緊,緊炁我去看我的愛妻!咱做伙來食飯。
◎	金寶姨	等一下。
●	洪獅木	這位女士……
◎	金寶姨	我叫金寶姨,是恁某的姊妹仔伴(tsí-muē/bē-á-phuānn),千辛萬苦,幫恁阿麗講親情,如今恁才會當團圓。
●	洪獅木	所以……
◎	金寶姨	所以我足喙焦的。
●	洪獅木	喔喔喔,按呢喔,哈哈哈,歹勢歹勢,辛苦辛苦。(提出紅包叫水來交予金寶姨)
◆ 眾人落台,賰洪獅木、高金土。		
◎	洪獅木	親家,你行毋著爿呢。
●	高金土	喔,哈哈,無啦,我想講先來共我的小蛄蛄入土為安,恁先行,我隨到。

阿塗：	怎麼會，我說實在話被人打，說謊話被人關喔？（跟獅木求救，獅木塞紅包）
警察：	（收紅包，對獅木）我就不是這意思你別這樣。
水來：	不是啦大人，這給你們買涼的，止渴啦。
警察：	喔，這樣喔，哈哈哈，好啦好啦，那恭喜呢。
洪獅木：	快，快帶我去看我的愛妻！我們一起去吃飯。
金寶姨：	等一下。
洪獅木：	這位女士……
金寶姨：	我叫金寶姨，是你愛妻的姊妹淘，千辛萬苦，幫你們阿麗做媒，如今你們才能團圓。
洪獅木：	所以……
金寶姨：	所以我也很渴。
洪獅木：	喔喔喔，這樣喔，哈哈哈，不好意思，辛苦辛苦。（拿紅包叫水來交給金寶姨）

◆眾人下台，剩洪獅木、高金土。

洪獅木：	親家，你走錯邊啦。
高金土：	喔，哈哈，沒走錯，我想說先讓我的小蛄蛄入土為安，你們先去，我馬上來。

◆續前場，後花園。高金土一心要緊知蟬火金蛄，直接拍開盒仔檢查知蟬火金蛄敢抑好好。

	高金土	（像咧對寵物講話的氣口）我的知蟬火金蛄喔，你有按怎無，阿爸毋甘呢，（滿足）阿爸真正是糊塗矣，才會痟想娶婿某。這人啊，根本攏袂倚靠，就算是囝兒序細嘛仝款，啥物信任，啥物倫理，根本攏是為著錢，攏是為自己。靠山山倒，靠豬寮死豬母，猶是我的小蛄蛄上可靠乎。（金土拍開盒仔，知蟬火金蛄飛走矣，金土看伊飛走）啊！（看盒仔閣看向天）小蛄蛄，你莫走啊！你呔會遮爾雄，放我孤單，放我散赤，連你攏無愛我矣是毋？啊，乖，來，莫動乎（伸手，掠無著）。啊，小蛄蛄，你莫走啦，你莫走啦，小蛄蛄！

◆關場詩。

◎	阿女	有愛人生是拖磨，
●	水來	無愛人生也快活。
◎	金寶姨	趁得少年先知影，
●	洪獅木	食老才袂驚孤單。
◎	阿木	若是愛著莫拖沙（thua-sua），
●	雞毛	出身無全也著拚。
◎	利旺	無錢無步無較縒（bô-khah-tsuàh），
●	阿麗	有錢有厝人人倚。

S17

◆續前場，後花園。眾人全下。高金土一心只在乎知蟬火金蛄，直接打開盒子檢查知蟬火金蛄是否完好。

高金土：（像在對寵物講話的語氣）我的知蟬火金蛄喔，你有沒有怎麼樣，爸爸好捨不得你喔，（滿足）爸爸真的是糊塗了，才會妄想要娶嬌妻。人啊，根本靠不住，就算是親生兒女也一樣，什麼信任，什麼倫理，根本都是為了錢，都是為了自己。靠山山倒，靠豬寮死豬母，還是我的小蛄蛄最可靠啦。（金土打開盒子，知蟬火金蛄飛走，金土看牠飛走）啊！（看盒子又看向天）小蛄蛄，你別走啊！你怎麼這麼狠心，讓我孤單，讓我貧窮，連你都不愛我了嗎？啊，乖，來，別動啊（伸手，沒抓到）！啊，小蛄蛄，你別走啦，你別走啦，小蛄蛄！

◆關場詩

阿女：　　有愛人生是拖磨，

水來：　　無愛人生也快活。

金寶姨：　便趁少年先知曉，

洪獅木：　待老才不驚孤單。

阿木：　　若是愛到莫蹉跎，

雞毛：　　出身不同也要拚。

利旺：　　無錢無步無路用，

阿麗：　　有錢有房人推崇。

◎	高金土	其實是佮無夠儉， 　你若散過就知影。
●	全體	腹腸開闊隨運命， 　咱來歡喜跳恰恰。

高金土：	實是他人不夠省， 　你若窮過就知情。
全體：	度量開闊隨運命， 　咱來歡喜跳恰恰。

熱天酣眠 阮劇團台語劇本集 I 愛錢A恰恰

作 者	阮 劇 團

劇本創作相關人員

熱　天　酣　眠	愛　錢　A　恰　恰
原作 莎士比亞（William Shakespeare）《仲夏夜之夢》	原作 莫里哀（Molière）《吝嗇鬼》
改編 吳明倫、MC JJ	改編 吳明倫、MC JJ
台語創作、翻譯 MC JJ	台語創作、翻譯 MC JJ
台文聽打、修訂 戴綺芸	台文聽打、修訂 陳聖緯、王嵐青
台文校對 戴綺芸、吳明倫、陳晉村	台文校對 吳明倫、蔡逸璇
華文校對 余品潔、戴綺芸、吳明倫、許惠淋	華文校對 吳明倫、許惠淋

副社長 陳瀅如	美術設計 廖小子
總編輯 戴偉傑	內文排版 李偉涵
主編 李佩璇	印製 漾格科技股份有限公司
行銷企劃 陳雅雯、張詠晶	

出版　木馬文化事業股份有限公司

發行　遠足文化事業股份有限公司（讀書共和國出版集團）

地址　23141 新北市新店區民權路 108-4 號 8 樓

電話 (02)2218-1417　傳真 (02)2218-0727

郵撥帳號　19588272 木馬文化事業股份有限公司

法律顧問　華洋法律事務所　蘇文生律師

初版 2024 月 4 月　定價 540 元

ISBN 978-626-314-637-2

文化部國家語言整體發展方案支持　文化部 MINISTRY OF CULTURE

阮劇團台語劇本集 . I：熱天酣眠、愛錢A恰恰 / 阮劇團作 . -- 初版 . -- 新北市：木馬文化事業股份有限公司出版：遠足文化事業股份有限公司發行, 2024.04
352 面；14.8×21 公分
ISBN 978-626-314-637-2（平裝）
863.54　　　113003644

本書如有缺頁、裝訂錯誤，請寄回更換　歡迎團體訂購，另有優惠，洽：業務部 (02)2218-1417 分機 1124